구대성은 지지 않는다

臺晟不敗

15

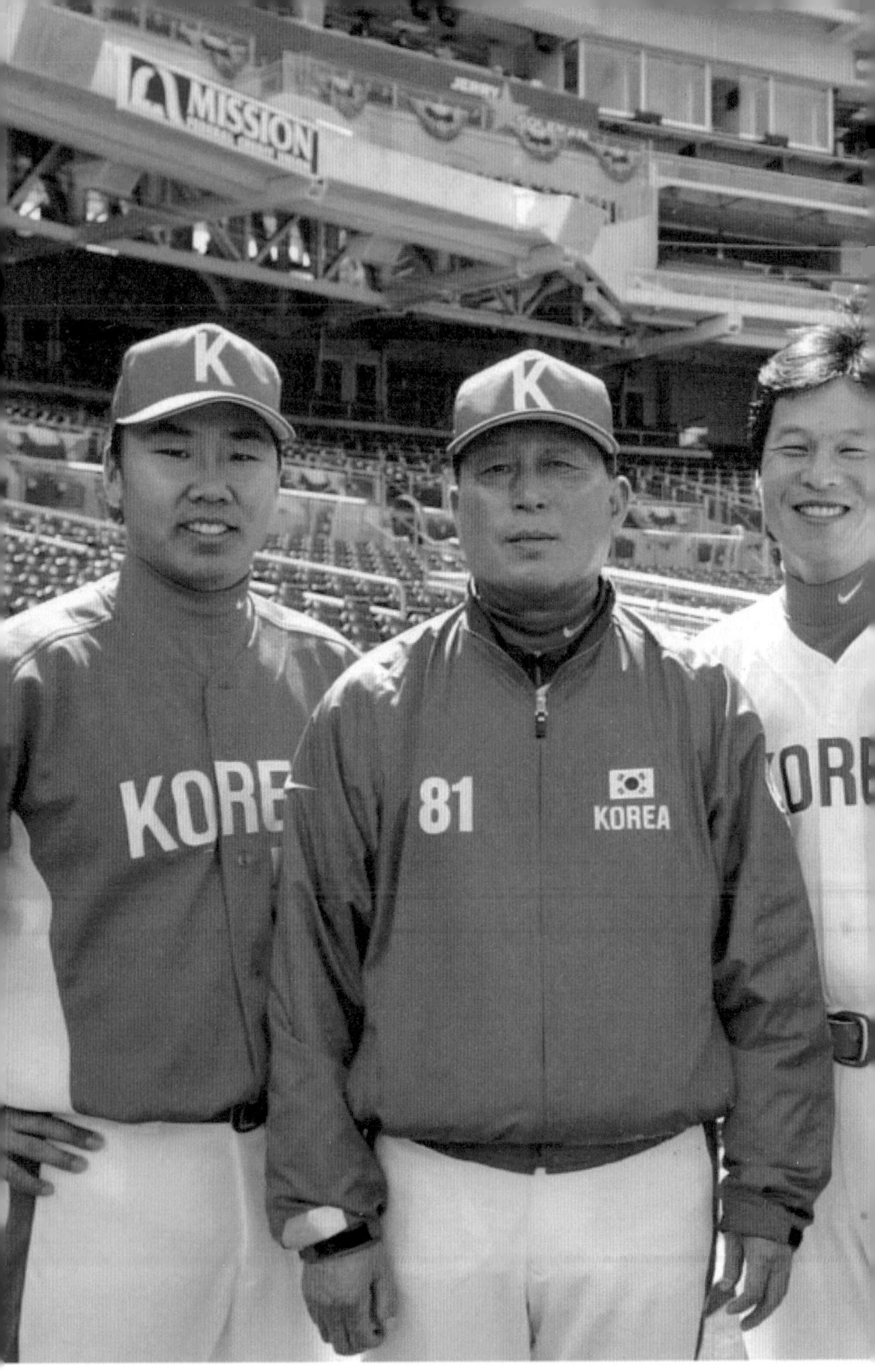
MISSION
K
K
KORE
81
KOREA
KORE

2006 WBC 1회 대회 때 미국에서 한화 이글스 멤버들과 함께 찍은 사진. 김인식 감독님을 필두로 이범호, 김민재, 김태균, 나 모든 한화 선수들이 국가대표로서 제 몫을 했다. 주황색이 아닌, 파랑고 하얀 유니폼도 다들 잘 어울린다.

1984년 제주도에서 열린 전국소년체전에서 우승한 충남중학교 야구부 소년들. 분명 대회는 제주도에서 치렀는데 왜 단체사진은 목포역에서 찍었는지 모르겠다. 아마 대전에서 목포까지 열차를 타고 이동했다가 목포에서 제주는 배로 이동한 강행군이었던 것 같다.

대전고등학교를 청룡기 우승으로 이끌고 나서 내친 시네를 꺼뜨려드로 돌았다. 학교 운동장에서 꽃목걸이를 걸고 꽃다발도 잔뜩 받았는데 표정이 밝지 않다. 얼른 집으로 가서 쉬고 싶은 마음뿐이었으리라.

한양대 재학 시절 괌에서 찍은 사진. 무슨 대회였는지는 기억이 나지 않는다. 정민태 선배, 손차훈, 유지현 선수 등이 보이고, 지금은 심판으로 활동하는 오훈규, 이민호 선수의 얼굴도 보인다.

1993년 잠실에서 촬영한 KBO 신인 선수 기념사진. 대부분 주인 없는 유니폼을 빌려 입고 나와 번호가 없거나 제각각이다. 62번 상의에, 27번 하의를 입고 있는 내 모습도 웃음이 난다. 1993 시즌에는 훌륭한 선수들이 대거 데뷔했다. 나를 비롯해 LG 이상훈, 해태 이종범, 태평양 김홍집 등의 모습이 보인다.

빙그레 이글스 신인 투수 구대성. 입단 후
처음으로 합류한 일본 나가사키 시마바라
스프링캠프에서 찍은 프로필 사진. 굳게
쥔 주먹과 꾹 다문 입술이 인상적이다.

1995년 처음으로 올스타에 선발되어 부산
사직 야구장에서 열린 올스타전에 출전했
다. 경기 전, 팀 동료 정민철 선수와 한 컷
찍었다. 20대 초중반의 풋풋한 모습이 귀
엽게 느껴진다.

2002년 고베 그린스타디움 홈 경기에서 피칭하는 모습. NPB 2년차이던 2002 시즌은 일본에서 뛴 네 시즌 중 가장 많은 이닝(146.1)을 소화하며, 좋은 평균자책점(2.52)을 기록한 해였다.

메이저리그 뉴욕 메츠 입단 후 합류한 플로리다 스프링 캠프에서 연습 투구하는 모습. 메츠에서 보낸 시즌은 1년으로 길지 않았지만, 입단 계약이 체결되기 몇 년 전부터 오랫동안 관심을 보여준 구단이라 고마운 기억으로 남아 있다.

마이너리그 노포크 타이즈 시절. 메이저리그에서 부상을 당한 뒤 어깨 상태 체크를 위해 트리플A 무대에 선발로 나섰고, 3이닝 정도 던졌다. 팬이 찍어서 선물로 보내준 희귀한 사진이다.

2009 시즌 모습. 이듬해 KBO와 한화 이글스를 떠나는 은퇴식에서 구단 직원들이 대형 액자와 앨범으로 제작해 선물해줬던 사진들 중 하나.

호주 시드니 블루삭스에서는 지역 내 유소년들을 위해 정기적으로 야구 레슨을 펼친다.
나는 유니폼을 벗은 지금도 호주 어린이들을 대상으로 야구를 지도하는 자원봉사를 하고 있다.

추천의 글

나는 구대성 선수가 대학생이었을 때부터 잠재력을 높이 평가했으며, 훗날 올림픽, WBC 그리고 한화 이글스에서 지도자와 선수로 함께 호흡을 맞췄다. 그는 한마디로 '결연한 의지'와 '불타는 승부욕'을 가진 투수였다.

특유의 의지와 승부욕이 배어났던 경기는 미연 시드니 올림픽 한일전이었다. 당시 투수코치였던 나를 포함해 모든 코칭스태프와 선수들이 그의 몸 상태가 좋지 않다는 것을 알고 있었지만, 동메달을 두고 겨루는 한일전에 선발로 내보낼 투수가 구대성 외에는 없었다. 국제 대회에서, 그것도 일본을 상대로 담대하게 승부를 즐길 수 있는 선수는 결코 많지 않다.

- 김인식 (現 한국야구위원회 총재 고문, 前 국가대표, 한화 이글스 감독)

구대성이라는 사람을 알게 된 건 내 야구 인생을 통해 얻은 가장 값진 '트로피' 중 하나다. 우리의 인연은 무척 길고 끈끈하다. 같은 동네에서 자랐고, 같은 학교에서 야구를 했으며, 프로에 진출해 한화 이글스의 첫 한국시리즈 우승을 함께 일궈냈다.

어린 시절 구대성은 막연히 동경했던 형이었다. 어른이 된 후에 같은 목표를 바라보며 꿈을 키운 동반자였다. 형과 함께 보낸 세월 속에서 알게 모르게 참 많은 것을 배웠다. 확실한 목표의식과 끊임없는 노력, 자기 자신에 대한 믿음, 하고자 하는 일은 반드시 성취할 수 있다는 자신감, 편하고 쉬운 길, 안주하는 삶을 물리치는 굳건한 의지, 낮은 마음가짐으로 더 높은 곳을 바라보는 태도, 무엇보다 그 어떤 일에도 핑계를 대지 않고 행동으로 직접 보여주는 당당함.

구대성은 이 모든 것들을 내게 몸소 보여주고 깨닫게 해준 최고의 선수이자 좋은 형이었다. 현역 시절 내가 기록한 161승에는 그의 지분도 상당하다는 것을 이제야 감사히 고백한다. 특별한 사람 구대성의 특별한 이야기가 담긴 이 책을, 부디 한 명이라도 더 많은 사람이 읽어봤으면 한다. 야구팬들에게는 흥미진진한 야구장 안팎의 이야기가 생생히 전해질 것이고, 야구를 좋아하지 않는 이들에게도 구대성이라는 사람이 삶을 대하는 방식을 보면 느끼는 바가 있으리라 생각한다.

- 정민철 (現 한화 이글스 단장, 前 한화 이글스 선수)

구대성 선배의 승부욕은 누구보다 뛰어났다. 2000년 시드니 올림픽 동메달결정전에서 사실 그는 뛸 수 없는 몸 상태였다. 그날은 지금도 생생히 기억난다. 모든 선수들이 구대성 선배가 목, 어깨 통증으로 출전하지 못할 것으로 생각했다.

하지만 그는 자신을 낳아준 나라, 사랑하고 아끼는 후배들, 그리고 자신이 그토록 좋아하고 간절히 대하는 야구 그 자체를 위해 150구가 넘는 공을 홀로 던지며 대한민국 야구 역사상 처음으로 올림픽 메달을 선물했다.

그는 자기 자신을 위해서가 아니라, 대한민국 야구를 위해 몸을 던진 것이다. 이 모습을 직접 지켜봤기에 그가 얼마나 정신력이 뛰어난 선수인지 나는 너무나 잘 알고 있다. 내가 바로 옆에서 두 눈으로 느낀 야구인 구대성의 참 모습이다.

"형님! 형님은 정말 대단하십니다."

- 이승엽 (現 SBS Sports 해설위원, 前 삼성 라이온즈 선수)

내가 한국프로야구 한화 이글스에 갓 입단한 스무 살 신인이었을 때, 감사하게도 구대성 선배님으로부터 많은 것들을 배울 수 있었다. 그중에서도 선배님이 가르쳐주신 체인지업은 정말 최고의 선물이었다.

선배님이 쓰신 이 책도 나를 비롯해 야구를 사랑하는 모든 이들에게 좋은 선물이 될 것 같다. 나 역시 그가 걸어온 야구 인생 이야기가 너무나 궁금하다.

- 류현진 (現 토론토 블루제이스, 前 한화 이글스 선수)

출신, 나이, 학교, 소속팀이 모두 다른데도 왠지 모르게 구대성 선배가 가까이 느껴집니다. 참 좋아하는 선배입니다. 다른 점도 많지만, 닮은 점도 신기할 정도로 많은 야구인이기 때문입니다.

한국, 일본, 미국, 호주에서 모두 뛴 선수는 구대성과 김병현 이렇게 둘뿐입니다. 커리어의 대부분을 마무리투수로 뛰었음에도 풀타임 선발 경험을 갖고 있습니다. 야구선수로는 흔치 않은 캐릭터라는 것도 닮았습니다.

선배가 동의할지는 모르겠지만, 구대성 선수도 결코 평범하지 않은 '독특한 야구인'입니다. 그래서 더 선배의 인생을 응원하게 됩니다. 야구인 구대성이 인생이 담긴 에세이라니 더욱 가슴에 와 닿습니다. 저 김병현이 추천합니다.

- 김병현 (前 애리조나 다이아몬드백스, 보스턴 레드삭스 선수)

많은 야구선수가 있었습니다. 수많은 스타플레이어가 있었습니다. 하지만 구대성 선수만큼 '멋진' 선수는 없었던 것 같습니다. 말 그대로 폼 나는 선수였습니다. 마운드 위에서 강속구를 뿌릴 때도, 경기장 안팎에서 인사를 나눌 때도 늘 한결같은 '멋짐'을 보여준 야구인 구대성.

호주에서 질롱 코리아 팀으로 인연을 맺고 함께하며 그의 '멋짐'을 더 가까이서 느낄 수 있었고, 늘 자신을 낮추고 주위를 살피는 모습에 놀랄 때가 많았습니다. 한국, 일본, 미국, 호주, 4개의 나라에서 늘 도전하는 야구를 거듭했던 구대성. 그의 야구 인생을 오롯이 담은 이 책이 요즘처럼 힘든 시기에 많은 이들에게 용기와 격려를 선네수리라 생각합니다. 앞으로 펼쳐질 '대성불패'의 새로운 야구 인생노 궁금해집니다.

- 오봉서 (스포츠마케팅 컴퍼니 해피라이징·질롱 코리아 대표)

한 팀에서 활동한 적은 없지만 데뷔 동기로서 오랫동안 함께 프로야구 무대를 누빈 구대성 선수는 어린 시절부터 투쟁심과 도전정신이 남달랐다. 한국에서 최정상급 투수였던 그는 일본프로야구와 미국 메이저리그까지 진출해 괄목

할 만한 성과를 거두었고, 누구나 은퇴를 논하는 시점에도 호주라는 야구 불모지에 건너가 현역 생활을 이어갔다. 더 뛸 수 있다는 의지와 자신감의 표출이었고, 낯선 환경, 낮은 위치도 감수해내는 야구에 대한 열정과 도전이었다.

자신이 설정한 목표를 달성하기 위해 끊임없이 투쟁하며 도전의 지평을 넓혀갔던 그의 야구 인생은 야구를 사랑하는 사람들뿐만 아니라 인생에서 새로운 도전의 길목에 있는 모든 사람들에게 롤모델이 될 만하다. 구대성 선수 자신에게도 이름 석 자를 걸고 책을 펴내는 일이 새로운 도전이었으리라 생각한다. 동료로서, 친구로서 그의 도전을 늘 응원한다.

- 박충식 (現 사이버한국외국어대학교 감독, 前 삼성 라이온즈 선수)

2018년 겨울, 질롱 코리아 감독이 된 구대성을 오랜만에 다시 만나 함께 시간을 보냈다. 그가 과거 올림픽 때 역투했던 호주 시드니에서였다.

구대성은 독특한 투구 스타일을 가진 뛰어난 승부사였다. 일본 킬러로 국제 대회에서 맹활약했고, 일본프로야구 오릭스, 메이저리그 뉴욕 메츠에서도 걸출한 능력을 보여줬다.

은퇴 후에도 여전히 넘치는 야구 사랑을 보여주는 그가 자서전에서 어떤 이야기들을 풀어냈을지 궁금하고 기대된다.

- 허구연 (야구 해설가)

구대성만큼 '불패'라는 수식어가 길 어울리는 투수가 있을까? 그 친구와 배터리로 함께 호흡했던 시간이 이미 꽤 많이 흘렀고, 야구를 하는 사람들도, 야구를 보는 사람들도 세대가 달라졌지만, '불패'라는 호칭이 가장 잘 어울렸던 선수는 구대성이라고 나는 감히 단언할 수 있다. 많은 야구팬들의 마음속에 사라지지 않는 추억을 남겨준 그의 야구 인생이 담긴 이 책은 구대성을 사랑했던 모든 팬들에게 큰 기쁨이 될 것이다.

- 조경택 (現 두산 베어스 코치, 前 한화 이글스 선수)

'대성불패' 구대성 선수의 오랜 팬으로서 그에 대해 많은 이야기를 들었다. 그를 키워드 해시태그로 정리해본다면 아마 이런 느낌 아닐까? #남자 #자존심 #심플 #순진 #배려 #자신감 #장난기 #직진 #욱! #국가대표 이 책에 실린 여러 에피소드를 통해서도 그런 부분들을 확인할 수 있을 것 같다.

- **남희석** (개그맨)

2015년 대전 홈경기 개막전 시구를 부탁하자 호주에서 한걸음에 달려온 아니 날아온 '상남자' 구대성 선수, 두 말이 필요 없는 한화 이글스의 레전드다. 지금도 많은 한화 팬들이 그를 그리워하고 궁금해 한다.

프로야구 프런트에서 30년간 일하며 수많은 선수들을 만난 나에게도 그만큼 특별한 사람은 결코 흔치 않다. 여전히 북극성처럼 반짝이는 구대성의 전설 같은 이야기들을 한 권의 책으로 읽을 수 있다는 사실이 기쁘다. 왜 우리는 아직도 구대성을 잊지 못하는가? 그 이유가 이 책에 고스란히 담겨 있다.

- **임헌린** (한화 이글스 홍보팀장)

차례

마운드에 오르며 _20

Strike 1. 선발

내 기억 속 '첫 야구' _30
나만의 투구 폼을 만든다는 것 _34
자기 자신과의 싸움 _39
청룡을 향한 도전 _43
야구로 세상을 배우다 _48
네게 줄 수 있는 건 오직 사랑뿐 _56
노는 것도 승부다 _64

Strike 2. 중간

할 수 있다. 나는 할 수 있다 _72
이디 불 끌 곳 없습니까? _84
나와 한화 이글스의 첫 한국시리즈 우승 _95
2000 시드니 올림픽 그리고 한일전 155구 완투승 _117
MLB라는 꿈, NPB라는 현실 _132
돈보다 중요한 야구라는 나눔 _142
투수와 포수, '배터리'라는 작은 팀 _153
라이벌이거나 천적이거나 _170
메이저리그 전설의 5할 타자 _180
2006 WBC, 세계를 놀라게 한 대한민국 _192
코리안 몬스터 류현진, 그와 나를 연결해준 체인지업 _210

Strike 3. 마무리

더 던지고 싶었기에 찾아간 낯선 땅 호주 _220
차별은 문화가 될 수 없다 _232
질롱 코리아, 지도자 변신에 토진하나 _242
50대 아저씨 구대성의 하루 _255

마운드를 떠나며 _260
감사의 글 _264

- 부록 -
구대성이 말하는 '대성불패' 구대성 _270
구대성이 뽑은 한국야구 드림팀 _286
구대선 연도별 성적 및 통산 기록 _290

마운드에 오르며

어릴 적 내 꿈은 무엇이었을까? 요즘 들어 옛 기억을 떠올려 볼 때가 많다. 곰곰이 생각해봐도 어떤 사람이 되고 싶었는지 무슨 일을 하고 싶었는지 잘 기억이 나지 않는다. 그렇다고 꿈이 없는 아이는 아니었을 텐데 말이다.

아무리 생각해도 어린 시절 내 꿈이 무엇이었는지 딱히 떠오르는 것이 없다는 게 좀 이상하다. 살면서 많은 일들을 겪었고 그때마다 이런저런 생각을 해보았을 텐데 또렷이 기억해내는 데에는 한계가 있다. 정확히 생각나지 않는 일들이 너무나도 많다.

그저 어느 순간에, 나 자신도 인지하지 못하는 찰나에 야구 선수가 되어 있었다. 그리고 중고생 아마추어 선수에서 청소년 대표가 되었고 야구로 대학까지 진학할 수 있었고, 너무나 자연스럽게 프로야구 선수라는 직업을 갖게 됐다. 이후 한국에서 정상급 선수로 활약했고 국가대표로 선발되었으며, 훗날에는 일본, 미국, 호주 리그에까지 진출해 다양한 야구 경험을 쌓았다.

사람들은 나를 최고의 좌완투수로 불렀고, '대성불패'라는 멋진 별명까지 지어줬다. 나는 경기장 곳곳에서 들려오는 관중들의 환호성을 흥겨운 음악처럼 즐기며 마운드에 올랐고, 선발, 중간, 마무리를 오가며 수많은 공을 던졌다.

이제는 어느덧 오십 줄에 접어든 중년의 남자로, 남편으로, 아버지로 타국에서 또 다른 인생을 살아가고 있다. 매일 같이 나 자신에게 주문하듯 부탁하듯 확인하듯 물어보곤 한다.

'구대성, 너 잘 살고 있니?'

2020년의 어느 봄날, 온 세상이 코로나19 바이러스로 인한 공포에 휩싸이며 커다란 변화를 맞게 되었고, 내가 사는 호주 역시 다를 바 없었다. 우리 가족은 외출을 최소화하고 되도록 집 안에서만 시간을 보내는 생활을 이어가고 있었다.

그즈음 몇 주간 대상포진을 심하게 앓으면서 면역력이 크게 떨어져 자칫 잘못하면 코로나에 감염되는 게 아닐까 하는 걱정에 신경이 매우 예민해지기도 했다. 가족들은 갱년기 증상이 나타날 나이가 됐나며 대수롭지 않게 말했지만 나는 괴롭고 힘들었다.

그러던 어느 날 한국의 한 출판사로부터 야구선수 구대성의 삶을 다룬 자전적 에세이를 만들어보고 싶다는 연락을 받았다. 생각지도 않았던 고마운 제안이었지만, 나는 정중하게 거절의 뜻을 전했다.

한때 정상의 자리에 있었던 스포츠스타였다는 건 부정할 수 없는 사실이지만, 한국을 떠난 지 10년 가까이 지났고, 아직 지도자로서는 별다른 성과를 내지 못했기에 조금은 냉정히 나 자신을 '잊힌 이름'이라고 생각했기 때문이다.

또한 대학생 때 연애편지 몇 번 써본 것 말고는 제대로 글을 써본 적도 없었고, 어렸을 때부터 공부와는 담을 쌓고 야구에만 전념해온 터라 내 이야기를 글로 풀어낼 수 있을지 막막한 마음도 있었다.

하지만 가족들은 부담은 내려놓고 긍정적으로 생각해보라며 설득을 하기 시작했다. 내 이름으로 한 권의 책이 만들어진다는 것은 인생에 한 번 있을지 없을지 모를 의미 있는 일이니 야구선수 구대성의 커리어를 정리해볼 수 있다는 점을 뜻깊게 생각해보는 게 좋겠다고 했다. 나는 며칠을 더 진지하게 고민한 후, 새롭게 도전하는 마음으로 출판사에 글을 한 번 써보겠다는 메일을 보냈다.

나는 한 번 결심, 결정한 일이라면 최선을 다해 열심히 임해야 후회가 남지 않는다고 생각한다. 글을 쓰겠다고 마음을 먹은 후 지금까지 한 번도 제대로 돌아본 적 없었던 나의 인생, 야구인생을 하나하나 되짚어보기 시작했다.

처음에는 무엇을 주제로 어디서부터 이야기를 시작해야 할지 쉽게 판단이 서지 않았다. 처음 야구를 접했던 시점부터 거슬러 올라가보는 게 맞다고 생각했지만, 약 40년 전의 가물가물한 기억을 상기해낸다는 것이 생각 이상으로 힘들었다.

장인어른을 비롯해 가족들이 스크랩해뒀던 수많은 기사들을 하나둘 꺼내어 봤다. 낡은 신문을 펼쳐 읽기 시작하자 타임머신을 타고 과거로 돌아간 듯한 기분이 들었다. 조금씩 기억이 되살아나며 과거의 순간들이 사진처럼, 영상처럼 머릿속에 떠올랐다.

방과후 나머지 공부에서 도망쳐 달려갔던 학교 야구장, 야구를 같이 시작한 친구 남수와 함께 샀던 100원짜리 운동화, 관중석에 구경하다 갑자기 맨발에 스타킹만 신고 올랐던 마운드, 징크스를 없애보자며 선수들이 다 함께 손톱, 발톱을 깎고 전국소년체전에서 우승했던 제주도에서의 기억, 창단 40여 년만에 대전고등학교 팀에 우승 트로피를 안긴 청룡기 대회, 4년간 무려 6회나 우승을 빛싱했던 한양대학교 재학시절, 빙그레 이글스에 입단하며 시작한 프로야구 선수로서의 인생, 한화 이글스의 숙원과도 같았던 한국시리즈 우승을 차지한 1999년, 처음부터 끝까지 역투했던 2000년 시드니 올림픽, 역대 최고의 드림팀으로 출전해 세계를 놀라게 했던 2006년 WBC, 크고 작은 부상과 재활이라는 어려운 터널, 그리고 일본, 미국, 호주 프로야구에 진출해 치렀던 수많은 경기들, 유니폼을 벗으며 선수 생활을 마감했던 커리어 마지막 날까지…… 내 모든 야구인생이 빠르게 스쳐 지나갔다.

그러나 과거의 화려했던 영광은 이제 아스라이 옅어지고, 오늘의 나는 하루가 다르게 나이가 들어가고 있음을 느끼는 평범한 중년이 되었다. 나이가 들수록 가족의 소중함이 크게 다가온다.

이 책에 담긴 대부분의 글은 사람들이 궁금해하는 야구선수 구대성에 관한 것들이지만, 나는 글을 쓰면 쓸수록 야구선수 구대성의 삶을 가능케 해주었던 우리 가족들에게 애틋한 마음이 들었다. 너무나 고맙고 미안하다.

코로나19 바이러스 때문에 모두가 힘겨운 날들이지만, 불행 중 다행으로 아랍에미레이트에서 승무원으로 일하는 딸이 장기 휴가를 얻어 호주에 함께 체류할 수 있게 됐다. 나와 아내 그리고 딸과 아들까지 우리 네 가족이 완전체로 함께 하는 시간이 정말 오랜만에 다시 찾아왔다.

이 힘든 시간을 함께 견뎌낼 수 있다는 게 얼마나 감사한 일인지 모른다. 우리는 과거보다 훨씬 더 많은 시간을 함께 보내며 식사도 거의 매끼 같이 하면서 이런저런 대화를 나눴다.

내가 어떻게 야구를 시작했는지, 프로 선수로서 국가대표 선수로서 어떤 활약을 했고 어떤 기록을 남겼는지 들려주면 다들

귀 기울여 흥미진진하게 경청해줬다. 때로는 이런 얘기를 써보면 좋겠다고 의견을 주기도 하면서 집필에 다양한 도움을 줬다.

야구선수라는 생명력이 길지 않은 직업을 가졌던 탓에 비교적 이른 나이에 은퇴를 하고 그저 쉬면서 유유자적 삶을 보내는 듯한 아버지의 모습을 아이들이 어떻게 바라볼까 걱정한 적도 있었다. 하지만 그런 나의 우려와는 다르게 훨씬 더 성숙한 시각으로 나를 생각하고 있었다는 것도 알게 되었다.

내가 현역 선수로서 한창 좋은 모습을 보였을 때는 아이들이 워낙 어렸기 때문에 그런 것들을 체감하지 못해 안타까운 마음도 있었는데, 함께 책을 만들어가는 과정 속에서 나의 야구 인생 그 발자취를 딸과 아들에게 어느 정도 전해줄 수 있었다는 게 아버지로서 뿌듯하고 좋았다.

할 수 있다는 자신감 하나로 버티며 반평생 치열한 승부의 세계를 살아온 내게 이 책을 쓰며 지난 날들을 반추해본 시간은 인생의 진환점이 될 듯하다. 인생의 새로운 챕터를 다시 살 시작하기 위해 과거의 내 삶을 되돌아보는 시간이 필요했는데, 이 책이 그 시간에 대한 대답인 것 같다.

그리고 지금 야구를 하고 있는 후배 선수들, 야구 선수를 꿈꾸는 어린 친구들에게도 내 경험을 들려줄 수 있다고 생각하니 한 사람의 야구인으로서 기쁘기 그지없다.

선수 시절 미디어와 특별히 가깝게 지냈던 편은 아니어서 나를 아끼고 사랑해준 팬들에게 내 얘기를 들려줄 기회가 많지 않았는데, 다른 사람을 통해서가 아니라 내가 직접 쓴 글로 야구선수 구대성의 삶을 이야기해줄 수 있다는 것도 너무나 뜻깊다.

나는 화려했던 과거에 머물러 있고 싶지 않다. 예전의 나와 지금의 나를 비교하며 슬퍼하거나 낙담하는 일도 없다. 지금 이 순간에 감사할 뿐, 어제의 영광에서 오늘의 행복을 찾으려 하지 않는다.

어떤 인생도 계획대로, 생각대로 흘러가지 않는다. 선수로서 영예를 누렸던 과거에는 가족들과 함께 할 수 있는 시간이 많지 않았다. 하지만 이제는 많은 것들을 가족과 함께 할 수 있다. 야구선수로 승승장구할 때 느꼈던 행복과는 다른 느낌의 행복이다.

우리집 앞마당 정원의 잔디를 깨끗이 밀고 청소하며 쓰레기통을 비운다. 텃밭에 물을 주고 아내와 함께 식사를 준비한다. 어느덧 대학생이 된 아들과는 가끔 한잔 기울이기도 한다.

난 평생 아버지와 힌 빈도 술을 같이 마셔본 저이 없는데, 아들과 그런 시간을 가질 수 있어 행복하다. 그리고 그런 행복이 있다는 걸 왜 아버지와 나는 알지 못했을까, 하는 아쉬움도 느낀다.

이제 나는 어쩌면 야구인으로서의 성장, 발전보다는 남편, 아버지, 가족으로서의 성장, 발전에 더 큰 관심이 있는 것인지도 모르겠다. 하지만 아직도 마음속 깊은 곳에는 야구인으로서 지도자로서 한 번은 제대로 승부를 펼쳐보겠다는 열망이 꿈틀댄다.

언제가 될지는 모르겠지만, 너무 늦기 전에 한국으로 돌아가 내가 한국, 일본, 미국, 호주에서 활동하며 쌓은 경험들을 야구계에 전수해줄 기회가 있었으면 좋겠다. 훗날 있을지 모를 그 어떤 부름을 위해서라도 하루도 쉬지 않고 운동을 하면서 체력을 관리하고 야구에 대한 공부 역시 게을리 하지 않는다.

이 책 곳곳에도 내가 노력한 흔적들이 묻어 있을 거라고 생각한다. 한 권의 책으로 구대성의 과거와 현재를 야구팬들에게 온전히 알려주고, 미래를 논해볼 수 있었으면 좋겠다. 언제 어떻게든 다시 한국의 야구팬들을 만나고 싶은 마음 간절하나, 우선은 이 책이 내 진심을 조금이나마 대신해 줄 수 있기를 바란다.

멀리 호주에서, 감사의 마음을 담아

STRIKE 1. 선발 Starter

내 기억 속 '첫 야구'

나만의 투구 폼을 만든다는 것

자기 자신과의 싸움

청룡을 향한 도전

야구로 세상을 배우다

네게 줄 수 있는 건 오직 사랑뿐

노는 것도 승부다

Starter: 경기의 맨 처음 등판하는 투수를 말한다. 되도록 많은 이닝을 소화하면서 팀을 승리로 이끄는 기반을 다져야 한다.

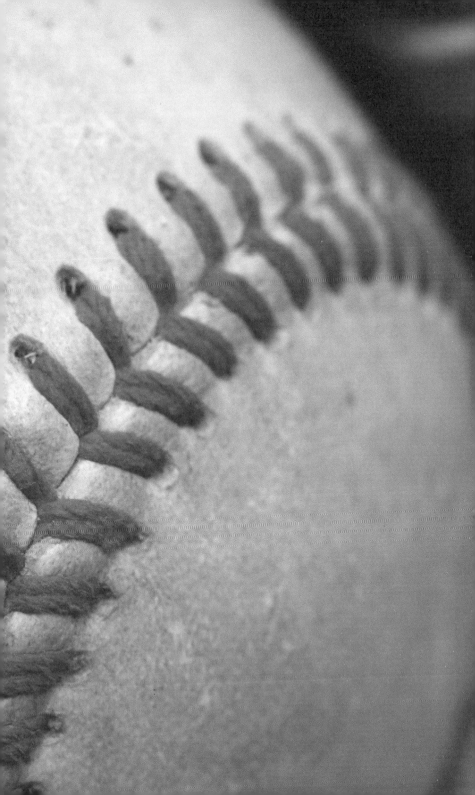

내 기억 속 '첫 야구'

마지막 교시 수업이 끝나는 학교 종이 울렸다. 내가 아침부터 기다렸던 바로 그 소리다. 나는 학교 수업이 끝나는 대로 야구부 학생들이 훈련하는 학교 운동장 내 야구장으로 뛰어갔다. 내가 야구를 좋아하기 시작했던 게 아마 초등학교 3, 4학년 즈음이었던 것 같다.

당시 내가 다니던 신흥초등학교에 다른 운동부가 있었는지 정확히 기억나지 않지만, 학교를 오갈 때면 늘 야구장에서 운동하는 형들만 눈에 들어왔다. 선배들이 열심히 훈련하는 것을 부러운 듯 지켜보기도 했고, 그저 친구들과 캐치볼 정도만을 하면서도 즐거운 시간을 보내곤 했다.

공부에는 통 흥미가 없었던 나는 '나머지 수업'에 걸리기 일

쏟였지만, 매번 교실을 도망쳐 나와 야구장으로 달려갔다. 그렇게 나와 야구의 인연이 시작되었다.

내가 학교에서 야구를 시작했던 그때 그 시절에는 야구선수뿐만 아니라 모든 운동선수들이 배가 고팠다. 나는 초등학교 4학년 때 야구부 생활을 시작했지만, 우리 집에는 먼저 야구를 시작한 두 살 많은 형이 있었기에 유니폼, 글러브, 배트, 스파이크 등 모든 돈이 거의 두 배로 들어갔다.

그다지 형편이 좋지 않았던 집에서 아들 둘이나 야구를 시킨다는 건 부모님께는 결코 작지 않은 부담이었을 것이다. 당시 운동부 학생을 자녀로 둔 부모들은 장비뿐만 아니라 식사와 간식은 물론 이곳 저곳 돈 들어갈 데가 많았다.

부모님께 부담을 드린다는 생각에서였을까? 나는 설명할 수 없는 이유로 야구에 대한 흥미를 잃어갔고, 5학년 무렵 야구부를 나오게 됐다. 나중에 들은 이야기지만, 담임 선생님이 몇 차례 집에 찾아와 부모님께 내가 야구를 계속 할 수 있도록 시원해주십사 권유했다고 들었다. 하지만 나도 부모님도 선뜻 마음을 정하기 어려웠다.

야구부는 그만두었지만 여전히 난 공부에 흥미가 없었기에 학교 운동장을 휘저으며 놀았다. 그러면 감독 선생님은 날 잡으러 뒤쫓아 오셨고, 나는 후문 쪽 담벼락 밑으로 생쥐처럼 빠져나갔다 들어갔다 반복하며 도망쳐 다녔다.

그렇게 5학년의 절반이 지났고 여름방학이 되어 할아버지, 할머니와 함께 지내며 즐거운 시간을 보냈다. 할아버지 댁이 있던 안영리에는 깨끗한 물이 흐르는 계곡이 있어 이른 아침부터 늦은 저녁까지 헤엄쳐 놀았다. 지금도 할아버지, 아버지 산소를 찾을 때면 어린 시절 뛰어 놀았던 그 계곡이 있는 길을 지나는데 갈 때마다 추억이 되살아나는 기분이다.

여름방학이 끝나갈 즈음 개학을 위해 나는 다시 대전 집으로 돌아왔다. 그런데 집에는 아버지도, 어머니도, 형도 없었다. 당황스러운 마음에 동네 어르신들에게 물어보니 오늘은 형이 출전하는 야구 경기가 있는 날이라 다들 야구장에 갔다는 거다.

보통 때라면 난 계곡에서 늦게까지 놀 것 다 놀고 저녁 해질 무렵에 집으로 돌아갔을 텐데, 웬일인지 그날은 아침 일찍 대전으로 돌아갔고, 집에 계시지 않는 부모님을 찾으러 야구장까지 갔다.

당시에는 대전, 충청 지역의 초중고 야구 대회도 한밭 야구장(현 한화생명 이글스 파크)에서 열리곤 했는데, 내가 경기장을 찾은 그 순간 바로 우리 학교 신흥초등학교의 경기가 진행 중이었다. 관중석에 앉아 경기를 보고 있던 나를 발견한 감독님이 당장 내려오라고 손짓을 하셔서 얼떨결에 그라운드로 내려갔다.

그런데 5학년 동급생이었던 선수의 2번 유니폼을 나에게 입히시고는 마운드에 나가라고 하시는 게 아닌가? 난 영문도 모른 채 경기에 출전하게 되었다. 지금 생각해보면 당시니까 가능했던 얘기지, 아마추어 야구도 체계화된 시스템과 규정이 있는 요즘 세상에서는 말도 안 되는 얘기다.

그때를 나 못지 않게 뚜렷이 기억하는 사람이 있는데, 바로 훗날 롯데 자이언츠와 SK 와이번스에서 활약했던 가득염 선배다. 형은 그때의 나를 '살색 양말 신은 구대성'이라고 떠올렸다.

갑자기 호출되어 경기에 출전해야 했던 상황이라 동료 선수의 유니폼만 빌려 입었을 뿐, 양말도 없이 맨발에 스타킹만 신고 올라갔으니 멀리서 보면 살색 양말을 신은 투수처럼 보였던 것이다.

어느 늦은 여름, 그때 난 어찌 보면 내 뜻과는 상관 없이 누군가의 부름에 의해 야구장으로 다시 돌아왔지만, 이후 내 뜻으로 은퇴를 결정짓기 전까지는 한 순간도 야구장을 떠나지 않았다.

나만의 투구 폼을 만든다는 것

1982년은 나를 비롯한 야구인들 뿐만 아니라 한국의 모든 야구 팬들에게 결코 잊을 수 없는 한 해다. 바로 프로야구가 출범했기 때문이다. 프로야구는 첫 해부터 국민들의 마음을 사로잡았으며, 초등학교 6학년이었던 내게도 이내 꿈과 희망의 대상이 됐다.

당시 내 고향 내전 그리고 충청도 지역을 연고지로 두었던 구단은 OB 베어스였다. 프로야구 원년 챔피언이자 인기구단이었던 OB의 경기를 보러 가끔 야구장을 찾았던 기억이 아직도 생생하다.

좋아하는 선수를 넘어 훗날 롤모델로 삼게 된 '야구 영웅'이 생긴 것도 그때쯤이었을 거다. 여러 차례 인터뷰를 통해 존경심을 표현한 적이 있지만, 수많은 선수들 중에서도 유독 박철순 선수를 향한 마음이 컸다. 언젠가 박철순 선수처럼 훌륭한 프로선수가 되고 싶다는 목표가 꿈틀대기 시작한 것이다.

야구가 열세 살 소년에게 인생의 목표라는 것을 만들어준 셈이다. 그때부터 난 야구를 즐기면서 하되 꼭 구체적인 목표를 세워 계획적으로 하자고 다짐했다. 첫 번째 목표이자 계획이 '후회 없이 최선을 다하는 것'이었다.

초등학교를 졸업한 나는 야구부가 있는 충남중학교로 진학했다. 의아하게 생각하는 사람도 있겠지만 아마 난 야구 선수가 되지 않았다면, 육상 선수가 되었을 것이다. 내가 제일 잘하는 운동도 달리기였고, 야구를 하면서도 가장 중요하게 생각하는 것이 러닝이었다.

투수든 야수든 포지션을 떠나 모든 야구선수에게 기초가 되는 운동을 하나만 꼽자면 달리기를 빼놓을 수 없다. 학창시절 중장거리 달리기에서 나와 겨룰 만한 선수가 없었다. 내가 가장 빨랐고, 누구보다 오래 뛸 수 있었다.

나는 무엇보다 산을 뛰어오르는 걸 좋아했는데, 중·고등학교 때 나의 하루 루틴은 대개 학교 인근에 자리한 산 정상을 찍는 것으로 시작됐다. 프로선수가 되어서도 강우가 쏟아지는 날이 아니라면 하루도 빠짐없이 산에 올랐다.

이와 같은 습관이 바로 구대성의 롱런을 만든 것 같다. 선수 생활 내내 나를 지탱해준 지치지 않는 체력의 근원은 바로 달리기였다. 중학교 첫 해는 그렇게 열심히 뛰면서 체력을 만들어가는 시기였다면, 2학년 때 선수로서 투수로서 특별한 전환점을 맞게 되었다.

훗날 나와 내 아내의 결혼식에서 주례를 보기도 했던 이성규 아저씨와의 만남이 그것이다. 성규 아저씨는 나중에 해설위원으로 더 유명해진 이효봉 선배의 아버지로 당시 잘 나가는 야구 해설가였다. 해설자가 되기 전에는 아나운서, 캐스터로 방송가를 누볐으며 직업을 떠나 엄청난 야구 마니아였다.

국내에서 구하기 힘들었던 미국, 일본의 야구 서적을 다수 구입하여 끊임없이 연구, 분석하는 진짜 야구팬이었다. 어린 시절 아저씨 집에 가면 일본어로 된 야구 관련 책들이 무수히 많아 보물창고를 보는 듯 가슴이 뛰었다.

아저씨는 아들인 이효봉 선배에게 투구 폼을 가르쳤으며, 나보다 한 학년 위인 백현용 선배를 개인지도했다. 선배도 나와 같은 왼손 투수였는데, 아저씨는 이론적으로 연구 분석한 완벽한 투구 폼이 실전을 뛰는 선수에게 과연 어떻게 적용될 수 있을 것인가 늘 고민하고 실험했던 것 같다.

백현용 선배와 난 좌완투수였기 때문에 항상 양 옆에 나란히 서서 연습투구를 했다. 아저씨는 몇 달간 선배를 집중 지도했는데, 나도 어깨너머로 아저씨의 코칭을 보며 따라 하곤 했다.

그런 나를 기특하게 생각하셨는지 아저씨는 나에게도 개인 지도를 해주었다. 피칭은 물론 야구에 관한 많은 것들을 하나 하나 세세히 알려줬고, 책이나 장비도 선물했다. 나는 스펀지가 물을 빨아들이듯 아저씨의 가르침을 흡수하며 내 것으로 체득해나갔다.

나의 독특한 투구 폼은 중학교 2학년때 처음 만들어졌고, 이후 크고 작은 변화 속에서 다듬어져 차츰 완성되어 갔다. 나중에 아저씨에게 들었는데, 그 폼은 일본의 에나츠 유타카(NPB 한신 타이거즈 등에서 활약한 투수), 미국의 놀란 라이언(MLB 뉴욕 메츠, 캘리포니아 엔젤스 등에서 활약한 투수)의 동작을 혼합한 것이었다.

보통 투수들이 공을 던질 때 피처 플레이트(투구 동작 시 중심축이 되는 발을 반드시 대야 하는 흰색 직사각형 모양의 고무판) 밑에 발을 고정하고 던진다면, 나 같은 경우는 왼발 스파이크의 엄지발가락 쪽 징만을 플레이트 끝 가장자리에 살짝 걸치고 발을 완전히 플레이트에 올리고 던진다.

또한 대부분의 투수는 피칭 직전 글러브를 보통 가슴 쪽으로 가져가는데, 나는 글러브 낀 오른손을 내 몸 뒤쪽 내야수 방향으로 당겨 놓는다. 그러면 던지는 왼팔에 강한 회전력이 붙어 구속이 더 올라간다. 회전력 탓에 신체 밸런스가 땅으로 쏠려 가끔은 모자가 벗겨질 정도다.

　이러한 나의 폼은 한 번에 완성된 것이 아니라 오랜 시간 속에서 하나 둘 만들어진 것이다. 하지만 분명하게 얘기할 수 있는 것은 그 시작점이 중학교 2학년 때 성규 아저씨와 함께 한 연습이었다는 거다.

　또래보다 체구도 작았고, 손도 작은 편이어서 다섯 손가락을 다 사용해서 던지던 나의 투구 폼은 차근차근 교과서적으로 만들어지기 시작했다. 하지만 투구 폼을 완벽하게 만들어놓았다고 해도 그것을 매번 100퍼센트 똑같이 구현해내지 못한다면 모든 게 부질없다.

　어렵게 만든 투구 폼을 유지하기 위한 나와의 싸움, 그 끝없는 싸움이 비로소 시작된 것이었다. 그리고 다른 누군가가 아닌, 내가 나 자신을 야구 선수로 인식하고 인정하기 위한 변화와 노력 역시 이때 함께 시작되었다.

자기 자신과의 싸움

흔하디 흔한 표현이지만, '자기 자신과의 싸움'이라는 말이 스포츠계에서는 특히 더 자주 쓰이는 것 같다. 내가 생각하는 자신과의 싸움이란 내가 가진 것을 지킨다는 의미다. 갖고 있는 것을 지켜내려면 어떻게 해야 할까? 사람들은 내게 '야구 신동'이니 '백 년에 한 번 나올 법한 철완'이니 하며 치켜올리곤 했다.

그러나 아무리 타고난 재능이 있다고 해도 노력 없이 유지될 수 있는 건 아무것도 없다. 이론적으로는 완벽한 투구 폼이라는 것이 있을 수 있겠지만, 사람의 몸으로 그것을 온전히 구현해 내 것으로 만드는 일은 전혀 다른 차원의 과업이다.

계획이 필요했고 반복이 필요했다. 선수 때나 지도자가 되어서나 나는 늘 달리기의 중요성을 강조했다. 프로 레벨에서 야구를 하는 사람이 아니라면, 투수에게도 그렇게 달리기가 중요한 것인지 의아하게 생각할 수도 있다.

하지만 러닝은 투수들에게 더 필요하고 중요한 운동이다. 지구력과 유연성을 향상시킬 수 있고, 밸런스 유지에 탁월하며 부상 방지에 있어서 그 무엇보다 중대한 것이 달리기다. 백 번 강조해도 지나칠 게 없다.

러닝 못지않게 중요한 것이 있다면 바로 튜빙 연습이다. 튜빙은 어깨 근력 강화에 매우 중요한 운동이다. 좌완투수인 나는 튜빙 연습을 반복할 때마다 왼쪽 귀가 고무줄에 쓸려 피가 나기 일쑤였다. 그러면 반창고를 귀에 붙이고 다시 연습을 이어갔다.

나의 연습은 실전과 다르지 않았다. 연습을 100퍼센트로 하지 않는다면 실전에서 만족스러운 투구가 나올 수 없다고 생각했기 때문이다. 훗날 무려 30년 가끼이 던지게 된 내 폼이지만, 한결같은 투구 폼을 위해서는 수백 번, 수천 번 피칭하면서 확인하고 또 확인하는 과정을 거쳤다. 나와의 싸움은 그렇게 계속됐다.

투수가 던지는 공 하나하나에는 너무나 많은 의미가 실려 있다. 공 한 개 때문에 나는 물론이고 함께 피와 땀을 흘린 동료들이 승자가 될 수도 패자가 될 수도 있다. 완벽한 공을 던지기 위해 선수로서 해내야 할 것들이 많다는 것을 어린 나이에도 깨달을 수 있었다.

투수에게는 무엇보다 하체의 힘이 중요하다는 것을 반복되는 훈련 속에서 체감했다. 하체의 안쪽 근육을 강화하기 위해 난 의도적으로 까치발을 들고 안짱다리 모양으로 걸어 다녔다. 보기에 우스운 모양새일 수 있지만, 그렇게 하면 허벅지 안쪽 근육이 강화되어 투구 시에 많은 도움이 된다.

사실 그런 부자연스러운 움직임으로 근력을 강화하는 것이 결코 장점만 있지는 않다. 허벅지에 작은 부상이 생기는 것 정도는 늘 감수해야 했다. 그럼에도 내가 안짱 걸음 운동을 포기하지 않았던 것은 공을 던질 때 안 근육과 바깥 근육이 7대 3 정도로 잡혀 있어야 힘을 고르게 사용할 수 있고, 더 파워 넘치는 공을 뿌릴 수 있기 때문이다.

이처럼 내 것을 만들기 위해 많은 것을 감당해야 했다. 무한한 노력과 반복된 연습만이 완벽에 가까워지는 답이라는 것을 알 수 있었다. 언론은 쉽게 '천재'라는 이름을 붙이지만, 언제 그랬냐는 듯 그런 표현을 거두고 차갑게 돌아서기도 한다. 그러한 간극에 자리하는 것이 바로 선수의 노력일 것이다.

미디어와 대중에게는 선수들이 흘리는 땀방울이 보이지 않을 수 있지만, 선수 본인은 자신이 얼마만큼 노력했는지 분명히 알고 있다. 그 노력이 결국은 결과로 드러난다는 것이 무서우리만치 잔인한 야구의 매력이 아닐까 싶다.

청룡을 향한 도전

충청권 고교야구는 항상 공주고, 천안북일고 그리고 우리 대전고의 3파전이었다. 지역 예선이든 본선이든 전국대회 결승에 오르기 위해서는 항상 공주고와 북일고를 꺾어야 했다. 세 학교는 매번 치열하게 경쟁하면서 성장, 발전해나갔다.

내가 2학년이었던 1987년, 대전고는 대통령배 고교야구선수권 대회 예선에서 공주고에 승리한 후, 북일고와 맞붙었다. 그러나 천안 북일고에는 3학년 에이스 지연규 선수가 있었다. 우리 팀은 경기 내내 북일고에 끌려갔고, 결국 7회 콜드게임으로 패했다.

이날 맹활약한 지연규 선배는 훗날 동아대를 거쳐 빙그레 이글스에 입단했고, 나와는 빙그레, 한화에서 10년 가까이 선수 생활을 함께 했다.

대전고는 그 다음 전국대회인 청룡기에서 좋은 성적을 거두기 위해 반드시 북일고와 지연규라는 큰 산을 넘어야 했다. 지연규 선수를 공략하기 위해 두 달 가까이 집중적인 맞춤형 훈련을 진행했다. 연규 선배는 장점이 많은 투수였지만, 특히 기가 막힐 정도로 예리한 슬라이더를 갖고 있었다.

우타자들은 그의 슬라이더를 밀어쳐 1루나 외야 우측으로 보내는 연습을 반복했다. 우익수 방향으로 공을 띄우면 바가지 안타를 노려볼 수 있었고, 내야 땅볼이 나오더라도 투수를 괴롭힐 수 있으니 타구가 3루나 좌익수 쪽으로 향하지 않도록 노력하고 또 노력했다.

그렇게 두 달간 연습한 결과를 청룡기 예선에서 확실히 보여준 우리는 북일고를 꺾고 본선 출전권을 따냈다. 그리고 충청지역 대표로 당당하게 청룡기 우승을 꿈꾸며 서울로 올라갔다.

내가 본선에서 처음으로 상대한 팀은 경기고등학교였다. 선발투수로 나선 나는 삼진 10개를 솎아내며 산발 2안타로 상대 타선을 틀어막았다. 뭔가 될 것 같은 자신감이 생겼다. 다음 경기는 포철공고와의 대결이었다.

선발투수의 난조, 조기 강판으로 1회에 갑자기 마운드에 올랐지만 7과 3분의 1 이닝 동안 2실점하며 팀 승리를 이끌었다. 예기치 않은 이른 구원 등판으로 몸이 덜 풀렸는지 안타를 7개나 허용했지만, 탈삼진 11개를 잡으며 위기를 벗어났다.

　이후 연승을 거두며 준결승에 오른 우리는 매서운 타선을 보유한 경남상고와 만났다. 하지만 불꽃 방망이를 휘두르던 타격 군단 경남상고도 내 구위 앞에 화력을 잃었다. 나는 탈삼진 10개를 잡으며 4피안타 1실점 완투승을 거뒀다. 이제 우승까지 한 팀만이 남았다. 청룡기 최다 우승팀인 부산의 경남고였다.

　우승 트로피가 한 발 앞으로 다가왔지만 경남고는 결코 만만한 팀이 아니었다. 당시 대다수의 야구 전문가들이 경남고의 우승을 점쳤으며, 신문이나 방송 또한 어느 학교도 경남고의 적수가 될 수 없다고 했다.

　예상과 달리 우리는 1회부터 연달아 홈런을 치며 4점을 뽑아 앞서나갔다. 나 역시 5회까지 호투하며 상대 타선을 잘 막았지만, 경남고는 역시 저력을 기진 팀이었다. 6회와 7회 각각 두 점씩 만회하며 끈질기게 따라붙어 스코어는 4 대 4 동점을 이뤘고, 연장전에 돌입하게 됐다.

　연장 11회초, 위기가 찾아왔다. 경남고 선두 타자가 때려낸 공이 내 머리 위를 훌쩍 넘겨 날아갔다. 중견수 앞 단타였다. 다음 타자 역시 내야 안타로 출루해 무사 1, 2루. 게다가 타석에 들어선 선수는 이날 내게서 3개의 안타를 빼앗은 터라 무슨 도깨비를 상대하는 것 같았다. 다행히 타구가 유격수 정면으로 향해 더블플레이로 이어졌고, 2사 3루가 됐다.

하지만 4번타자가 적시타를 터뜨려 결국 5 대 4 역전을 허용하고 말았다. 이내 관중으로 가득 찬 스탠드에서 알아듣기 힘든 야유와 응원의 목소리가 뒤섞여 물결쳐 왔다.

공수가 바뀌었고, 우리에겐 11회말 한 번의 공격만이 남았다. 패배 일보 직전이었지만, 두 명의 주자가 출루해 있어 실낱같은 희망이 있었다. 8번타자로 나선 나도 유격수 땅볼로 주자들을 한 베이스 더 보내는 데 힘을 보탰다.

다만 이날 따라 극심한 부진을 보이던 김낙현 선수가 타석에 서게 돼 불안한 마음이 없지 않았다. 결승전에서 이미 네 차례나 삼진아웃을 당했지만 마지막 순간만큼은 달랐다. 벼랑 끝 상황에서 2다점 적시타를 터뜨린 것이다.

주자 두 명이 미친 듯이 홈 베이스를 파고 들어 스코어는 6 대 5로 재역전되었다. 끝내기 안타, 게임 오버였다. 경기장이 떠나갈 듯한 환호성이 들렸다. 그날 우리가 일궈낸 우승은 대전고 야구부 창단 42년 만에 거둔, 사상 첫 전국대회 우승이었다.

나는 5승으로 다승 1위를 기록했고, 삼진도 43개나 잡아내며 우수투수상을 차지하게 됐다. 고1 때부터 어느 정도 이름을 알리기 시작한 나였지만, 이 대회를 통해 구대성이라는 이름 석 자가 전국의 프로야구, 대학야구 관계자들에게 확실하게 각인되었다고 해도 과언이 아닐 것이다.

선수 생활 내내 '누구도 내 공을 칠 수 없다'는 자신감을 갖고 경기에 임했지만, 지금 돌아보면 그런 마음가짐을 확실히 결과로 보여주기 시작한 것이 1987년 42회 청룡기 우승 때가 아닐까 생각한다. 그만큼 내게는 그때의 경험이, 기억이 소중하고 값지다.

청룡기 전국고교야구선수권대회 공식 홈페이지는 '청룡야구 60인'을 선정해 70여 년의 역사를 빛낸 역대 선수들을 소개하고 있는데, 최동원, 선동열, 박찬호, 김병현 등 한국 야구를 대표하는 선후배 투수들과 함께 이름을 올린 '대전고 2학년 구대성'의 모습이 대견스럽다.

야구로 세상을 배우다

대학생이 되어 새로 경험하는 야구는 고교 야구에서 보고 듣고
느꼈던 것과는 많은 부분에서 차이가 있었다. 가장 큰 변화를
하나 들자면 다양한 국제 대회에 참가하며 많은 경험을 쌓을
수 있었다는 것이다.

한마디로 한국이라는 우물을 벗어나는 다른 차원의 일이었
다. 크고 작은 여러 대회에 출전했지만, 그중 졸업 전까지 두 차
례나 참여한 대륙간컵 국제야구대회는 내게 많은 것을 가르쳐
준 뜻 깊은 대회였다.

나는 그 대회에 출전하기 전까지 이 세상에 야구를 하는 나
라가 그렇게 많다는 사실을 모르고 있었다. 어디에 있는지도
알지 못했던 이름조차 생소한 나라들에서도 대표팀을 꾸려 국

제 대회에 참가한다는 것이 놀라웠고, 야구를 대하는 그들의 열정적이고도 진지한 태도와 자세를 엿볼 수 있었다는 점에서 큰 의미가 있었다.

1989년 대학교 1학년 때 푸에르토리코에서 열린 대륙간컵 국제야구대회에 처음 출전했다. 하루를 하늘 위에서 보냈다고 할만큼 길고 긴 여정이었다. 미국 플로리다를 경유해 거의 20시간 가까운 비행 끝에 푸에르토리코에 도착했다. 북중미에서 열린 대회여서인지 인접한 국가들이 많이 출전했던 것으로 기억한다.

그때까지 나는 우리나라 외에 미국, 일본, 대만 그리고 쿠바 정도만 제대로 야구를 한다고 생각했는데, 아니었다. 야구도 나름 국제적인 스포츠라는 사실을 처음으로 깨달은 순간이었다. 단지 내가 몰랐을 뿐 세상은 생각했던 것보다 훨씬 넓고 엄청나게 많은 나라들이 존재했다.

그 대회에서 가장 강렬했던 기억은 아마추어 야구 최강 쿠바를 상대한 일이다. 그 팀에서도 독보적인 실력을 뽐냈던 한 타자를 목격한 것이 지금도 기억에 남는다. 당시 쿠바에서는 대통령 이름은 몰라도 그 선수 이름은 다 안다고 할 정도로 유명한 스타였고, 엄청난 실력을 가진 선수였다.

대륙간컵뿐만 아니라 어떤 국제 대회에 나가더라도 타격왕을 휩쓸 정도로 정교했다. 높은 정확도만큼이나 장타력도 대단해서 경기 전 연습 배팅을 지켜보면 펜스를 넘어 경기장 밖으로 날려버리는 장외 타구가 수두룩했다. 우리를 비롯해 상대팀 선수들은 경기를 하기도 전에 이미 자신감을 잃을 정도였다.

　　쿠바 선수들은 누구 하나 할 것 없이 빼어난 실력을 갖고 있었지만, 보유한 장비는 최악에 가까웠다. 실밥이 다 터져서 안에 돌돌 말린 실타래가 보일 정도의 낡은 야구공으로 연습을 했고, 배팅 장갑 없이 맨손으로 타격하는 선수들이 대부분이었다.

　　당시 국제 대회에 참여하고 귀국하기 전에 친선 차원에서 야구공, 장갑, 글러브, 배트, 헬멧 등의 장비를 선물하기도 했던 기억이 있다. 그런 열악한 환경에서도 훌륭한 기량을 선보이는 쿠바 선수들의 순수한 열정을 보면서 야구에 대한 초심, 의지 이런 것들을 다잡기도 했다.

　　우리는 쿠바와의 경기에서 11 대 0, 8회 콜느게임으로 패배했다. 콜드게임으로 8회에 경기가 끝나 공식적인 퍼펙트게임이 되지는 않았지만, 단 한 개의 안타도, 사사구 출루도 기록하지 못한 완벽한 패배였다. 그 경기에 선발로 나선 나도 부진했지만, 연이은 실책이 나오면서 4점을 내주고 마운드에서 내려왔다.

당시만 해도 쿠바와 우리의 실력 차이는 확연했다. 오죽하면 한 쿠바 타자는 자신이 이번 타석에서 번트를 할 테니 우리팀 내야수들에게 전진 수비를 하라는 모션까지 취하며 얕보기까지 했다. 베이브 루스의 예고 홈런은 들어봤어도, 예고 번트는 정말 상상도 못한 일이었는데, 우리는 두 눈 크게 뜨고도 그 선수의 빠른 발을 당해낼 수 없었다.

우리 팀에도 스피드로 둘째 가라면 서러운 '바람의 아들' 이종범 선수가 있었지만 쿠바 선수들의 두터운 내야 수비를 뚫어내지 못했다. 유격수와 2루수 사이를 가르는 안타성 타구를 쳤음에도 쿠바 키스톤 콤비의 환상적인 수비를 벗어나지 못한 것이다.

2루수는 다이빙하면서 글러브를 뻗어 날아가는 타구를 툭 하고 건드렸고 살짝 위로 떠오른 타구를 유격수가 맨손으로 잡아 1루로 논스톱 송구하는 서커스 같은 수비가 나왔다.

당시 대표팀 최고의 러너, 아니 한국프로야구 역사에 남는 주력과 센스를 보유한 이종범 선수가 1루 근처에도 가지 못하고 아웃될 정도로 쿠바의 수비는 철벽이었다. 선수 전원이 강건이었고, 날아다니는 사람들처럼 몸놀림이 가벼웠다. 그 장면 하나만 아쉬운 기억으로 남아 있을 정도로 우리는 쿠바에 완패했다.

그리고 또 하나 기억에 남는 것은 일본과의 경기였다. 어이없는 상황이 잇따른 불운 섞인 경기로 패배를 막을 수는 없었지만, 그때의 경험을 통해 일본 타자들이 내 공을 제대로 칠 수 없다는 자신감을 얻었다.

경기 초반 우리 타자들이 선제점을 뽑아 2 대 0의 리드를 잡았다. 선발투수가 흔들리자 일본은 4회에 새로운 투수를 올렸다. 독특한 투구폼이 인상적인 노모 히데오라는 선수였다. 5회가 끝나고 6회가 진행될 즈음 경기장 라이트가 고장 나 게임이 중단되었다.

어수선한 분위기로 재개된 경기에서 6회 1점, 8회 1점을 내줘 2 대 2 동점이 됐다. 경기는 연장으로 흘렀고, 우리 팀 선수들에게 부상과 불운이 이어졌다. 외야 수비에 구멍이 나 포수를 보던 정회열 선수가 우익수로 교체되고, 내야수들도 포지션이 바뀌는 등 위태위태한 상황이 계속됐다.

10회말 연장 2사 2루에서 일본 타자가 친 공이 외야에 높게 떠올랐는데, 하필 우익수 수비가 익숙하지 않은 회열 선배 쪽으로 향했다. 득점권에 주자가 있는 상황이어서 다른 야수들이 선뜻 커버에 나서기도 어려웠는데, 뒤늦게 2루수 안경현이 백업에 들어갔지만 공은 두 선수 사이로 떨어지고 말았다.

누구의 잘못도 아니었다. 그저 행운의 여신이, 승부의 신이 우리 편이 아니었던 거다. 결국 그 평범한 타구가 끝내기 안타가 되면서 우리는 3 대 2로 패했다. 나는 10회 마지막 아웃카운트 하나를 잡지 못한 채 완투패를 기록하게 됐다.

일본 타선을 상대로 14개의 삼진을 뽑아낸 나도 나였지만, 4회부터 등판해 무려 17개의 탈삼진을 기록하며 한 점도 내주지 않은 노모는 정말 훌륭한 투수였다. 이 경기는 그 해 대륙간컵 대회 최고의 명승부로, 명투수전으로 꼽혔다.

훗날 시간이 많이 흘러 메이저리그에 '토네이도' 열풍을 일으킨 일본 선수가 등장했을 때 그 이름을 다시 들을 수 있었고, 그가 바로 6년 전 나와 치열하게 승부를 겨뤘던 투수 노모 히데오였다는 사실을 알았다.

이 대회에서 우리 팀의 성적은 그리 좋지 않았지만, 나는 평균자책점 1위에 올라 우수투수상을 받으며 2개의 개인상을 수상했다. 하지만 상을 받았다는 것보다는 훌륭한 선수와의 대결을 통해 많은 것을 배울 수 있었다는 점이 훨씬 더 의미있었다.

노모의 투구 폼은 철저히 공을 숨기면서 타자들에게 구종을 노출하지 않는 디셉션이 매우 뛰어났다. 훗날 나도 그의 모션을 연구하고 응용해 나만의 폼을 완성시킬 수 있었다. 한일전이라는 중요한 경기를 어이없이 내줘 안타까웠지만, 내게는 여러모로 소득이 많은 대회였다.

그로부터 2년 후인 1991년에는 스페인 바르셀로나에서 대륙간컵 대회가 열렸다. 1992년 바르셀로나 올림픽에서 야구가 정식종목으로 채택되며, 그를 대비한 프리 이벤트 형식으로 스페인에서 대회가 열린 것이다.

그때 나는 대학야구 춘계대회 때 입은 부상으로 팔 상태가 몹시 좋지 않았지만, 대표팀 명단에 이름을 올렸다. 그 대회는 개최국 스페인 외에도 프랑스, 이탈리아, 소련 등 유럽 팀들이 출전했던 것이 인상적이었다.

쿠바, 일본, 한국 같은 전통적인 강호보다 중미 팀들이 호조를 보였던 것으로 기억한다. 일본을 꺾는 이변을 일으키는 등 의외로 전력이 강했던 멕시코 전에 선발투수로 나서 9 대 0 승리를 이끌었다. 안타는 1개만 내줬고, 삼진은 14개를 잡았다.

그러나 예선 리그 이탈리아와의 경기에서 부상이 찾아왔다. 팔꿈치가 온전하지 않아서 어깨를 더 활용해 공을 던지는 것으로 부담을 나눴는데 그게 화근이었다. 팔꿈치에 이어 어깨까지 부상을 입게 됐다.

4강 진출 팀을 가리는 마지막 예선전은 니카라과와의 경기였다. 멕시코와 더불어 파란을 일으키던 니카라과를 상대로 2 대 1 완투승을 거뒀지만, 팀을 4강으로 이끌지는 못했다.

6승 3패로 니카라과, 대만, 한국 세 팀이 동률을 이뤘으나 예선 풀리그에서 기록한 총 실점이 너무 많아 대회 규정에 따라 탈락하고 말았다. 하지만 나는 지난 대회에 이어 다시 우수투수 수상을 받으며 대회 올스타에 선발되었다. 3승 0패에 31개의 탈삼진을 기록했으며, 평균자책점은 무려 0.39였다.

여러 국제 대회 경험은 우물 안 개구리 같았던 나의 세계관을 한층 넓혀주었다. 야구를 통해 세상에 눈을 뜰 수 있었고, 낯선 환경의 타국에 발걸음을 내미는 것이 생각만큼 두렵거나 어려운 일이 아니라는 것을 깨닫게 되었다. 야구 내적으로나 외적으로나 한층 더 성장하고 성숙해질 수 있었던 좋은 기회였다.

중고교 시절 결코 이길 수 없다고 생각했던 미국, 쿠바, 일본 같은 강팀들과 한국 야구의 격차를 좁힐 수 있다는 자신감이 생긴 것도 큰 소득이었다. 무엇보다 내 공이 세계 무대에서 충분히 통할 수 있다는 확신이 들었다.

정확히 언제부터였다고 딘징지어 애기할 수는 없지만, 구대성이라는 선수가 더 큰 무대, 더 넓은 세계를 가슴에 품기 시작한 것이 아마 그때쯤이었던 것 같다.

네게 줄 수 있는 건 오직 사랑뿐

아내를 처음 만난 건 대학교 1학년 늦은 가을이었다. 날짜도 잊지 않고 정확히 기억하고 있다. 1989년 10월 26일 저녁이었다. 처음 만났던 장소 역시 또렷이 생각난다. 지금의 LG아트센터 위치에 자리한 서울반도유스호스텔이었다. 아니 조금 더 정확히는 그 근처 역삼동 뒷골목에 있는 카페 찰리 채플린이었다.

낭시 나는 대만에서 개최되는 IBA 세계야구선수권대회 국가대표 출정식에 참석하러 행사장에 왔다가 잠시 카페에 늘러 그녀를 처음 보았다. 그리고는 이내 푹 빠져버렸다.

30년도 더 된 일이지만 기억이 생생하다. 그녀는 와인색 벨벳 투피스를 입고 있었다. 딱 봐도 부잣집 딸 서울 아가씨 같은 분위기에, 난생 처음 느껴보는 어떤 아우라가 있었다. 그렇지만 차갑거나 새침한 인상은 아니어서 더 마음이 끌렸다.

사실 대표팀 소집 일주일 전쯤 야구부 형들이 한 여학생을 소개해주겠다고 했을 때, 내 대답은 '괜찮습니다!'였다. 서울이라는 낯설고 큰 도시, 갓 입학한 대학교 그리고 그 어떤 것보다 내게 중요한 야구에 집중해 하루빨리 새 환경에 잘 적응하고 싶었다.

거의 모든 부분에서 통제를 받는 고등학교와는 달리 대학교 야구부 생활은 훨씬 더 자유로웠지만, 술, 담배, 여자 등등 스스로 컨트롤해야 하는 것들이 많다는 점에서 어떻게 보면 더 큰 부담이었다.

프로 선수가 된 후로는 담배를 줄이면서 나중에는 완전히 끊었지만, 담배도 술도 대학생이 되어 처음 접하게 됐던 터라 여자만큼은 아직 때가 아니라고 생각했던 것 같다. 그런데 인연이 되려고 그랬는지 갑자기 마음이 바뀌어 출정식을 며칠 앞두어느 날 유영원 선배한데 좋은 사람이면 한 번 소개를 받아보겠다고 얘기했다.

영원 선배와 그녀의 사촌오빠 익승 형은 고등학교 때 함께 야구를 했던 절친한 사이여서 각각 후배와 동생에게 잘 어울릴 만한 이성친구를 소개해줄 마음이었던 것 같다. 난 학교 1년 선배이자 함께 대표팀 멤버로 선발된 정민태 형과 함께 그녀를 만나러 갔다.

카페에는 우리가 조금 먼저 도착했다. 잠시 후 사촌오빠와 함께 카페로 들어오는 그녀의 모습이 보였다. 요즘 젊은 친구들 표현으로는 어떤 말이 적절할지 모르겠지만, 내게는 어릴 적 동화책에서 봤던 공주, 딱 그냥 백설공주가 걸어 오는 것 같은 느낌이었다.

세상에 그렇게 하얀 피부를 가진 사람은 살면서 처음 봤다. 땡볕 아래서 운동하느라 검게 그을린 나와는 다른 세상 사람 같았다. 새하얀 얼굴에 동그란 눈동자, 화장기 없는 소녀의 수줍은 미소는 내 마음을 흔들었다. 사람들로 가득 찬 야구장에서 위기에 몰려도 꼼짝하지 않았던 내 심장이 주체할 수 없을 정도로 뛰고 있었다.

민태 형과 익승 형은 우리 둘에게 시간을 만들어준다며 곧 자리를 비웠다. 그러나 난 말 한마디도 제대로 하지 못하고 바보같이 그 소중한 시간을 흘려 보냈다. 그녀 역시 긴장한 마음인 건 마찬가지였던 것 같다. 우리는 그저 짧게 짧게 끊어지는 어색한 대화만을 남겨놓은 채 아쉽게 자리를 정리했다.

나는 바로 다음날 대만으로 떠나 대회에 임했다. 훈련이나 경기를 하지 않을 때는 계속해서 그녀의 얼굴이 아른거렸다. 지금 같으면 스마트폰으로 손쉽게 전화를 하거나 간단한 메시지라도 주고받을 수도 있을 텐데 그때는 별다른 방법이 없었다.

대회를 마치고 한국에 돌아와서도 그녀를 다시 만날 수 있으면 좋겠다는 생각뿐이었다. 하지만 그런 생각으로 하루 이틀, 한두 주 시간이 흐르니 다시 만나 무슨 말을 어떻게 해도 어색할 것만 같았다.

그로부터 거의 두 달이 지난 겨울, 크리스마스가 얼마 남지 않아 온 거리에 캐럴이 울려 퍼지던 때 우리는 다시 만났다. 학교 근처 레스토랑 마농 레스꼬였다. 프랑스 음식인지 이탈리아 음식인지 모를 메뉴들을 내놓는 평범한 대학가 양식집이었다.

아마도 그날이 우리의 진짜 첫 만남이 아니었을까 생각한다. 아이보리색 코트를 입고 긴 생머리를 옆으로 넘기며 내게 다가오던 그녀의 모습이 지금도 눈에 선하다. 세계야구선수권대회 출전 때문에 제대로 인사도 못하고 헤어졌고, 대회 후 귀국해서도 선뜻 먼저 연락을 건네지 못한 나를 다시 만나줄 거라고는 기대하지 못했다.

하지만 산타클로스의 선물인지 우리는 크리스마스의 기적처럼 다시 만날 수 있었다. 그 이후로는 단 하루도 거르지 않고 매일 매일 만났다. 꼭 만나서 무엇을 같이 하지 못하더라도 대학생활 내내 잠깐씩이라도 매일같이 만났던 것 같다.

대학 야구부의 일정은 국내에서의 크고 작은 대회와 아마추어 국제 대회까지 1년 내내 거의 빼곡하게 짜여 있고, 중·고등학교 때와는 달리 필수적으로 들어야 할 수업도 적지 않았다.

우리는 보통의 대학생 커플처럼 자주 만나거나 오랜 시간을 함께 할 수 없었지만, 그런 환경이 서로를 더 소중히 여기는 애틋한 마음을 만들어줬던 것 같다.

그녀와 만나는 동안 내게는 큰 부상이 두 번이나 찾아왔다. 그리고 부상 자체보다 더 힘겹고 괴로운 재활의 시간이 이어졌다. 모든 게 불투명하고 불확실한 나날이었다. 나 스스로도 야구선수로서의 미래를 확신할 수 없었고, 크고 작은 불안감에 휩싸였지만 그럴 때마다 내 곁을 지켜준 사람이 그녀였다.

그녀와 함께 있을 때면 잠시나마 야구선수 구대성이 아닌, 20대 청년 대학생 구대성으로 돌아가 마음의 여유를 찾을 수 있었고, 위로와 격려 덕분에 길고 지루한 재활을 잘 마치고 다시 야구에 집중할 수 있었다. 말하자면 내게는 비타민이자 에너지 드링크 같은 존재였던 것이다.

그러다 보니 중요한 경기 전후에 그녀와 짧은 통화를 주고받는 게 나의 루틴이 되어버렸다. 나는 평소 특별한 루틴이나 징크스 같은 게 없는 편이었는데 그녀가 내 삶에 들어온 날부터 프로 선수 생활을 마감하는 날까지 전화 통화라는 습관이 생겼다.

무언가 복잡하게 얽혀 있던 마음을 실타래 풀 듯 간단하게 정리해주고, 승부라는 부담감에 짓눌려 있던 내 정신을 깨끗하고 맑게 청소해주는 사람이었다. 요즘은 야구 등 프로스포츠 구단에 멘털 트레이너, 심리치료사 등의 스태프가 있는데 내게는 오래 전부터 그런 역할을 대신해주는 사람이 있었던 셈이다.

1993년 한양대학교를 졸업하고 대전, 충청 지역을 연고지로 하는 프로야구단 빙그레 이글스에 입단하게 되면서 서울을 떠났다. 그녀를 만난 후로 그렇게 멀리, 오래, 자주 떨어져 본 건 처음이었다. 나는 대학 때 입은 이런저런 부상들이 악영향을 미쳐 프로 데뷔 첫 해 기대만큼의 성적을 거두지 못했다.

비니어노, 구단도, 팬도 실망했겠지만, 무엇보나 그녀에게 좋은 모습을 보이지 못했다는 점에서 나 스스로 실망이 컸다. 첫 해부터 다시 길고 지루한 재활의 시간이 반복됐다. 대학야구와 프로야구의 수준차도 컸지만, 온전하지 않은 몸 상태로 베테랑 선수들과 맞서 싸우며 내 이름과 가치를 알려야 하는 상황이 녹록하지 않았다.

언젠가 중요한 경기를 앞둔 전 날 그녀를 보기 위해 잠시 서울에 다녀왔다. 잘 할 수 있을 거라고, 걱정하지 말라고 진심으로 응원해주는 그녀의 말 한 마디가 큰 힘이 되었다. 다음날 열린 경기에서 나는 구대성이라는 선수가 한국프로야구에 등장했음을 보여줬다. 그리고는 한 걸음, 한 걸음 올라서기 시작했다.

야구가 잘 풀리던 순간에도, 그렇지 않은 순간에도 한결같이 옆에 있어줬던 그 사람. 그녀가 함께 있어야 난 야구선수로서도 한 명의 사람으로서도 더 발전할 수 있을 것이라는 확신이 들었다.

절실히, 간절히 내 남은 인생을 그녀와 함께하고 싶었다. 그런 마음을 담담히 고백했고, 우리는 5년간의 연애를 끝으로 결혼식을 올렸다. 그녀와 날 닮은 딸, 아들도 하나씩 얻게 됐다.

그녀는 내게 무엇이 진정한 행복이고 기쁨인지 알려준 고마운 사람이다. 그리고 행복한 가정을 꾸려 나가는 인생의 가치와 감동을 깨닫게 해주었다. 또한 야구선수 구대성이 어떠한 마음으로 진정성 있게 야구를 대해야 하는지도 다시 생각하게 해준 사람이다.

한국을 떠나 일본, 미국, 호주까지 여러 나라를 옮겨 다니면서 야구선수로 활동했고, 남들보다 더 길게 현역으로 활약한 나로 인해서 본의 아니게 아내 역시 승부의 세계 언저리를 오가며 마음의 부담을 느꼈을 것 같아 미안하고 안쓰러울 때가 많았다.

늘 남편으로서, 아빠로서, 가장으로서 최선을 다하겠다고, 앞으로도 더 좋은 사람이 되겠다고 그녀에게 다짐한다. 언제나 더 큰 사랑과 행복을 안겨주고 싶은 마음뿐이다.

30년 전 겨울 그녀를 만나러 가는 길, 거리를 수놓던 캐럴 음악 사이로 귀에 익숙한 가요가 하나 들려와 귀를 쫑긋 세웠던 기억이 있다. 바로 변진섭의 「네게 줄 수 있는 건 오직 사랑뿐」이란 곡이었다. 그녀를 처음 만나러 갈 때의 내 마음을 그대로 옮겨 놓은 듯한 제목과 가사였다.

지금도 우연히 그 노래가 들릴 때면 아이보리색 코트를 입은 긴 머리 소녀와 덩치만 컸지 숫기도 없고 말주변도 없었던 까무잡잡한 소년의 첫 만남이 떠오르는 것 같다.

노는 것도 승부다

어려서부터 승부가 확실히 갈리는 놀이를 즐겼다. 야구를 좋아
했던 것도 승리와 패배가 명확한 스포츠였기 때문이 아닐까 싶
다. 다 함께 어우러져 노는 것도 좋아했지만 승부라는 결과가
뒤따르는 놀이를 더 좋아했다. 제기차기, 딱지치기, 구슬치기,
온갖 치기란 치기는 다 하면서 뛰어놀았던 나, 우리 동네에서
나를 뛰어넘는 놀이꾼, 장난꾸러기는 없었다.

사실 이런 승부욕, 투쟁심 같은 근성이나 기질이 야구나 스
포츠에서는 꼭 필요한 것이지만, 나이 50을 넘긴 지금에 와서
는 가끔씩 일상생활에서도 그런 성격이 불쑥 튀어나오는 내 모
습이 우습게 느껴지기도 한다. 어떻게 보면 좀 못 됐다는 생각
이 들 정도다.

아내나 딸과 대화할 때는 그런 일이 거의 없는데 아들과 얘기하다 막무가내로 고집을 부려 좋았던 대화가 이상한 언쟁으로 이어지는 경우도 있다. 야구장에서나 '대성불패' 구대성이지, 집에서는 나 역시 평범한 아빠이기 때문에 아들과 티격태격하거나 우기다가 서로 감정이 상하는 일도 있다.

아무튼 뭐가 됐든 간에 꼭 승부를 봐야 직성이 풀렸다. 아마 초등학교 6학년 때쯤이었을 거다. 우리학교 야구부 전체, 서른 명도 넘는 동료와 제기차기 대결을 했다. 나와 이름이 기억나지 않는 포수 친구 이렇게 배터리가 한 편을 이뤄 30여 명의 다른 선수들과 내기를 했다. 그런데 우리 둘이 너끈히 이겨버렸다.

딱지치기 역시 나와 겨룰 만한 아이들이 없었다. 딱지를 얼마나 많이 따갔는지 연탄불을 때던 집에서 불쏘시개로 쓸 정도였다. 어떤 날은 엄마가 문방구에서 파는 둥근 딱지로 불을 붙여서 한없이 울었던 적이 있다.

보통 크고 네모난 딱지는 달력이나 신문 같은 폐지로 만들지만 만화 캐릭터가 그려져 있는 둥근 딱지는 별, 주사위, 가위바위보 등 여러 가지 그림이 있어 딱지 따먹기 외에도 다양한 게임을 할 수 있었다. 당시 가격도 꽤 나가서 10원, 20원 용돈을 아끼고 모아 사는 소중한 장난감이었다.

아이들 사이에서는 일종의 화폐 역할을 할 정도로 중요해서 같은 딱지가 여러 개 있으면 맞바꾸기도 하고 서로 없는 것들을 사고 팔았다. 그렇게 하루에도 몇 시간씩 딱지를 쳤으니 훗날 동네에서는 구대성이 투수로서 성공하게 된 것이 어린 시절 딱지 치면서 터득한 손목 스냅 활용법 때문이라는 우스갯소리가 나올 정도였다.

초등학교 시절 여름방학이 되면 야구부원들은 학교에서 합숙을 했다. 감독님은 훈련에 앞서 규칙적인 생활 습관을 들이기 위해 기상 미션으로 아침에 일어나면 유니폼을 다 갈아입고 집합하게 했다. 우린 겨우 초등학생이었는데, 이제보니 완전히 군대 스타일이다.

난 그 미션도 경쟁으로 생각했기 때문에 항상 제일 먼저 일어나 유니폼을 입고 재빨리 운동장으로 뛰어나갔다. 사실 1등으로 나가고 싶은 마음에 잠옷도 벗지 않고 그 위에 그대로 유니폼을 덧입었다.

다른 선수들은 잠옷을 벗고 유니폼으로 갈아입어야 하니 나보다 시간이 더 걸릴 수밖에 없었다. 매일 밤 땀 범벅이 된 잠옷을 입고 잠자리에 들어야 했지만 그건 승자인 내가 감당해야 할 몫이었다.

성인이 되어서는 새로운 놀이를 찾아 승부욕을 발휘했다. 바로 바둑이었다. 신인 시절 연습이 끝나면 항상 숙소 근처 목욕탕을 찾았는데, 그곳의 세신사 아저씨가 내 바둑 스승이었다. 아저씨는 아마추어 애호가 정도가 아니라 과거 프로 2단까지 오른 정식 기사였는데, 손님이 없을 때면 나를 앞에 앉히고는 바둑 두는 법을 알려주곤 했다.

바둑에는 흑돌과 백돌이 있으며, 집이 무엇인지, 어떻게 승패를 가르는지 등등 기본적인 개념과 규칙을 차근차근 설명해줬다. 강한 사람이 상수로 흰 돌을 잡고, 약한 사람이 하수로 검은 돌을 잡는다는 것도 이때 처음 알았다. 나는 금방 바둑에 빠져들기 시작했다. 왜냐고? 상수가 되고 싶었으니까.

아저씨와 나의 첫 바둑 대결은 서른 집의 핸디캡이 있는 덤바둑이었다. 나는 30개나 되는 흑돌을 먼저 깔아놓고 대국을 시작했다. 처음엔 그렇게 많은 흑돌을 깔아뒀으니 쉽게 이길 것 같아도, 언제나 끝날 때쯤에는 내 돌이 하나도 남아 있지 않았다. 그렇게 30개, 25개, 20개 줄여나가면서 나중에는 한자릿수까지 줄였다. 맞바둑을 두었던 기억은 없다.

나는 기본적으로 정적인 것보다는 동적인 것을 훨씬 더 좋아하고 즐기는 편인데 바둑에 빠진 건 스스로도 좀 의외였다. 서

둘러서 좋을 것이 없고, 침착하게 상대와 상황을 들여다 볼 수 있어야 하며 생각하는 힘, 집중하는 힘, 위기에 대처하는 힘이 매 순간 필요한 바둑은 많은 것을 깨닫게 해준 놀이인 동시에 승부였고, 공부였다.

아무리 실력 차가 커도 승부는 승부니 내가 이기면 아저씨는 공짜 음료수를 줬고, 아저씨가 이기면 나는 야구공을 선물로 드렸다. 이때 바둑을 배워놓은 덕분에 먼 지방으로 원정 경기를 떠났을 때나 10시간이 넘는 장거리 비행기를 타고 미국으로 스프링캠프를 갈 때도 지루한 시간을 잘 달랠 수 있었다.

야구뿐만 아니라 이것저것 못하는 게 없었던 송진우 선배와는 함께 선수 생활을 하는 내내 수많은 대국을 벌이기도 했다. 은퇴 후에는 인터넷 바둑으로 많은 사람들과 대결했다. 그때 나와 바둑을 두었던 이들이 내가 야구선수 구대성이었다는 것을 알았을지 모르겠다.

돌아보면 야구를 포함해 내가 좋아하고 즐겼던 모든 것들에 승부라는 요소가 있었다. 또한 나에게는 은퇴하는 순간까지 경쟁심과 승부욕이 조금도 줄어들지 않았던 것 같다. 치열하게 경쟁하면서 잔인하게 승패를 갈라야 하는 그 모든 상황들이 스트레스였다면 결코 즐길 수 없었겠지만, 승리는 즐기고 패배는 받아들이는 마음이 늘 준비되어 있었다.

　야구도 다른 놀이나 취미처럼 즐기면서 할 수 있었기에 그렇게 오랫동안 마운드에 머무를 수 있었던 게 아닐까 생각한다. 사실 프로야구 선수에게 있어 야구는 놀이보다 일에 더 가깝다는 것을 부정할 수 없지만, 공을 던지러 마운드에 오르는 순간만큼은 언제나 설레고 가슴 뛰었다.

STRIKE 2. 중간 Middle man

할 수 있다. 나는 할 수 있다
어디 볼 끌 곳 없습니까?
나와 한화 이글스의 첫 한국시리즈 우승
2000 시드니 올림픽 그리고 한일전 155구 완투승
MLB라는 꿈, NPB라는 현실
돈보다 중요한 야구라는 나눔
투수와 포수, '배터리'라는 작은 팀
라이벌이거나 천적이거나
메이저리그 전설의 5할 타자
2006 WBC, 세계를 놀라게 한 대한민국
코리안 몬스터 류현진, 그와 나를 연결해준 체인지업

Middle man: 선발투수에 이어 경기 중반부에 출전하는 투수를 말한다. 팀의 리드를
지켜야 하고, 승부의 추가 기울지 않도록 무너지지 않아야 한다.

할 수 있다
나는 할 수 있다

인생을 살다 보면 예기치 못한 일들이 찾아올 때가 있다. 누구나 병이 들거나 다치면 괴롭고 힘들지만, 특히 몸이 재산인 운동선수들에게는 더더욱 큰일이다. 부상만큼 고통스러운 불운, 불행이 없다.

큰 부상을 당하면 수술대에 오르게 되고, 수술이 잘 끝났다고 해도 재활을 위한 치료와 훈련을 제대로 소화하지 못한다면 과거의 기량을 회복하기 어렵다. 재활은 선수 생명이 걸려 있는 절체절명의 난제인 셈이다. 재활 운동은 그 어떤 트레이닝보다 힘겹다. 끝을 알 수 없고, 결과를 낙관하기 어렵기 때문이다.

선수들에게 부상은 영원히 꾸고 싶지 않은 악몽과도 같다. 정말 뛰어난 실력을 갖췄고, 미래가 창창하던 선수들이 한 순간의 부상으로 커리어를 마감하는 경우도 봤고, 평범한 선수 혹은 평범 이하의 선수로 전락하는 모습도 빈번하게 봤다.

물론 재활에 성공해서 보란 듯이 재기해내는 인간 승리 같은 장면을 볼 수도 있지만, 결코 당연하게 생각할 수 있는 간단한 일이 아니다. 선수라면 누구나 부상을 피하고 싶고, 상대 선수에게 부상을 입히는 것 역시 피하고 싶다. 너무나 당연한 얘기다.

하지만 피한다고 조심한다고 뜻대로 되는 것도 아니고, 최선을 다해 경기를 하다 보면 누구든 그런 상황에 맞닥뜨리게 된다. 나만 조심한다고 해서 어찌할 수 없다는 것이 교통사고 같다.

내가 기억하는 첫 부상은 중학교 2학년 때였다. 어리고 철없던 시절의 일이라서 부상을 크게 심각히 여기지는 않았던 것 같다. 다시 야구를 할 수 없을지도 모른다는 불안감이나 걱정도 없었다.

그 부상은 훈련이나 경기 중 발생한 것이 아니라 어느 날 아침 갑자기 찾아온 날버락 같은 일이었다. 그저 잠을 자고 일어났을 뿐인데 왼팔이 굽어 있었다. 삼각형의 한 변처럼 팔이 사선으로 비스듬히 굽어 있었다. 팔을 얼마나 대책 없이 많이 썼으면 그런 부상이 생겼을까 싶다.

그 때가 나의 첫 부상이었고, 이후 이어진 재활 역시 첫 경험이었다. 너무 오래 전이라 정확히 기억할 수는 없지만, 분명히 병원도 몇 번이나 찾아갔을 것이다. 자다가 그런 것이니 일시적으로 그랬다가 며칠 지나면 아무 일도 없었다는 듯 자연스럽게 괜찮아질 거라는 생각도 했다.

중학교 야구부에 따로 트레이너나 의료 스태프가 있는 것도 아니고 코치 선생님과 얘기해서 우선은 피칭도 멈추고 팔을 많이 쓰는 운동은 최소화하는 것으로 대처했다. 나는 팀 동료들과 함께 야구를 하지 못하게 됐고, 혼자서 나와의 싸움을 시작했다.

하루 종일 학교 뒷산을 뛰어 올라갔다 내려오기를 반복했고, 학교 철봉에 굽은 왼팔을 걸고 매달려 팔을 늘려보기도 했다. 그러다 팔에 통증이 오면 철봉에서 내려와 운동장을 10바퀴 정도 돌았고, 달리기로 지치면 다시 철봉에 매달려 왼팔을 늘어뜨렸다. 그리고는 다시 산에 올랐다.

등산, 철봉, 운동장 달리기를 반복하고 또 반복했다. 그 방법에 어떤 의학적 근거 같은 게 있었을 리 없다. 야구부에서 나만 신경 써줄 수도 없는 노릇이고 그저 아무 것도 하지 않으면 안 될 것 같은 마음에 무식하고 미련하게 굽은 팔을 늘려보았던 것이다.

그런데 한 달, 두 달 시간이 지나자 팔 상태가 나아지기 시작했다. 조금씩 정상적으로 펴지는 팔을 보면서 희망이 생겼다. 몇 달 더 그렇게 팔을 관리하면서 내 방식대로 재활 운동을 이어가니 굽어 있던 팔이 완전히 정상으로 돌아왔다.

그때 이후로는 팔이 굽어지거나 하는 이상한 부상이 나를 다시 찾아오지는 않았다. 고등학교 때도 괜찮았다. 딱 한 번 청룡기 대회 결승전에 팔이 올라가지 않아 침을 몇십 개나 맞고 던졌던 적이 있지만, 3년 동안 특별히 팔이 불편했던 때는 없었다.

하지만 대학교에 들어가서 두 번째로 큰 부상을 당하게 됐다. 중학교 때와는 달리 경기 중에 발생한 불의의 부상이었다. 부상이라는 것이 반가운 사람이 어디 있을까 싶지만 기막힌 호투를 이어가던 상황에서 일어난 부상인지라 더욱 달갑지 않았다.

대학교 2학년 봄철 리그 춘천 경기였다. 경남대학교를 상대로 선발 등판해 5회까지 잘 던지고 있었다. 볼넷 한 개만 내줬을 뿐 안티는 히니도 맞지 않아 노히드노린을 노려볼 수 있을 만큼 구위가 괜찮았다.

투구 중 갑자기 팔꿈치에서 뚝 하는 소리가 들렸다. 통증이 있었고 기분도 좀 꺼림칙했지만, 경기장을 찾아온 여자친구 앞에서 멋진 경기를 보여주고 싶어 참고 던졌던 것이 화근이었다.

나는 마운드에서 내려올 수밖에 없었다.

그 후로는 무려 다섯 달 가까이 경기에 나서지 못했다. 다시 끝이 보이지 않는 재활이라는 터널로 들어가야 했다. 처음에는 재활이 그렇게 길어질 거라는 생각을 하지 못했다. 당시 한양대 병원에서는 인대가 늘어났다며 1개월 정도만 깁스를 하면 나아질 거라고 했는데, 생각만큼 빠른 속도로 회복이 되지 않아 걱정이 많아졌다.

야구선수, 투수로서의 생명이 달린 큰 부상이었기에 미래에 대한 불안함이 커졌다. 그래서 프로야구팀 OB 베어스의 지정 병원이었던 영동정형외과에서 다시 정밀 검사를 했는데, 웬걸 별 이상이 없다는 거다. 병원에서는 자꾸 괜찮다고 하는데 내 팔꿈치 통증은 계속되었다.

오죽 답답하면 한 코치님이 가는 병원마다 아무 이상 없다는데 대체 어디가 이렇게 어째서 아프다는 거냐고 핀잔을 주실 정도였다. 그렇다고 이렇게 시간을 보낼 수는 없어서 팔꿈치를 잘 본다는 병원을 수소문해 몇 곳이나 더 찾아가 검사를 받았다.

고등학교 때 가끔 갔던 대전고 앞 정형외과도 다시 찾았다. 널리 이름난 곳도 아니었고, 엄청나게 크지도 않은 평범한 동네 병원이었다. 명성, 규모 같은 것으로는 설명하기 어려운 좋은 병원과 의사들을 만날 때가 있는데, 내게는 그 병원이 그랬다.

우선 엑스레이 촬영부터 했다. 뼛조각이 보였다. 난다 긴다 하는 서울의 유명 대형 병원들이 찾지 못한 뼛조각이 3개나 돌아다니면서 신경을 건드리고 있었던 것이다.

결국 다시 한양대 병원과 영동정형외과를 찾아가 두 곳에서 한 번 더 사진을 찍었고, 대전 병원에서와 같은 결과를 확인했다. 수술을 권하는 의사도 있었고, 쉬면서 뼈가 제자리로 붙어 들어가기를 기다리는 게 나을 거라는 의사도 있었다.

이번에는 내가 할 수 있는 것이 없었다. 난 수술을 포기하고 기다리는 쪽을 택했다. 별다른 치료법도 재활 방법도 없었다. 그저 푹 쉬면서 시간을 보내야 했다. 그 불확실하고 불투명했던 시기에 지금의 아내가 없었다면 몸과 마음을 추스르기 어려웠을 것이다.

5개월 정도 쉰 후 추계 리그부터 다시 공을 던지게 되었다. 팔꿈치가 나은 것은 아니었기에 무리가 가지 않도록 어깨 위주로 투구할 뿐이었다. 당시 스카우트를 위해 동대문 야구장을 찾았던 쌍방울 레이더스 김인식 감독님이 '구대성은 보통의 대학 선수들보다 몇 수 위의 기량을 가진 투수다. 당장 프로에 와도 통할 재목이다'라고 호평해 용기를 얻었던 기억이 난다.

그렇게 2학년 가을부터 졸업을 앞둔 4학년 마지막 대회까지 나는 팔꿈치를 쓰지 않고 어깨로만 공을 던졌다. 대학 때는 그렇게 온전치 않은 몸으로 던져도 별 문제가 없었다.

그렇지만 프로에 와서 보니 지난 3년간 팔꿈치와 나눠야 할 부담을 홀로 짊어진 어깨가 망가질 대로 망가져 있었다. 프로 첫 해 그동안 어깨로만 공을 던져왔던 일에 대한 값을 뒤늦게 혹독히 치러야 했다. 청주 야구장에서 열린 빙그레 이글스와 삼성 라이온즈와의 경기, 나의 프로 데뷔전이었다.

몇 이닝 던져보지 못하고 어깨 통증으로 마운드에서 내려왔다. 언젠가 터지지 않을까 늘 불안했던 시한폭탄 같은 부상이었다. 어깨가 완전히 고장 났다. 어깨의 막이 지나치게 얇아졌고, 작은 뼛조각들이 신경을 건드려 통증이 계속되는 상황이었다. 어깨의 잔 근육들을 강화시켜 얇아진 막을 보완해줘야 했다.

힘들고 지겹고 괴로운, 그 어떤 말로도 표현이 되지 않는 재활의 시간이 또 다시 나를 찾아왔다. 그래도 좋은 재활 훈련 파트너가 있어서 격려도 하고 자극도 받으며 그런대로 잘 견뎌낼 수 있었다.

나보다 1년 앞서 이글스맨이 된 지연규 선배였다. 전선왕 트레이너의 지도 하에 선배는 팔꿈치, 나는 어깨 재활에 매진했다. 그는 훗날 시드니 올림픽에서 함께 했던 김용일 트레이너 와 야구계 최고의 트레이너로 꼽힌다.

몇 번이나 반복해 말하지만 재활은 힘들다. 정말 힘들다. 게 다가 지루하기까지 하다. 힘들고 지루하니 더욱 더 괴롭지 않을 수 없다. 우린 약 6개월간 재활 훈련을 반복했다. 몸은 몸대로 힘 들고, 불안, 걱정, 초조로 인해 정신까지 힘겨웠다. 그래서 스스 로 멘탈을 잘 관리하고 단단히 정신 무장하는 것이 필요했다.

혼자였다면 제대로 하지 못했을 거다. 지연규 선배와 함께 했기에, 전선왕 트레이너가 도와주었기에 가능한 재활이었다. 가끔 너무나 지쳐서 하루쯤 쉬고 싶을 때가 있었다. 반복되는 훈련이 사람을 거의 미치게 할 정도로 괴로웠기 때문이다.

하지만 전 트레이너는 우리를 너무나 잘 다룰 줄 알았다.

"형, 오늘은 좀 쉬엄쉬엄 해도 될까요?"

"그래. 그러자. 안 된다고 하지는 않을게. 그냥 쉬어. 너희 하 고 싶은 대로 해봐."

트레이너 형이 그렇게 말하면 나도 연규 선배도 도저히 쉴 수 없었다. 절대 안 된다고 하면 더 힘이 빠져서 정말 하기 싫 었을 텐데, 막상 우리 마음대로 쉬면서 해보라고 하니 마음 놓 고 있을 수가 없었다. 그저 서로 격려하면서 다시 선의의 재활 경쟁을 이어가는 것밖에 방법이 없었다.

튜빙, 러닝, 웨이트 등 잘 짜인 일정과 계획대로 하나씩 훈련해가면서 반복에 반복을 거듭한 끝에 단거리에서 피칭할 수 있을 정도로는 몸이 회복되었고, 이내 곧 정상적인 몸 상태를 되찾았다.

지금도 그때 전 트레이너가 "이제 다 나았어. 둘 다 잘 버텨냈다"라고 재활 완료를 확인해주면서 했던 말이 생생히 들리는 것 같다. 너무나 감사하다.

시즌이 끝나갈 무렵 9월 초부터 캐치볼을 시작으로 장거리 피칭을 하고 2군에서 몇 경기를 치른 후 1군 무대에 복귀하게 되었다. 쌍방울 레이더스와의 경기가 복귀 후 첫 시합이었다. 패스트볼 구속이 140km/h 안팎을 오갈 정도로 구위가 올라오지 않았지만, 5이닝 동안 볼넷 하나만 내주고 안타는 맞지 않는 호투를 펼쳤다.

재활 훈련을 완벽히 끝마쳐서인지 몸도 기분도 꽤 괜찮은 상태였다. 그런데 당시 팀을 이끄셨던 김영덕 감독님이 "쌍방울한테 그 정도도 못 던지는 투수가 있나? 강팀이랑 붙어서 다시 한 번 봐야지"라고 차갑게 얘기하는 거다.

나는 오기가 생겼다. 복귀 후 두 번째 경기는 당대 최강이었던 해태 타이거즈와의 승부였다. 나는 이번에도 5이닝을 소화했고, 1피안타 무실점 호투로 선발승을 거두며 보란 듯이 재기를 알렸다.

끝나지 않을 것만 같았던 긴 터널에서 한 줄기 빛을 찾아 한 발 한 발 걸어 나오고 있었다. 그러나 그 후로도 고질적으로 날 괴롭혔던 허리 디스크 수술이 있었고, 일본에서도 탈장 때문에 수술과 재활을 경험했다. 미국에서도 크고 작은 부상이 있었고, 한국에 돌아온 후에도 다리 수술로 또 다시 재활 훈련을 거듭해야 했다.

내가 특별히 수술과 재활을 많이 겪었다기보다 운동 선수라면 누구나 다 부상을 당하고, 회복을 위해서 수술과 재활을 거치는 것이 정해진 수순이다. 은퇴하는 순간까지 단 한 번의 큰 부상도 없이 선수 생활을 지속해나갈 수 있다면 얼마나 좋겠냐만 그건 사실상 불가능한 일이다.

그렇다면 부상이라는 시련이 다가올 때 낙담하고 좌절하지 않도록 평소 마음의 힘을 키우면서 자신에 대한 굳건한 믿음을 만들어두는 편이 훨씬 좋을 것이다. 스스로를 향한 믿음이 충분히 쌓여 있지 않다면 부상이 완쾌되었음에도 다시 찾아올지 모를 통증이 두려워 나부터 움츠러들 수 있다.

그러한 걱정이 앞서면 자신이 갖고 있는 기량을 100퍼센트 발휘할 수 없다. 다른 사람도 아닌 내가 나를 의심하고 불신하는 경우가 생기는 것이다. 결국 자기자신만 손해다.

재활을 잘 마치고 몸 건강히 복귀하고도 마음의 건강을 찾지 못해 제대로 실력을 발휘하지도 못한 채 내리막을 향하는 선수들을 여럿 봤다. 야구인으로서, 스포츠맨으로서 너무나 가슴 아픈 일이 아닐 수 없다.

재활은 육체와 정신이 모두 힘들기에 괴로운 것이다. 끝없는 자신과의 싸움이고, 싸움이 끝나갈 무렵에도 나를 신뢰해야 하나, 의심해야 하나 하는 복잡한 생각에 사로잡힌다.

온전히 나를 믿고 용기를 내지 못한다면 육체는 완치되었어도 정신은 회복하지 못한 것이다. 그러면 결국 재활에 성공한 것이라고 볼 수 없다.

때로는 의학적 근거도 없는 검증되지 않은 자가재활에 매달려보기도 하고, 아픈 부위를 쉬게 해주면서 무작정 기다려보기도 하고, 전문적인 의료진의 도움을 받아 수술과 치료, 훈련을 거듭하기도 하면서 끝없이 싸워야만 부상을 완전히 떨쳐낼 수 있는 것이다.

하지만 그 무엇보다 할 수 있다는 믿음이 필요하다. 끝을 알

수 없는 터널 속에서 나 하나만을 믿으며 버티고 견뎌내야 내가 사랑하는 야구를 다시 할 수 있다. 지금도 재활 당시에 썼던 일기장을 꺼내어 보면 가장 많이 써 있는 문장이 하나 있다.

'할 수 있다. 나는 할 수 있다.' 평범하고 흔한 말이지만, 그 무엇보다 간절한 마음이 힘차게 전해져 오는 것 같다. 결국 야구도, 우리가 사는 인생도 할 수 있다는 마음과 믿음 없이 더 나은 내일을 기대하기는 어려운 것 아닐까 생각이 든다.

어디 불 끌 곳 없습니까?

프로야구라는 무대에서 현역 선수로 활동하는 기간은 매우 한정적이다. 그렇기에 한 해 한 해, 매 시즌이 특별하지 않을 수 없다. 나처럼 20년 넘게 유니폼을 입었던 사람에게나, 안타깝게 1~2년 만에 그라운드를 떠나게 된 사람에게나 프로야구 선수로 활약한 시간들은 더없이 소중하고 뜻깊을 것이다.

내게는 손에 꼽을 만큼 특별한 시즌들이 여럿 있었지만, 그중에서도 가장 큰 의미를 지닌 해는 단연 1996년이다. 프로 데뷔 시즌이었던 1993년 나는 고질적인 어깨 부상과 재활로 인해 2승 1패라는 초라한 성적표를 받아들여야 했다.

절치부심한 이듬해 1994년부터 조금씩 존재감을 드러내기 시작했다. 선발, 중간, 마무리 어디에서도 제 몫을 할 수 있다는 쓰임새를 인정받기 시작한 것이다. 3년차였던 1995 시즌은 구단이나 팬들이 기대하는 몫에 미치지 못했고, 나 역시 만족할 수 없는 성적이었지만 불안하거나 초조한 느낌이 들지는 않았다.

승리한 경기보다 패배한 시합이 훨씬 더 많았던 해였으므로 표면적인 기록은 좋지 않았지만, 세부지표는 나쁘지 않았고 무엇보다 내 어깨가, 내 몸이 점점 안정을 찾아가고 있다는 것을 확인할 수 있었기 때문이다.

더는 어떠한 통증도 없었기에 승부를 떠나 내 공을 온전히 뿌릴 수 있다는 자신감이 굳건해졌고, 점차 늘어나는 투구 이닝과 투구수도 만족스러웠다. 아직 온전히 자리를 잡았다고 얘기할 만한 상태는 아니었다.

다만 어떤 상황에서든 마운드에 오를 수 있다는 것이 나에 대한 신뢰와 기대로 느껴졌기에 확실한 보직이 따로 없다는 것도 전혀 문제될 게 없었다. 그저 한 번이라도 더 마운드에 오를 수 있는 기회가 주어진다는 것이 행복했던 시절이었다.

1996년은 과거 세 시즌의 경험을 바탕으로 한 층 더 성장한 모습을 보여준 해였다. 그 해는 선발투수로 출전하기보다는 중간계투나 마무리로 마운드에 오르는 경우가 많았다. 5회나 6회 경기 중반에 한두 점 차이로 리드하거나 동점이 되면, 어김없이 등판해 많은 이닝을 소화하며 팀 승리를 지키거나 구원승을 따냈다.

그렇지 않아도 선발, 중간, 마무리를 오갔던 나인데 이 시즌의 여러 상황들이 나의 보직을 시시때때로 바꾸고 또 바꿔 말 그대로 전천후 투수가 되어갔다. 또한 팀의 수장이었던 강병철 감독님이 나에 대한 믿음이 워낙 확고했던 터라 나는 항상 스탠바이 상태였다.

물론 팀이 앞서고 있는 상황에만 마운드에 올랐던 것은 아니다. 선발투수들의 연이은 난조로 팀이 연패 위기에 몰렸을 때 분위기 쇄신 차원에서 반복되는 패배를 끊어야만 하는 특명을 받고 선발투수로 출격하기도 했다.

에이스 투수에게는 팀을 연패로부터 탈출시켜야 하는 부담스러운 과제가 맡겨질 때가 있는데, 1996년에는 내게 그런 역할이 수어졌다. 1996년 5월 2일 경기로 기억한다. 4연패에 빠진 팀을 구하기 위해 삼성 라이온즈 전에 선발로 등판해 7과 3분의 2이닝 동안 11개의 삼진을 잡으며 1실점으로 막아 연패를 끊었다.

팀이 연패에 빠지면 미디어에서는 '추락'에 대해 이런저런 분석을 내놓지만, 사실 연패라는 결과가 꼭 경기력의 차이 때문에 발생하는 것은 아니다. 물론 연승을 내달리는 팀은 확실히 내용 면에서 우위를 잡고 가는 경우가 많다. 반면, 연패에 빠진 팀은 경기력 자체를 떠나 계속되는 패배의 흐름, 분위기를 벗어나기 어렵다.

그럴 때는 뭘 어떻게 해도 승리의 여신이 우리 편을 들어주지 않는다. 우리 팀의 잘 맞은 타구는 상대 야수 정면으로 향하고, 상대 팀의 빗맞은 타구는 우리 팀 야수와 야수 사이에 뚝 떨어져 안타가 되기 십상이다. 육체적으로 지치고 정신적으로 무너져 패배에 익숙해지고 무력감에 빠진다. 그럴 때 필요한 것이 에이스 투수인 것이다.

많은 야구팬, 야구 전문가들이 1996년의 구대성은 지나치게 혹사 당했으며, 선수 관리 차원에서 보호받지 못했다고 평하기도 한다. 요즘은 이닝수와 투구수를 철저히 체크해서 투수의 몸 상태를 관리하고 보호하지만, 그때는 그러한 개념이 거의 없었다. 많이 던지면 어깨가 나빠지고 적게 던지면 어깨가 좋아진다고 단순하게 볼 수는 없다는 인식이 많았다.

사람들 얘기처럼 딱히 1996년을 혹사 당한 시즌이라고 얘기할 수도 없는 것이 사실 부상으로 풀타임 시즌을 소화하지 못한 데뷔 첫 해 말고는 1994년부터 2000년까지 100이닝 넘게 던지지 않은 적이 없었다. 1996년은 139이닝을 던졌지만, 직전 해인

1995시즌에는 그보다 많은 155이닝을 소화했다.

유니폼을 벗은 것도 꽤 많은 시간이 지났고, 한국프로야구를 떠난 것은 더더욱 오랜 시간이 지난 터라 투수 관리, 선수 보호에 대해 얘기하는 것이 조심스러운 부분도 있지만, 어느 한 쪽이 절대적으로 옳고, 다른 한 쪽은 그르다고 생각하지는 않는다.

물론 현재의 야구가 훨씬 더 많은 데이터와 사례를 비교, 분석한 과학적이고, 체계적인 시스템임은 부정할 수 없다. 그리고 선수 보호라는 개념 역시 매우 중요하다고 생각한다. 하지만 과거의 방식은 선수들을 혹사시키고, 생명력을 짧게 만드는 야구였다는 인식도 근거가 부족한 편견이라고 본다.

동시에 여러 가지 보직을 맡아 많은 경기에 출전했고, 많은 이닝을 던졌던 나지만, 나보다 훨씬 더 전에 활동한 선배 투수들은 그보다 훨씬 더 많은 경기와 이닝을 소화했다. 선발투수라고 해도 로테이션이 정확히 지켜지지 않았고, 완투나 연투도 심심치 않게 나왔다.

요즘의 시각으로 본다면 그때의 선배들이나 나 같은 선수는 이미 오래 전에 큰 부상을 입고 일찌감치 선수 생활을 마감했어야 당연할 것이다. 하지만 그렇게 혹사 소리를 달고 살았던 나는 41세까지 한국 무대에서 현역으로 뛰었으며, 호주에서는 지천명을 앞둔 나이에도 공을 던졌다.

그렇다면 과연 오늘날의 선수들이 과거 선수들보다 육체적으로 더 강하고, 더 오래 선수 생활을 지속할 수 있다고 단언할 수 있을까? 내 생각이 요즘 젊은 친구들이 흔히 말하는 '나 때는 말이야……' 식의 꼰대 이야기처럼 들릴지 몰라 조심스럽다.

그래도 혹사라는 것은 감독, 코치, 팬, 언론 등 다른 누가 아니라 선수 스스로 판단하는 게 맞지 않을까 싶다. 내 경험을 바탕으로 좀더 덧붙인다면, 144경기의 페넌트레이스는 100미터 같은 단거리 달리기가 아니라 42.195킬로미터를 뛰는 마라톤 같은 장기전이기 때문에 온전히 시즌을 치르기 위해서는 선수 각각 체력을 쌓아두고 힘을 비축해야 한다.

선수에 따라 건강 상태와 체력이 다르므로 운동법, 운동량 역시 달라져야 한다. 그러므로 선수들 스스로 자신의 몸 상태를 제대로 파악하고 코치들과 컨디션을 수시로 크로스 체크하며 일정한 투구수를 정해두는 것도 좋은 방법이다.

실전에서 100개의 공을 던질 수 있으려면 연습 시에는 100개 이상의 공을 던지면서 완급 조절을 할 수 있어야 한다. 그래야 한 경기도, 한 시즌도 무탈하게 완주할 수 있을 것이다.

몸을 관리하고 체력을 키우고 피로를 회복하는 것에 대해 어떤 정석이나 정답은 없다고 생각한다. 누구에게는 혹사일 수 있으나 다른 누군가는 충분히 해낼 수 있는 것이므로, 100명의 선수가 있다면 100개의 정답이 있을 수 있다. 그 정답을 찾아내는 선수도 그렇지 못한 선수도 있겠지만 말이다.

어쨌든 모든 프로 선수들에게는 쉽게 무너지지 않는 체력 유지, 안배가 필요하다. 중요한 경기에서 자신의 실력을 100퍼센트 발휘하기 위해서는 연습, 훈련 시 100퍼센트를 넘어서는 150퍼센트, 200퍼센트의 노력과 반복이 필요하다. 이것을 해내는 것 또한 선수들에게 달려 있는 숙제인 것이다.

다시 1996년으로 돌아가 얘기를 이어가면, 나는 보통 원정 경기 때에는 덕아웃이나 락커룸이 아닌 구단 버스에서 휴식을 취했다. 기사 아저씨와 TV로 〈동물의 왕국〉 같은 다큐멘터리를 보면서 잡담을 히거나 짧게 낮잠을 자면서 나만의 시간을 보냈다.

그러면 선수 한 명이 달려와 "대성이 형 준비하시랍니다" 같은 얘기를 전하곤 했다. 감독님이 나를 찾는 것이다. 역시 대개는 간발의 차로 앞서 있거나 동점인 상황이다. 그럼 난 그제서야 기지개 켜듯 몸을 쭉 뻗으며 일어나 스파이크를 신는다.

그리고는 불펜에서 아니 그때는 사실 제대로 된 불펜이 있는 경기장도 거의 없어서 1루 또는 3루 관중석 밑 경기장 구석에서 동료 한 명과 롱 토스 캐치볼로 몸을 풀었다.

그러나 그것도 어느 정도 여유가 있을 때나 가능했고, 우리 수비 때 앞선 투수가 볼넷이나 안타로 주자를 내보내 위기가 오면 캐치볼도 사치스러운 일이 된다. 긴급 출격 시에는 내가 항상 갖고 다니는 훈련용 쇠공을 든 채로 왼팔을 획획 30도로 몇 번 돌려보고는 마운드에 올랐다.

대부분의 승리는 팽팽한 동점 상황에서 얻어낸 값진 결실들이었다. 물론 내 실수로 동점이나 역전을 내준 뒤 재역전에 성공해 머쓱한 승리를 기록한 적도 없지 않았지만, 그런 경우에는 대부분 승계주자가 한둘 있었다. 1.88이라는 평균자책점 기록으로 이를 입증할 수 있을 것이다.

팀이 어려운 상황에 처할 때가 많아 마무리투수만을 고집할 수는 없었다. 어떻게 보면 체계도 계획도 없는 주먹구구식 등판이었지만, 팀이 있어야 내가 있는 것이라고 생각했다. 내가 등판하면 팬들도 더 힘내 응원해주었기에 어떤 원동력, 구심점 차원에서 더 노력했고 그런 상황 자체를 즐기기도 했던 것 같다.

그렇게 많은 경기, 이닝을 소화하며 시즌을 치르다 보니 본의 아니게 구원투수로서 노리기 힘든 개인 타이틀 경쟁에도 뛰어들게 됐다. 다승은 롯데의 주형광 선수와, 평균자책점은 해태의 조계현 선수와, 구원(세이브 포인트)은 현대의 정명원 선수와 치열한 막판 승부를 벌였다.

팀과 리그를 대표하는 쟁쟁한 투수들과 여러 부문에서 타이틀을 두고 경쟁할 정도로 내가 성장했다는 것이 기쁘고 뿌듯했다. 하지만 개인 타이틀 수상에 욕심이 커졌던 것은 아니다.

프로선수로서 지난 3년간 거둔 성적이 만족스럽지 않았기에 구단과 팬의 믿음을 얻고 시도 때도 없이 마운드에 올라 미친 듯이 공을 던져댈 수 있다는 것 자체가 행복하고 즐거웠다. 솔직히 그때 내 마음과 상황이 그랬으니 남들이 혹사 운운하는 것도 사실 크게 와 닿지 않았다.

처음부터 개인 타이틀을 노리면서 경기에 임했다면 좋은 결과를 얻지 못했을 것이다. 마운드에 오를 때면 그저 타자와의 승부에 집중하고 전념했다. 하지만 팀 내에서 타이틀 수상자가 나온다는 것은 선수는 물론 구단에도 영광스러운 면이 있기에 도전할 수 있는 상황이 갖춰진다면 최선을 다할 필요가 있다.

그 어떤 개인 타이틀도 선수 혼자서 따내는 것은 아니고, 팀 동료들이 함께 도와주어야만 이룰 수 있는 것이기에 영예롭고 의미 있다. 1996시즌 막바지 다승왕에 본격 도전하기 위해 잠실에서 열린 OB 베어스와의 경기에 선발투수로 나섰다.

연패를 끊기 위한 선발 등판이 아니라 다승왕 배출을 위한 팀 차원의 결정이고 전략이었다. 한화 이글스에서 한국프로야구 사상 첫 투수 4관왕을 탄생시키기 위해 모두의 힘과 뜻을 모은 경기였던 것이다.

그날 난 모두에게 보답하는 마음으로 보란 듯이 역투했다. OB의 선발타자 9명 전원에게 K를 새겨주며 14탈삼진 4피안타 1실점 완투승을 거뒀다. 1996년 막판에 거둔 첫 완투승이었고, 시즌 18승째의 기록이었다.

그리고는 잔여 경기들을 잘 소화하며 시즌을 완벽하게 마무리했다. 최종 성적은 18승 3패 24세이브 40구원 평균자책 1.88 승률 .857였고, 다승, 평균자책점, 구원, 승률 등 4개 부문에서 수위를 차지했다. 무엇보다 영광스러웠던 것은 최고의 투수 선동열 선배 이후 6년 만에 투수 MVP로 선정됐다는 것이었다.

1996년 그때 난 그렇게 열심히도 불을 껐다. 언제 어디서든 불이 붙기 시작하면 다들 구대성을 부르기 시작했고, 나는 매번 그 부름에 응해 화재를 진압했다. 한 번도 그렇게 말해본 적은 없지만, 마음 속으로는 늘 '어디 불 끌 곳 없습니까? 그 불 제가 지금 곧 끄러 갑니다' 같은 다짐을 하고 있었다.

이제 와서 돌아보면, 1995년 초 결혼을 하며 생활에 안정감이 더해져 한결 더 가벼운 마음으로 야구에 집중할 수 있었고, 남편으로서 아버지로서 가장으로서 더 훌륭한 모습을 보여주고 싶은 마음이 컸던 것 같다.

　또한 1996년 시즌 종료 후 군대에 입대해야 하는 문제가 있었는데, 아내와 큰 아이 그리고 아직 태어나지 않은 둘째까지 남겨두고 떠나야 하는 상황에서 정말 원 없이 제대로 내 공을 던져 뭔가 보여주고 가겠다는 의욕, 의지가 넘쳤다.

　여러 가지 동기부여가 시너지를 발휘해서였을까? 1996 시즌은 야구가 뜻대로 생각대로 잘 풀린 해였다. 야구팬들 중에는 몇 년도의 선동열, 몇 년도의 이종범, 몇 년도의 이승엽, 몇 년도의 류현진 이런 식으로, 특정 선수와 그 선수가 최고의 퍼포먼스를 보여준 시즌을 묶어 함께 기억하는 이들도 있는데, 1996년은 나 구대성이 그런 존재로 남게 됐다.

　그러한 결과는 결코 나 혼자 만든 것이 아니다. 구대성의 1996년을 함께 빛내준 모든 이들에게 다시 한 번 감사의 뜻을 전하고 싶다.

나와 한화 이글스의
첫 한국시리즈 우승

1999년은 너무나 특별한 해였다. 나뿐만 아니라 많은 사람들이 지금도 1999년을 특별하게 추억한다. 20년도 더 시간이 흘렀지만, 조금은 이상할 정도로 또렷하고 선명하게 기억나는 일들이 많다. 함께 했던 동료들은 물론 상대했던 선수들의 이름과 상황까지도 하나하나 생각이 난다.

당연한 것일 수도 있다. 한국에서 프로야구 선수라는 직업을 갖고 활동하는 많은 사람들 중 한국시리즈 우승을 경험하지 못하고 커리어를 마감하는 이들이 셀 수 없을 정도로 많은데, 나와 소속팀 한화 이글스가 처음으로 한국시리즈 우승을 일궈낸 해이니 특별하지 않을 수 없다. 그렇기에 20년이 지난 일임에도 기억이 생생하다.

1999년 한화의 초반 기세는 무서웠다. 예년의 시즌 초반과는 뭐가 달라도 달랐다. 주자를 모으는 집중력, 짜임새 있는 수비, 든든한 마운드, 개인보다 팀을 먼저 생각하는 파이팅 넘치는 플레이까지 모든 것이 하나 둘 순조롭게 잘 풀려갔다.

나 역시 1998 시즌 후 면밀한 비디오 분석을 통해 처져 있던 팔을 귀 옆으로 바짝 붙여, 스리쿼터에 가까웠던 투구폼을 다시 오버스로우로 되찾았다. 상대해본 우리 팀 타자들도 공이 훨씬 더 묵직해졌다고 좋은 평가를 들려줬고, 계형철 코치님도 한창 좋았을 때의 구위가 느껴진다고 했다.

그 해는 한국프로야구에 양대 리그 도입이라는 큰 변화가 생긴 시즌이었다. KBO는 단일리그로 운영되던 페넌트레이스를 드림리그와 매직리그로 나누어 운영하는 새 판을 짰다. 전년도 시즌 성적에 따라 1위 현대, 4위 두산, 5위 해태, 8위 롯데가 드림리그에 편성되었고, 2위 삼성, 3위 LG, 6위 쌍방울, 7위 한화가 매직리그에 속하게 되었다.

한화 이글스에도 변화가 있었는데, 1998 시즌 도중 사퇴한 강병철 감독님을 대신해 감독대행으로 팀을 이끌었던 이희수 감독님이 사령탑에 오른 것이다. 감독님이 정식으로 취임한 첫 시즌이어서 감독님 자신은 물론이고 코칭스태프 및 선수 전원이 한 번 해보자는 기합과 의지가 제대로 들어 있었다.

또한 처음으로 KBO에 진출한 두 외국인 타자 제이 데이비스와 댄 로마이어도 빠르게 팀과 리그에 적응해 별다른 시행착오 없이 실력을 발휘하기 시작했다.

시즌 초 LG 트윈스 전이었다. 거구의 로마이어가 엄청나 베이스러닝을 선보이며 팀 분위기를 끌어올렸던 것이 기억난다. 좌중간 짧은 안타를 치고 출루한 로마이어는 당연히 1루에 머무를 것으로 판단하고 다소 느슨히 플레이한 LG 외야진의 방심을 틈타 잽싸게 2루까지 내달렸다.

게다가 장종훈 선배의 타석 때 상대 투수 송유석의 폭투가 나오자 3루까지 진루했다. 그때 포수 김동수가 조금은 여유를 부리며 천천히 빠진 공을 주우러 가자 로마이어는 홈을 파고 들었다. 송유석 선수가 홈플레이트를 커버하지 않는 틈을 단번에 포착한 것이다.

포수도 투수도 다른 어떤 내야수도 지키지 않은 텅 빈 홈을 통과한 로마이어가 빠른 판단력과 센스로 혼자 1점을 만들어 낸 셈이었다. 외국인 선수들이 최선을 다해 한 베이스라도 더 가려는 모습을 보여주자 국내 선수들도 깨닫는 게 많았고, 팀 전체에 기분 좋은 자극이 되었다.

한마디로 로마이어와 데이비스는 그저 평범한 '용병' 선수가 아니었고, 완전히 팀 속에 녹아 들어 파이팅 넘치는 플레이를 펼쳤던, 진정한 의미의 동료였다.

그러나 초반 기세가 너무 빨랐던 것일까? 우리에게도 슬럼프가 찾아왔다. 무려 9연패의 늪에 빠지고 말았다. 나는 연패의 사슬을 끊겠다는 일념으로 삼성 라이온즈 전에 선발로 나섰다. 대전 홈 경기였다. 8회까지 단 2실점으로 삼성의 강타선을 잘 막았고, 3 대 2로 한 점 앞선 9회초에도 다시 마운드에 올랐다.

2사 만루에 투 스트라이크 쓰리 볼 풀카운트였다. 보통 한 점차 승부에서 맞는 풀베이스 풀카운트 상황은 투수나 타자 모두 긴장하지 않을 수 없다. 이런 경우 나는 그냥 '칠 테면 쳐봐라' 같은 마음으로 한 가운데로 패스트볼을 던진다.

밀어내기 볼넷으로 한 점을 거저 주는 것은 용납할 수 없고, 한 복판으로 딘지면 삼진, 땅볼, 뜬공 셋 중 하나는 나올 것이라고 믿는 것이다. 선수 생활 중 이런 상황을 한두 번 겪은 것도 아니고 난 포수 미트만 바라보고 한 가운데로 승부구를 던졌다.

약간 낮았지만 분명히 스트라이크존에 걸치며 홈플레이트 가운데를 통과해 포수 조경택의 글러브 속으로 빨려 들어가는 공이었다. 배트를 내보지도 못한 타자를 돌려 세우는 완벽한 루킹 삼진 상황이었다.

　로케이션을 확인하고 마운드를 내려와 덕아웃으로 향하는데 이영재 주심이 볼 판정을 내리며 밀어내기로 3 대 3 동점이 되고 말았다. 난 주심에게 다가가 손으로 밑을 가리키며 "낮은 스트라이크예요"라고 말했다. 하지만 주심의 대답은 "옆으로 빠졌어"였다. 이해할 수가 없었다.

　볼이 많이 낮았다고 하는 것도 아니고 옆으로 빠졌다는 게 대체 무슨 말인가? 난 크게 화를 내며 심판 판정에 항의했고 글러브를 집어 던졌다. 그러자 주심은 판정 불복에 대한 괘씸죄로 퇴장 명령을 내렸고, 나는 내던진 글러브를 걷어차고는 경기장을 떠났다.

　낮은 볼로 판정했다면 받아들일 수 있었을 텐데, 사이드로 빠졌다는 건 정말 납득이 되지 않았다. 그 바람에 벤치에서 감독, 코치, 선수들까지 뛰어 나왔고 한바탕 소란 끝에 경기가 재개됐다. 그러니 승기가 꺾인 우리는 또 한 번 패배하며 결국 10연패를 찍고 말았다.

　분을 삭이지 못한 이희수 감독님이 그라운드를 빠져 나가는 주심을 쫓아가 뺨을 때리는 불상사까지 생겼고, 그 후에도 심판

실에서 항의가 이어졌다. 그 경기를 패배해 10연패가 된 것도 타격이었지만, 주력 투수인 내가 퇴장 당하고 감독님은 12경기 출장정지라는 중징계를 받게 됐다. 엎친 데 덮친 격, 첩첩 산중이었다.

이후 한번 더 연패 위기가 찾아왔고, 나는 6연패 상황에서 LG 전에 선발투수로 나섰다. 연패 중이던 우리와 연패에서 가까스로 벗어난 LG 모두 1승이 간절한 비슷한 입장이었다. 삼성 전에서 있었던 불미스러운 일에 내 책임도 적지 않았으므로 속죄하는 마음으로, 꼭 내 손으로 연패를 끊겠다는 마음으로 혼신의 힘을 다해 던졌다.

많은 점수를 뽑지는 못했지만 타자들도 필요한 순간에 집중력을 발휘해 4 대 1 승리를 거둘 수 있었다. 나는 7회까지 LG 타선에 한 점만 내주며 호투했고, 8회 마운드에 오른 송진우 선배가 든든히 뒷문을 지켜줘 연패 탈출에 성공했다.

10연패도 있었고, 6연패도 있었지만 연패에서 한 번 탈출하면 우리 역시 차곡차곡 승수를 쌓아나갈 수 있는 힘이 있었다. 그렇게 모두가 하나 되어 어려운 상황들을 잘 헤쳐 나갔다. 시즌 내내 모든 것이 완벽하게 정상궤도를 그릴 수만은 없다.

팀 내외에서 이런저런 사건사고들이 벌어지기도 했지만 지나고 보면 큰 문제로 번질 수도 있었던 일들이 작은 해프닝 정도로 잘 해결되며 팀도 선수도 흔들림 없이 강해지고 있었다.

더 강한 전력으로 하나가 된 우리는 7, 8월 한 여름 무더위 속에서 오히려 더 힘을 발휘해 치고 나가기 시작했다. 시즌 막바지에는 엄청난 뒷심을 발휘하며 시즌 초반의 상승세를 능가하는 10연승 행진을 이어갔다. 결국 우리는 LG를 밀어내고 ? 위로 페넌트레이스를 마쳤다.

이런 승승장구에 큰 힘을 실어준 분이 있었으니 지금은 고인이 되신 이남헌 사장님이었다. 선수들과 코칭 스태프들의 사기를 올려줬고, 적절한 타이밍에 포상을 해줘 구단 전체가 힘을 낼 수 있었다. 보이지 않는 곳에서 선수들의 동기 부여에 노력했던 사장님은 1999년 한화의 한국시리즈 우승에 크게 기여한 분이었다.

시즌 초반 한화의 선전을 예상한 미디어나 전문가는 아무도 없었지만, 우리는 당당히 가을 야구를 향해 나아갔다. 시즌이 양대 리그로 진행되었기에 포스트시즌 방식도 단일리그 때와는 다른 구조로 치러졌다. 매직리그 2위인 우리 한화 이글스는 드림리그 1위인 두산 베어스와 플레이오프를 갖게 됐다.

두산이라는 강팀을 만나게 됐지만, 결국 한국시리즈에 진출한 것도 우승을 차지한 것도 우리였기에 양대 리그도, 그로 인한 새 포스트시즌도 한화에게 유리하게 작용한 점이 많은 방식이지 않았나 하는 생각이 들기도 한다.

물론 결과가 좋았기에 그렇게 생각할 수 있는 것인지도 모르겠다. 우리가 가을 야구에 진출하지 못했거나 한국시리즈 무대에 오르지 못했다면 불리한 규정이었다고 생각했을지도 모를 일이다. 10월에 시작된 플레이오프 기간에 가을비가 꽤 자주 많이 내렸는데, 그 역시 우리 팀에게 적잖은 도움이 됐다.

1차전 역시 많은 비가 내렸던 것으로 기억한다. 두산은 결코 만만한 팀이 아니었다. 전체적인 전력에서도 우위에 있었지만, 무엇보다 타이론 우즈라는 괴물 슬러거가 타선의 무게감을 한층 올려주었다. 1차전이 열린 서울 잠실은 아침 일찍부터 많은 비가 내렸지만, 저녁에는 빗발이 약해져 경기에 큰 영향을 줄 정도는 아니었다.

우리 팀은 에이스 정민철, 두산은 나의 대학 후배인 이경필이 선발로 나섰다. 앞서거니 뒤서거니 팽팽한 승부가 펼쳐지던 7회, 미친 듯이 폭우가 쏟아져 정상적인 경기가 불가능한 상황이 되어버렸다. 하지만 포스트시즌은 타이트한 일정 속에 치러지기에 경기는 중단 없이 그대로 쭉 이어졌다.

8회 4 대 4 동점 상황에서 두산은 구원투수 진필중을 내보냈다. 선두타자 송지만이 좌중간을 가르는 2루타를 쳤고, 백재호의 보내기 번트가 이어져 1사 3루의 찬스를 맞았다. 그리고 강석천 선배가 타석에 나섰다.

평범한 유격수 땅볼 타구가 나와 3루 주자의 홈 쇄도가 어려운 상황이었고, 자칫 잘못하면 홈에서 1루에서 두 개의 아웃이 잡힐 수도 있는 상황이었으나 비에 젖은 그라운드가 타구 속도를 떨어뜨렸다. 그 사이 송지만이 홈을 밟아 역전에 성공할 수 있었다.

우리에게는 행운이 따랐고, 반대로 두산에게는 불운한 상황이었다. 야구가 그렇다. 나는 6회에 마운드에 올라 3과 3분의 2이닝 동안 1실점하며 구원에 성공했다. 7회 우즈에게 솔로 홈런 하나를 허용했지만, 9회에 데이비스와 로마이어가 백투백홈런을 터뜨려 7 대 4로 승리를 거뒀다.

두산의 우즈도 정말 좋은 타자였지만, 우리 팀의 로마이어와 데이비스도 그에 못지 않았다. 로마이어는 45홈런을 기록하며 외국인 선수 최다 홈런 기록을 세웠고, 데이비스는 30홈런, 30도루를 기록하며 외국인 선수 최초로 30-30 클럽에 가입했다. 어디서 이런 복덩이 같은 선수들을 한꺼번에 데려왔는지 당시 한화 스카우트진도 대단했던 것 같다.

플레이오프 1차전은 많은 기록이 나온 경기이기도 했다. 두산 우즈가 무려 10루타를 달성했고, 양 팀 합쳐 6개의 홈런이 터졌다. 우리는 로마이어가 2개, 데이비스가 1개, 두산은 우즈가 2개, 심정수가 1개였다. 그 6개의 홈런이 모두 솔로 홈런이었다는 것도 참 특이한 일이다.

플레이오프 2차전 역시 잠실에서 열린 원정 경기였다. 송진우 선배가 눈부신 호투를 펼쳐 3 대 2 승리를 거둬 2연승을 달렸다. 진우 선배는 우즈에게 투런 홈런을 하나 맞기는 했지만 8과 3분의 2이닝 동안 두산을 단 2점으로 묶는 완투승이나 다름없는 역투를 선보였다.

9회말 딱 하나 남아 있던 아웃카운트는 마무리투수로 나선 나의 몫이었다. 나는 단 한 타자만 상대하면서 세이브를 하나 올릴 수 있었다. 직지에서 먼저 2승을 달성했으니 한밭 야구장으로 향하는 발걸음이 한결 가볍지 않을 수 없었다.

드디어 우리 홈 대전에서 열리는 플레이오프 3차전. 한화 이상목과 두산 최용호가 맞붙었다. 1회부터 장종훈 선배가 만루홈런을 터뜨리는 등 타선이 폭발해 대거 5점을 뽑았다. 종훈 선배의 만루홈런은 플레이오프 사상 두 번째, 포스트시즌 4번째

그랜드슬램이었다.

　손쉬운 승리가 예상됐으나 두산은 절대 포기하지 않고 턱밑까지 추격해왔다. 최종 스코어는 6 대 5, 또 다시 우리의 승리였다. 이제 한국시리즈 진출에 마지막 1승만을 남겨둔 상태였다. 우리는 어떻게 해서라도 승리해 꼭 4차전에서 플레이오프를 끝내자고 결의를 다졌다.

　4차전도 로마이어와 우즈가 한 개씩 홈런을 주고 받는 등 치열한 승부를 펼쳤으나 우리의 6 대 4 승리였다. 드림리그 1위 팀 두산을 상대로 4연승을 거두고 한국시리즈 무대에 선착했다.

　우리와 겨룰 팀은 아직 정해지지 않았다. 삼성과 롯데가 플레이오프 최종전인 7차전까지 가는 혈전을 벌였다. 엄청난 접전 끝에 4승 3패로 앞선 롯데 자이언츠가 결국 한국시리즈에 올라 한화 이글스와 맞붙게 됐다.

　사실 정규 시즌 내내 우리에게 약했던 삼성이 올라오기를 바라는 마음이 있었지만, 롯데가 1승 3패 벼랑 끝까지 몰렸던 상황에서 마지막 세 경기를 모두 한 점차로 승리하며 기적적으로 승부를 뒤집어 한국시리즈 진출에 성공했다.

　우리는 어느 정도 여유 있게 회복과 휴식에 집중하며 1차전을 준비했지만, 롯데의 기세도 무서웠다. 첫 경기 선발투수 정민철이 4회까지 완벽하게 틀어 막았으나, 5회 들어 김응국, 펠릭스 호세에게 홈런을 내주며 3실점 했다.

나는 6회에 조금 일찍 구원 등판해 4이닝을 무실점으로 막았고, 그 사이 백재호가 동점 솔로 홈런, 대타 최익성이 좌월 투런포를 터뜨리며 역전에 성공했다. 한국시리즈 역사상 4번째로 나온 대타 홈런이었다. 결국 우리 팀이 6 대 3 승리를 거둬 가장 중요한 한국시리즈 1차전을 가져갔다.

2차전은 송진우 선배가 선발로 나섰고, 롯데는 문동환이 출격했다. 팽팽한 투수전이 예상됐던 경기였으나, 이런 큰 경기에서는 항상 의외의 선수가 생각지 못한 일을 벌이곤 한다. 타격능력이 뛰어난 편이 아닌 포수 조경택이 솔로 홈런을 터뜨리며 팀에 승기를 불러온 것이다.

이날 장종훈 선배는 2개의 적시타를 치며 3타점을 올렸지만, 강타자 장종훈의 평소와 다름없는 활약보다는 기대하지 않았던 포수 조경택의 홈런이 더 큰 기억으로 남아 있다.

롯데는 8회 마해영의 2타점 적시타로 추격했지만 최종 스코어는 4 대 3, 너무나도 소중한 1점차 승리였다. 플레이오프 때와 마찬가지로 먼저 적지에서 2승을 챙긴 우리는 좋은 분위기 속에서 대전으로 이동해 다음 경기를 준비했다.

3차전의 선발투수는 한화 이상목, 롯데 박석진이었다. 홈에서 2연패한 롯데는 2회와 5회 각각 한 점씩 내며 초중반 리드를 가져갔으나, 호투하던 박석진이 7회말 데이비스에게 안타를 내주며 마운드에서 내려간 후 흔들리기 시작했다.

바뀐 투수 기론을 상대로 로마이어가 볼넷을 얻어 출루했고 장종훈이 데이비스와 로마이어를 모두 불러들이는 적시타를 쳐 경기는 원점이 되었다. 이후로는 기론도 안정세를 되찾았고, 구원 등판한 나도 좋은 모습을 보여 팽팽한 투수전으로 경기가 이어졌다.

그러나 연장 10회초 박현승에게 적시 2루타를 내주었고, 주자 공필성이 홈에 들어오면서 3 대 2로 다시 롯데가 한 점을 앞섰다. 10회말 득점을 뽑지 못한 우리는 3차전 경기를 내줬다. 이 경기는 내가 한국시리즈에서 기록한 처음이자 마지막 패가 되었고, 현재까지는 롯데 자이언츠의 한국시리즈 마지막 승리로 남게 됐다.

4차전은 정민철과 주형광이 맞붙었다. 두 에이스의 대결답게 초반은 완벽한 투수전의 양상이었다. 5회초 롯데가 먼저 한 점을 선취하며 0의 균형을 깼지만 이어진 찬스에서 추가점을 내지는 못했다.

그러자 6회에 우리에게 기회가 찾아왔다. 최익성의 2루타와 임수민의 볼넷, 데이비스의 2루타가 나오면 1 대 1 균형을 맞췄다. 그리고 구원 등판한 손민한을 상대로 장종훈이 희생플라이를 기록해 2 대 1 역전에 성공했다.

비거리가 다소 짧은 타구여서 홈 승부가 위험했으나 주자 임수민이 절묘한 주루플레이를 선보여 가까스로 한 점을 더 만들어냈다. 이후로는 이상군 선배와 내가 이어 던지며 한 점차 살얼음 리드를 끝까지 지켜냈다. 나의 한국시리즈 세 번째 세이브였다.

우승까지 단 1승만 남겨둔 상태에서 다음 경기가 열릴 잠실로 이동해야 했다. 젊은 야구 팬들은 왜 한화와 롯데의 한국시리즈 경기가 서울에서 열린 것인지 의아할 수도 있겠지만, 당시엔 지역 구단 두 팀이 한국시리즈에 오르면 서울과 수도권에 사는 팬들을 배려하고, 관중 수익을 극대화하는 차원에서 5, 6, 7차전은 잠실야구장에서 치러졌다.

5차전이 열리기로 했던 날 많은 비가 내리는 바람에 경기는 다음날로 연기되었다. 그날이 바로 우리 한화 이글스가 드라마를 완성한 날이었다. 아니 지나고 보면 그날뿐만 아니라 1999년 포스트시즌의 매일매일이 멋진 드라마였던 것 같다.

3, 4차전과 마찬가지로 5차전도 선취점을 뽑은 것은 롯데였다. 하지만 우리도 얼마 지나지 않아 동점과 역전을 이뤄냈다. 3회초 공격에서 이영우가 몸에 맞는 볼로 출루했고, 임수민의 희생번트 그리고 데이비스의 안타로 1점을 냈다. 이어 로마이어가 데이비스를 불러들이며 2 대 1 역전에 성공했다.

이런 게 바로 팀 플레이인 것이다. 우리 팀이 보여준 드라마 속에는 동료에 대한 믿음, 서로가 서로를 밀어주고 받쳐주며 늘 팀을 우선으로 생각하는 플레이가 있었다. 개인의 성과보다는 팀의 승리를 위해 자신을 희생하는 모습이 역력히 드러나는 상황이 셀 수 없을 정도로 많았다.

그런 모습이 있었기에 하나 하나의 승리가 우승까지 이어진 것이다. 선수 한 명이 이기적인 생각과 판단을 보이게 되면 다른 선수들도 알게 모르게 그런 영향을 받고 경기의 흐름이 뒤바뀌기 일쑤다. 하지만 1999년 한화 이글스에는 자기만 생각하는 그런 선수가 없었다.

물론 선수 한 사람 한 사람의 판단력과 센스가 필요한 순간도 있다. 좋은 예로 5차전 6회에 나온 데이비스의 수비가 그랬다. 우리는 롯데에게 재역전을 허용했고 자칫 잘못하면 승부를 내줄 수도 있는 상황으로 전개될 뻔했으나, 중견수 데이비스의 훌륭한 플레이로 흐름을 내주지 않을 수 있었다.

투아웃 만루 상황에서 롯데 대타 임재철이 송진우 선배로부터 중견수 앞 적시타를 터뜨려 3루 주자와 2루 주자가 모두 홈을 밟아 경기가 역전됐다. 그러나 이 과정에서 데이비스는 신속, 정확한 판단으로 홈 승부 대신 3루로 송구해 1루 주자 마해영을 잡아냈다.

위기의 찰나, 그 짧은 순간에 아웃카운트를 잡아 이닝을 종료시키는 현명한 판단을 한 것이다. 좌투 데이비스는 무리하게 불확실한 홈 승부를 선택하는 것보다는 한 점을 주더라도 아웃카운트를 하나 잡을 수 있는 3루 송구가 훨씬 더 가능성이 있다고 판단했다.

이 아웃카운트 하나는 9회까지 잡아내야 하는 27개의 아웃카운트 중 하나일 뿐이지만, 나머지 26개와는 비교할 수 없을 만큼 큰 의미가 있는 것이었다. 비록 역전은 당했지만 롯데의 흐름을 완전히 끊어버린 아웃이었기 때문이다.

또 하나의 멋진 드라마가 8회말 롯데 공격 상황에서 나왔다. 구원투수 이상군을 상대로 공필성이 3루타를 쳤고, 무사 3루에서 교타자 박정태가 타석에 섰다. 박정태 선수의 타구는 외야수가 무난히 잡을 수 있는 뜬공이었지만 3루 주자가 홈에 들어

오기에는 충분한 거리여서 롯데가 희생 플라이로 1점을 더 낼 수 있는 상황이었다.

당연히 주자 공필성은 태그업을 준비하며 3루 베이스에 대기하고 있었다. 그런데 여기서 변수가 생긴다. 송지만이 앞으로 쇄도하며 뜬공을 처리한 후 그 탄력으로 포수에게 강력하고 정확한 홈 송구를 던진 것이다.

생각보다 위협적인 송구가 오자 당황한 주자 공필성은 홈으로 달리려다 다시 3루로 리턴하는 과정에서 태그아웃 됐다. 역시 경기의 흐름이 완전히 바뀌는 상황이었다. 흔한 말로 롯데 팀에 찬물을 끼얹는 순간이었다.

롯데는 9회초 손민한이 구원투수로 나섰으나 우리 팀의 자랑 데이비스와 로마이어는 결코 손쉽게 넘어갈 수 있는 상대가 아니었다. 두 선수가 연이어 안타를 쳐내며 3 대 3 동점이 됐다. 더 이상 물러설 곳이 없었던 롯데는 다음 경기 선발 등판이 예정되어 있던 문동환까지 불러들였다.

내일이, 다음 경기가 없을 수도 있는 상황이므로 어찌 보면 당연한 벼랑 끝 수순이었다. 이어 다음 타자 장종훈이 희생 플라이로 3루에 있던 로마이어를 홈으로 불러들여 4 대 3 재역전에 성공했다. 결국 이 점수가 결승점이 되었다.

나는 9회말 소방수로 출격했다. 첫 타자 임재철을 볼넷으로 내보내 마지막까지 쉽지 않은 경기가 될 것 같았다. 게다가 다음 타자는 평소 내 공을 잘 공략했던 강성우 선수였다. 그런데 롯데 벤치에서 강공이 아니라 보내기 번트 사인을 냈고, 나는 아웃카운트와 베이스를 주고받았다.

이때 느낌이 왔다. 우리가 이긴다. 한화 이글스가 우승한다. 그리고 내가 마무리 짓는다. 다음 타자 임수혁은 내야 플라이, 박현승은 2루 땅볼로 잡아내 쓰리 아웃, 게임 끝이었다. 승리했다. 우승이었다.

창단 14년 만의 첫 우승이었다. 그 누구도 우승 후보로 보지 않았던 만년 하위권 팀 한화 이글스가 한국시리즈 우승을 달성한 것이다. 연패도 많았고, 크고 작은 불상사도 있었지만 선수들은 그런 과정 속에서 의기투합해 똘똘 뭉쳤고, 결국 정상에, 최정상의 자리에 올랐다.

나는 다섯 경기에 모두 등판해 1승 1패 3세이브를 기록했고 한국시리즈 MVP 수상이라는 큰 영예까지 얻게 됐다. 내가 팀을 우승으로 이끌었다거나 가장 돋보이는 활약을 했다고는 생각하지 않는다. 그저 팀이 부르는 순간 마운드에 오를 준비가 되어 있었다는 것에 자부심을 느끼고, 팀의 우승에 작은 밑거름이 될 수 있었다는 것에 감사할 뿐이다.

20년도 더 된 일이지만 지금도 가끔 그때를 떠올려보곤 한다. 모든 것에는 다 이유가 있다는 생각을 하면서 말이다. 투수들은 공 하나 하나를 아끼면서 신중하게 투구했고, 타자들은 어떻게 해서라도 살아나가려고 했다. 자신은 출루하지 못하더라도 선행주자만큼은 꼭 한 베이스 더 보내주려는 플레이를 했다.

개인 성적보다는 팀의 승리를 생각하며 희생했고 위기의 순간에도 서로에 대한 믿음을 잃지 않았다. 1999년의 한화 이글스는 분명한 원 팀(One Team)이었고, 모든 선수들과 코칭스태프에게는 강력한 팀 스피릿(Team Spirit)이 있었다.

야구는 단체 경기이지만, 그 속에서 전개되는 상황들은 개별적인 일대일 대결이기도 하다. 지극히 개인적인 승부가 될 수도 있는 환경으로 둘러싸인 스포츠다. 그러나 개인 성적에만 욕심을 내면 절대로 우승을 달성할 수 없다. 우승 트로피를 품에 안기 위해서는 선수 전원에게 팀플레이가 요구된다.

팀플레이를 하려면 경기의 흐름과 전체를 보고 이해해야 하는 것들이 있다. 또한 이겼을때는 서로 잘했다고 동료들을 칭찬해주며, 졌을 때는 누구 한 사람의 잘못 때문이 아니라 모두에게 책임이 있다고 생각해야 한다.

선수 각자가 최고의 선수가 되어야 우승을 노리는 최고의 팀이 될 수 있다. 최고의 선수라는 건 개인 기록을 우선적으로 생각하고 타이틀 수상과 몸값 올리기에만 신경 쓰는 이기적인 선수가 아니다. 팀의 목표를 위해 자발적으로 적극적으로 헌신하는 선수가 최고의 선수다.

일종의 공동체의식이다. 그러나 그러한 분위기는 결코 선수들만 노력한다고 이뤄지지 않는다. 감독, 코치, 선수들이 단순한 상명하복의 관계에서 벗어나 각자의 자리에서 주체적으로 생각하는 플레이를 할 때 달성 가능한 것이다.

실력과 기량도 중요하지만 인성, 성품이 그에 미치지 못하면 절대 그런 분위기 속에 녹아들 수 없다. 내가 여러 나라, 리그, 팀에서 경험하며 느낀 것도 바로 그런 점이다. 팀 내에서 최고로 뛰어난 실력을 가진 선수들은 거의 모두 겸손을 아는 이들이었다. 품성을 갖추지 못한 선수는 한두 해 반짝할 수는 있어도 롱런하기 어렵다.

특히 베테랑 선수들에게는 하나 더 해주고 싶은 얘기가 있다. 고참 선수들은 신인이나 어린 선수들에게 말이 아닌 행동으로 보여주는 것이 가장 효과적이고 정확하다는 거다. 먼저 운동장에 나와 솔선수범하는 모습을 보이고 늦게까지 남아 훈련에 임하면 어린 선수들은 자연스레 따라오기 마련이다.

팀이 연패 등 위기에 빠졌을 때는 선배들의 태도와 자세가 어린 선수들에게 미치는 영향이 더 크다. 연전연승하며 좋은 분위기에 있을 때는 방심하거나 들뜨지 않도록 마음가짐만 잡아주면 되지만, 팀이 어려운 상황에 놓여 있을 때 후배들을 탓하거나 질책하는 것은 어느 하나 득 될 것이 없다.

프로에 온 이상 다들 수준급의 기량을 갖고 있다고 봐야 하고, 그 이상으로 올라가 정상급 선수가 되느냐 마느냐는 개개인의 노력에 달린 것이지 누가 충고하고 조언한다고 달라질 수 있는 부분이 아니다.

나 역시 한창 현역으로 활동했을 때 많은 것들을 깨우쳤다면 더 오래 더 좋은 활약을 펼칠 수 있지 않았을까 생각한다. 하지만 모든 것은 실수와 시련, 좌절을 경험하면서 피부로 깨닫는 것이니 '지금 알고 있는 것들을 그때도 알았더라면' 같은 생각에 사로잡혀 있는 것도 좋을 게 없다.

기나긴 커리어를 돌아보면 후회도 있고 미련도 있지만, 그래도 1999년 한화 이글스 유니폼을 입고 보냈던 한 시즌은 평생 추억할 만한 좋은 기억으로 남아 있다.

이글스 후배들뿐만 아니라 한국프로야구의 모든 후배 선수들이 혹시 지금 어려운 시간을 보내고 있더라도 열심히 최선을 다해 노력하면 언젠가는 분명히 좋은 결과가 따라온다는 사실을 믿고 힘냈으면 좋겠다. 그리고 굳이 내가 이런 말을 보태지 않아도 각자 알아서 잘 하리라고 믿어 의심치 않는다.

잠시나마 기억 속에서 우승의 환희를 꺼내어보니 선수 때만큼 행복했던 시절이 없었던 것 같다. 아마 어린 선수들은 지금 내가 하는 얘기의 의미를 잘 모를 수도 있을 거다. 나도 어렸을 때는 그랬으니까. 심지어 한국시리즈 우승도 그때 당시에는 그냥저냥 평범한 성과인 듯 느끼기도 했으니 말이다.

처음이자 마지막 우승이 될 줄 알았다면 더 많이 기뻐하고 더 많이 축하하고 서로에게 고마움을 전하며 조금 더 즐길 걸 하는 생각도 남는다. 오랜 시간이 지난 지금에 와서야 우승의 의미와 가치를 더 깊이 아로새기게 된다.

2000 시드니 올림픽
그리고 한일전 155구 완투승

2000년 9월, 시드니 올림픽 예선 라운드를 치르기 위해 대한민국 야구 대표팀은 호주에 여정을 풀었다. 나 역시 24명으로 구성된 대표팀 최종 명단에 포함되어 호주 땅을 밟게 됐다.

당시 나는 만족스럽지 않은 성적을 보이고 있어서 대표팀 합류가 불투명했고, 언론이나 팬들도 큰 기대를 하지 않았다. 그저 국제 대회 경험이 풍부한 베테랑으로서 후배들을 도와주며 팀에 부족한 부분을 메워주는 역힐 징도가 나를 향한 현실적인 기대치였다.

또한 국제야구연맹의 규제로 박찬호, 김병현, 서재응 등의 메이저리그 소속 선수들이 출전하지 못하게 되면서 올림픽 입상이 어려울 거라는 전망이 지배적이었다. 그렇지만 임창용, 손민한, 정대현, 김수경 등 젊고 유망한 투수진이 많았던 것은 희망적인 요소였다.

예선 첫 상대는 약체 이탈리아였다. 우리는 큰 어려움 없이 첫 경기를 잡았고, 두 번째 상대인 호주 역시 비교적 약체로 분류되는 팀이어서 다들 승리를 낙관하는 분위기였다.

한국은 에이스 정민태가 선발로 나섰고, 호주의 선발투수는 마이너리그에서 활동하던 브래드 토마스였다. 그는 훗날 한화 이글스에 입단해 구원 투수로 활약하며 한국 야구팬들에게 인상을 남기기도 했다.

한국이 쉽게 승리를 거둘 거라는 예상과 달리 경기는 초반부터 팽팽하게 진행됐다. 2회초, 2 대 2 동점 상황에서 나는 민태 선배로부터 마운드를 넘겨 받았다. 다행히 투아웃 만루 위기를 잘 처리하고 이후 6회초까지 4와 3분의 1이닝을 무실점으로 막고 내려왔다. 그러나 후속 투수들이 잇달아 실점하며 5 대 3 패배를 기록했다.

다음 쿠바와의 경기도 아쉬웠다. 우리는 5회까지 4 대 0으로 앞서가며 승기를 잡았으나, 6회에만 다섯 점을 내주며 6 대 5로 패해 1승 2패가 됐다. 그리고 다음 미국과의 경기까지 연패가 이어졌다.

　이 경기는 유일한 대학생 선수였던 정대현이 미국의 강타선을 상대로 완벽에 가까운 피칭을 선보이며 7이닝 무실점으로 틀어막았으나 타선이 힘을 실어주지 못했다. 그도 그럴 것이 미국의 선발투수가 훗날 휴스턴 애스트로스의 에이스로 군림하며 여러 차례 MLB 올스타로 선발된 로이 오스왈트였기 때문이다.

　팽팽한 투수전으로 흐르던 경기는 8회말 허용한 만루 홈런으로 급격히 기울며 4 대 0으로 끝났다. 이 패배로 4강 진출이 불확실한 상황이 됐으나, 다행히도 다음 경기를 잡으며 한 숨 돌릴 수 있었고, 팀 분위기도 한결 나아졌다. 그렇지만 예선 마지막 경기가 숙적 일본과의 대결이었다는 점에서 마음을 놓을 수는 없었다.

　한국은 정민태를 선발로 내세웠고, 일본은 '괴물'로 불리던 신예 마쓰자카 다이스케가 나섰다. 투수진을 진맹하는 이들이 많았지만 1회부터 두 에이스는 연타를 허용하며 흔들렸다. 게다가 1회말 1사 1, 2루 상황에서 민태 선배가 투수 강습 내야안타에 발목 부상을 입어 마운드에서 내려왔다.

　지난 호주 전에 이어 또 다시 이른 시간에 급작스럽게 구원 등판해야 하는 어려운 상황이 만들어졌다. 불펜에서 제대로 몸을 풀 시간도 없이 캐치볼만 몇 번 주고받고는 마운드에 올랐다.

정상적인 컨디션으로 마운드에 오를 수 없었지만 처한 위기를 잘 막았고, 7회 원아웃까지는 한 점만을 내주며 그럭저럭 선방했다. 다만 주자를 남겨놓은 상황에서 교체되었고, 그것이 추가실점으로 이어져 아쉬움이 남았다.

그렇지만 미국 전에서 부진했던 타자들이 끝까지 힘을 내주었다. 한국 팀은 10회초 바뀐 투수 도이 요시카즈를 상대로 김기태와 이승엽이 연속 안타를 터뜨렸고, 홍성흔의 땅볼 타구가 3루수 글러브에 맞고 튕겨 나가 페어볼이 되면서 한 점을 추가했다. 정수근의 희생플라이가 이어져 최종 스코어 7 대 6으로 극적인 승리를 거두며 4강에 진출하게 됐다.

4강전 상대는 미국이었다. 예선에서 미국을 상대로 눈부신 피칭을 선보인 비 있었던 정대현이 다시 한 번 선발투수로 마운드에 섰다. 이 경기에서도 그의 피칭은 놀라웠다. 그는 6과 3분의 1이닝 동안 3안타 2볼넷 1실점으로 호투하며 '미국 킬러'로서의 면모를 확실히 보여줬다.

한국은 3회 2점을 선제하는 등 경기를 잘 풀어갔으나 7회부터 석연치 않은 심판 판정이 이어지며 경기 흐름이 바뀌었다.

미국 팀을 결승으로 밀어주기 위한 편파적인 오심으로 볼 수밖에 없었다. 우리 선수들과 코칭스태프도 강하게 항의했지만, 심판 판정이 번복되는 일은 없었다.

야구뿐만 아니라 모든 스포츠 경기 특히 올림픽 같은 국제 대회에서는 심판들이 공정한 판정을 해주어야 한다. 선수들의 페어플레이 못지않게 중요한 것이 심판들의 공평하고 일관성 있는 경기 운영이다.

요즘은 비디오 판독이 생긴 덕분에 과거에 비해 판정의 정확성을 높일 수 있게 됐고, 경기의 향방을 뒤바꿀 정도의 중대한 오심은 바로잡을 수 있게 되어 좋다. 비디오 판독을 통해 판정을 번복할 수도 있기 때문에 심판들의 전문성, 책임감, 권위가 줄어드는 것이 아닐까 하는 우려도 있지만 말이다.

다시 경기로 돌아가, 납득하기 어려운 판정으로 2 대 2 동점이 된 후, 8회말 1사 3루 상황에서 엄청난 폭우가 쏟아져 경기는 2시간 가까이 중단되었다. 현지 시각으로 지녁 7시 30분에 시작된 경기가 자정을 넘겨 다음날 0시 8분에 재개됐다.

지금 생각해도 여러 가지 이상한 일들이 몇 번이나 겹친 꼬일 대로 꼬인 경기였다. 9회말 끝내기 홈런을 허용한 우리는 3 대 2로 패해 결승 진출에 실패하고 말았다. 그리고 4강전에서 동메달을 두고 일본과 겨뤄야 하는 절체절명의 마지막 승부가 기다리고 있었다.

사실 미국과의 경기에서도 내게 대기명령이 전달됐지만, 일본과의 예선전 이후 몸 상태가 정상이 아니었던 나는 도저히 출전할 수 없는 컨디션이었다. 등과 가슴에 담이 와 숨조차 쉬기 어려운 심각한 상태였다.

동점이 되자 김인식 코치님은 불펜에서 몸을 풀 것을 지시하셨지만, 나는 팔을 올려 들 수도 없는 최악의 컨디션이라 출전이 힘들다는 의사를 밝혔다. 김용일 트레이너도 내가 공을 던질 수 없는 몸 상태라는 것을 김인식 코치님, 김응용 감독님께 전달했다.

그렇지만 두 분 모두 내 몸과 마음을 이해하지 못하는 듯 보였다. 선수 생활 내내 웬만해서는 감독, 코치의 지시를 어김 없이 따랐고, 완투도 연투도 얼마든지 소화했던 나였으나 그날은 쉽지 않았다. '쉽지 않았다' 정도로 에둘러 말하지만 사실 던지는 것이 정말 불가능한 상태였다.

감독님, 코치님이 나를 높이 평가하고 신뢰하기 때문에 출격 대기를 명하는 것을 모르는 바는 아니었지만, 투수가 12명이나 되는 상황에서 최악의 컨디션으로 팔도 제대로 들 수 없는 나에게만 몸을 풀라고 하는 것이 화가 났다. 난 도저히 그 분위기를 견뎌낼 수 없을 것 같아 덕아웃을 나와버리고 말았다.

미국 전은 그렇게 패배했고, 나의 컨디션도 최악으로 치달았다. 게다가 경기 종료 후 나는 랜덤 도핑테스트 대상으로 지명되어 3리터나 물을 마시고 겨우 겨우 검사를 마쳤다. 모든 일정을 소화하고 숙소로 들어온 시각이 새벽 4시였다. 정말 길고도 힘든 하루였다.

숙소에 오니 감독님, 코치님 그리고 김용일 트레이너가 날 기다리고 있었다. 일본과의 3·4위전(동메달 결정전)이 낮 12시 30분으로 예정되어 있는, 경기일 당일의 새벽이었다. 김응용 감독님과 코치님들이 김용일 트레이너에게 특명을 내렸다고 전해 들었다.

그 특명이란 '무슨 일을 어떻게 해서라도 구대성이 던질 수 있게 만들어'였다. 나에게도 트레이너에게도 불가능에 가까운 과제였다. 두 시간 정도 피를 뽑고, 마사지하고, 침이 달린 파스를 붙이며 새벽을 꼬박 새웠다. 딘 몇 시간 뒤에 열릴 경기를 위해 올라가지 않는 팔을 들어 올려야 했다. 팔이 올라간다고 제대로 던질 수 있는 것도 아닌데 말이다.

지금 와서 그 때를 회상하면 정말 예선 첫 날부터 3·4위전까지 드라마틱한 상황들이 너무도 많았다. 마치 현실과 비현실의 경계를 오갔던 것 같은 느낌이다. 힘겹게 겨우 한두 시간 정도 눈을 붙였다 떼었을까 나는 선수촌 식당에서 가벼운 아침 식사를 했다.

시드니 올림픽 선수촌 내에는 뷔페 식당, 게임 아케이드 등 다양한 편의 시설이 마련되어 있었는데, 올림픽에 출전한 선수들은 모든 시설을 무료로 이용할 수 있는 혜택이 있었다. 나는 가끔 오락실에 가서 말도 안 통하고 얼굴도 모르는 외국 선수들과 게임도 하고 바디랭귀지를 섞어가며 인사도 하면서 여유를 즐기곤 했다.

일본과의 동메달 결정전이 있던 그날 아침도 식사를 마친 후 외국인 선수들과 아케이드에서 레이싱 게임을 한 판 했던 게 기억난다. 서로 잘 모르는 외국인 선수들이었지만 올림픽에 출전한 스포츠맨이라는 공통분모가 있어서인지 그들이 하이파이브로 보내준 응원과 격려가 왠지 모를 힘이 됐다.

덤덤한 마음으로 경기장을 향했다. 가볍게 조깅도 하고 스트레칭도 하면서 다시 트레이너와 마사지, 치료를 반복했다. 팔이 제대로 움직이지는 않았지만, 아주 조금씩 들어올릴 수는 있게 됐다.

아직 누가 선발투수로 출전할지 정해지지 않은 상황에서 선수들은 오늘은 누가 먼저 마운드에 오를까 가볍게 대화도 하고 농담도 하면서 긴장을 풀었다.

김용일 트레이너는 감독님께 여쭤보고 오겠다며 라커룸을 나섰다. 잠시 후 돌아온 트레이너는 아무 말 없이 그저 씩 웃기만 할 뿐이었다.

"형, 오늘 선발…… 나는 아니겠지? 나가더라도 중간쯤 던지겠지? 그렇지 않을까?"

"음…… 오늘 대한민국의 선발투수는 구! 대! 성!"

전날부터 감독님, 코치님들이 트레이너 형에게 이런저런 얘기를 했다는 걸 전해 들었기에 어느 정도 예상은 하고 있었지만, 마음이 착잡하고 무거워졌다. 내 몸이 정상이 아니라는 걸 그 누구보다 내가 잘 알고 있었기 때문이다.

난 한국에 있는 아내 생각이 났다. 바로 그 순간, 아내와 통화하고 싶었다. 위로가 필요했는지 격려가 필요했는지 무슨 말이 듣고 싶었던 건지는 잘 모르겠다. 그저 아내의 목소리가 듣고 싶었다.

아내가 해준 많은 얘기들 중 한 마디만은 지금도 선명히 생각난다.

"일단은…… 최선을 다해서 던져봐요."

아내와 통화하고 나니 한결 마음이 편해졌다. 나는 서서히 워밍업 강도를 높여봤다.

1회에 마운드에 올랐을 때는 숨쉬기도 힘들었다. 온 힘을 다 쏟을 수도 없었기에 70퍼센트 정도의 힘으로 천천히 공을 던져나가기 시작했다. 일본 팀의 선발은 이번에도 마쓰자카 다이스케였다. 나와는 열 살 넘게 차이 나는 어린 투수였지만 일본은 물론 메이저리그가 주목하고 있는 세계적인 선수였다.

더욱이 지난 예선에서 한국 타선에 고전하며 자존심에 상처를 입었던 만큼 더 큰 모티베이션으로 경기에 임할 것이 예상됐다. 일본 타자들은 내 공을, 한국 타자들은 마쓰자카의 공을 전혀 공략하지 못한 가운데 7회까지 0의 행진이 이어졌다.

이상한 건, 정말 상식적으로 이해가 안 되는 건 4회, 5회를 지나면서 호흡이 굉장히 편안해졌고 팔도 평소처럼 잘 돌아가기 시작했다는 거다. 말 그대로 정상 컨디션을 찾아가고 있는 느낌이었다. 스피드도 점점 빨라져 7회에는 최고 구속이 150km/h을 넘었다.

대표팀 동료들은 내가 정상적인 몸이 아님에도 선후배들을 대신해 마운드에 올랐다는 것을 알았기에 격한 응원이나 별다른 얘기 없이 조심스럽게 날 지켜보면서 마음으로 힘을 더해줬다.

워낙 좋지 않은 몸 상태로 경기에 나섰으니 승패에 연연하는 것 자체가 욕심에 가까운 상황이었다. 꼭 이기겠다고 생각할 만큼의 컨디션이 아니었기에 어느 정도는 마음을 놓고 편안히 던졌던 것 같다. 정확히 언제까지였는지 기억할 수는 없으나 타자와의 상황보다는 온전히 나 자신에 집중하며 투구에 임했다.

보통 경기 전에는 상대 타자들에 대한 분석 브리핑을 하는데, 이번 경기만큼은 상대팀 데이터보다는 내 컨디션에 맞게 강약을 조절하며 피칭을 이어가느냐가 더 중요했다. 슬슬 몸이 풀리고 숨통이 트이면서 구속까지 오르니 그때부터는 나름대로 경기를 즐길 수 있는 마음이 됐다.

8회가 되니 조금씩 지친 기색이 느껴졌다. 이미 130개가 넘는 공을 던진 상태였다. 다행히도 내가 지쳐갈 무렵, 8회말 우리 타선이 3점이나 점수를 뽑아줬다. 이제 9회 한 이닝만 버티면 된다. 덕아웃의 코칭스태프는 바빠졌다. 투구수와 구속을 체크하면서 끝까지 나를 던지게 해야 하는지 투수를 교체해야 하는지 고민을 거듭했다.

경기가 끝난 후 들은 이야기인데, 불펜에서 투수들이 대기하고 있어야 하는 상황임에도 송진우, 정민태 선배가 그 누구도 준비하지 못하게 했다고 한다. 이 경기는 구대성이 시작해서 구대성이 끝내야 하는 경기라고 하면서 후배들이 몸을 풀기 시작하면 두 선배가 공을 빼앗았다는 것이다.

9회초 김인식 코치님이 마운드로 올라와 투수 교체를 의사를 밝혔다. 그렇지만 나는 공을 넘기지 않고 꼭 움켜쥐었다. 코치님은 이제는 정말 투수를 바꿔야 한다고 얘기하셨지만 나는 받아들일 수 없었다. 아픈 사람 마운드에 올려놓을 때는 언제고, 이제 와서 내린다니 뭔가 좀 서럽고 원망스러운 마음이 들기도 했다.

"너무 많이 던졌다. 교체하자."

"괜찮습니다. 더 던지겠습니다."

"……."

"안타를 하나 더 내준다면 내려가겠습니다."

"안 된다. 그러면 그때는 이미 늦는다."

"그럼 안타 안 맞겠습니다. 하나도 안 맞겠습니다."

코치님도 코치님이지만, 덕아웃을 보니 김응용 감독님이 완강히 투수 교체를 지시하고 있었다. 그때 막내급이었던 포수 홍성흔이 어렵게 말을 꺼냈다.

"코치님, 대성 선배 볼 끝이 아직 살아 있습니다. 그리고 지금 다른 어떤 투수보다 공이 좋습니다. 그냥 이대로 갔으면 좋겠습니다."

결국 코치님, 감독님 모두 나와 홍성흔, 배터리의 말을 믿고 내가 계속 던질 수 있도록 한 이닝을 더 맡겼다. 나는 9이닝 전부를 책임지며 5안타 1실점으로 일본을 막았다. 정교한 배팅, 커팅으로 삼진을 잘 당하지 않는 일본 타자들을 상대로 탈삼진을 11개나 잡아냈다.

그리고 우린 모두가 알다시피 일본을 3 대 1로 꺾고 3위를 차지하며 동메달을 획득했다. 대한민국 야구 역사상 최초로 올림픽 메달을 따낸 것이다. 관중석은 환호성으로 뒤덮였고, 모든 선수들이 내게로 달려 나와 승리의 기쁨을 만끽했다. 경기 종료 후 취재진과 얼마나 많은 인터뷰를 했는지 모른다. 하지만 난 집으로 돌아가 아내와 가족들을 보고 싶은 생각밖에 없었다.

이 경기에서 인상적인 역투를 펼쳤기 때문일까 또 다시 도핑 테스트 대상으로 지명되어 선수들과 함께 숙소로 복귀하지 못했다. 경기 중에도 3리터 가까이, 경기가 끝난 후에도 3~4리터 더 물을 마셨는데, 이상하게도 화장실을 갈 수 없었다.

길어진 도핑 테스트 도중 갑자기 왼쪽 발에 통증이 느껴졌다. 아마도 긴장이 풀리면서 통증이 찾아온 것 같았다. 스파이크를 벗고 양말을 벗으려는데 벗겨지지 않았다.

대회 관계자들이 가져다 준 식염수를 왼발에 조금씩 부어가며 양말을 가까스로 벗었다. 왼쪽 엄지발가락의 살이 파여 피가 났고 그 피가 고이고 굳어 양말이 벗겨지지 않았던 것이었다. 의료진의 치료와 함께 도핑 테스트도 끝이 났다.

　난 어린 시절부터 TV로만 봐왔던 올림픽 시상대에 올라 메달을 목에 거는 뜻 깊은 경험을 할 수 있었고, 그 순간 정신적으로 육체적으로 힘들었던 모든 과정들이 하나둘 빠르게 지나갔다. 대회가 모두 종료된 후 김인식 코치님은 이 경기에서 만약 패했다면, 우리 둘 다 역적이 되었을 거라며 웃으셨다.

　몇 년 후 일본의 유명 소설가 무라카미 하루키가 시드니 올림픽을 특별 취재하며 펴낸 에세이집 『시드니』를 읽게 됐다. 동메달 결정전으로 열린 한일전을 현장에서 관전한 그는 이런 문장을 남겼다. "마쓰자카에게서 평소의 위압감이 느껴지지 않았다. 사자 대신 빌려온 고양이처럼 보였다."

　나는 최악의 몸 상태로 경기에 나섰지만 최선을 다해 팀을 승리로 이끌었고 사자 같은 괴물 투수 마쓰자카를 고양이처럼 보이게 만들었다. 또한 나의 완투승이 올림픽 입상으로 이어져 젊은 선수들이 병역특례를 얻게 되면서 팬들로부터 '합법적 병역 브로커'라는 재미 있는 별명을 선물 받기도 했다.

　예선에서 고전을 면치 못해 팬들에게 실망감을 주기도 했지만 마지막 경기에서 최상의 결과를 내며 분위기를 반전시킬 수 있어서, 일본을 꼭 이겨달라는 팬들의 기대에 부응할 수 있어서 얼마나 다행이었는지 모른다.

지금도 많은 사람들이 올림픽 한일전에서 내가 거둔 155구 완투승에 대해 이야기한다. 투수 구대성이 프로 커리어에서 올린 수많은 승리들 중 팬들이 기억하는 최고의 승리는 서로 다를 수 있겠지만, 가슴에 태극마크를 달고 따낸 승리는 이 하나로 수렴된다.

구대성의, 구대성을 위한, 구대성에 의한 경기였다는 평을 들었던 그 게임은 지금도 여전히 내 가슴을 뜨겁게 한다. 도저히 뛸 수 없을 것 같았지만, 결국 마운드에 올랐고 완투승까지 기록했다. 김인식 코치님의 기대와 신뢰, 김용일 트레이너의 열과 성을 다한 서포트가 없었다면 결코 던질 수 없었을 것이다.

MLB라는 꿈
NPB라는 현실

모든 야구인들에게 목표와 꿈이 있다. 나 역시 그렇다. 나에게도 특별한 꿈이 하나 있었다. 사람들은 대개 일을 통해 보람을 찾고, 존재감을 확인하며 그 안에서 조금씩 발전해나간다. 자신이 몸 담고 있는 분야에서 더 훌륭한 사람으로 성장하고 싶은 향상심은 삶에 있어 좋은 태도라고 생각한다.

어린 시절 박철순 선수를 보면서 프로야구 선수가 되겠다는 꿈을 키웠다면, KBO에서 많은 것을 이룬 후에는 좀 더 큰 무대로 나가고 싶었다. 야구선수에게 큰 무대라는 건 다름아닌 메이저리그, 말 그대로 빅리그다.

이미 박찬호, 김병현, 서재웅, 김선우 등 많은 한국인 투수들이 미국에서 활약하고 있었기에 나 역시 큰 무대에서 기량을 펼치며 나의 능력과 한계를 확인해보고 싶은 마음이 간절했다. 빙그레, 한화 소속으로 한국프로야구에서 오랜 기간 활약했기에 해외진출 자격 조건을 갖출 수 있었고, 구단 측에 내 뜻을 전달했다.

1999년 시즌 종료 후 팀의 에이스이자 절친한 동료였던 정민철 선수가 인대 형식으로 일본 요미우리 자이언츠 팀에 이적했고, 나에게도 그 시기를 전후로 여러 에이전트와 구단들이 직간접적으로 해외진출 의사를 타진해왔다.

2000년 봄, 처음으로 스포츠 매니지먼트 에이전시 CSMG의 대표와 아시아 담당 에이전트를 만나게 됐다. CSMG는 한화 이글스의 미국 애리조나 스프링캠프 때, 시카고 화이트삭스 코치로 활동 중이던 이만수 선배님의 소개로 알게 된 에이전시였다. 내가 조금이라도 더 좋은 조건으로 메이저리그에 진출할 수 있도록 신중하고 면밀히 상황을 검토해줬다.

메이저리그 계약뿐만 아니라 많은 부분에서 선수의 입장을 우선적으로 고려했으며, 나와 가족이 편안하게 미국 생활을 시작할 수 있도록 주거, 언어, 교육 등 여러 환경적인 요소를 섬세하게 잘 챙겨주었던 것이 인상 깊었다.

과거 고등학생, 대학생 신분으로 국제 대회에 나가 좋은 모습을 보일 때마다 일본과 미국 구단들의 러브콜이 끊이지 않았지만, 늘 군 문제 등 불투명한 장래가 걸림돌이 됐다. 그러나 성인이 되어 프로야구 선수로 여덟 시즌을 소화한 나에게 더는 문제될 것이 없었다.

특히 1999 시즌 한화 이글스의 한국시리즈 우승을 이끌었고, 2000년 시드니 올림픽에서 대표팀의 동메달 획득에 기여하며 메이저리그에 도전해보겠다는 열망과 의지 역시 확고해졌다. 이미 내 나이가 서른을 넘은 터라 앞으로 꿈의 무대인 메이저리그에 영원히 갈 수 없을지도 모른다는 마음이 컸다. 더 늦기 전에 결정을 내려야 했다.

구단에서도 날 극구 말릴 이유는 없었기에 올림픽이 끝난 후 해외 진출을 흔쾌히 허락해주었다. 구단의 동의를 확인한 나는 그때까지만 해도 곧 메이저리그에 갈 수 있을 거라고 믿었다. 그때는 정말 그렇게 믿었다.

올림픽 후 재개된 페넌트레이스에서 난 언제나 그랬듯이 선발, 중간, 마무리 가릴 것 없이 마운드에 올랐고, CSMG는 나의 메이저리그 진출을 잘 추진하고 있었다. 연일 신문, 방송에 나조차 들어보지 못한 해외진출 소식이 쏟아져 나왔지만, 미디어의 호들갑을 하루이틀 겪은 것도 아니니 대수롭지 않게 생각했다.

CSMG와 계약하기 전, 다른 에이전시에서도 여러 제안을 해왔다. 그 유명한 스캇 보라스 측과도 연락을 주고받았지만, 최종 선택은 처음부터 많은 부분을 잘 챙겨준 CSMG였다. 그들은 더 나은 계약을 맺기 위해 다양한 구단과 소통했으며, LA 다저스, 보스턴 레드삭스, 시카고 컵스, 시애틀 매리너스, 뉴욕 메츠 등이 신분조회를 요청해왔다

그 즈음 일본에서도 몇몇 구단이 내게 관심을 보였는데, 한신 타이거즈, 주니치 드래곤스 그리고 오릭스 블루웨이브였다. 하지만 내게는 메이저리그 진출 외에 다른 어떤 생각도 계획도 없었다.

에이전시는 뉴욕 메츠로 방향을 잡아가고 있었다. 내가 메츠에 입단할 경우, 계약금 350만 달러 포함 3년 총액 1,250만 달러를 받는 좋은 조건이었다. 한화 코치진의 메이저리그 연수도 기원하겠다 했으며, 가족들의 영주권 취득 절차도 적극 도울 것이라는 의사까지 밝혀왔다. 내 마음은 미국 뉴욕으로 향하고 있었다.

시즌 잔여 경기를 모두 소화한 후에는 여느 때보다 바쁜 가을, 겨울을 보냈던 것 같다. 올림픽 특히 한일전에서 맹활약한 덕분에 방송 출연, 인터뷰 요청이 이어졌고, 사인회, 팬미팅 같

은 행사도 꽤 많았다. 여러 일정으로 바쁜 날들이었지만, 다음 시즌은 메이저리그에서 시작할 것이라는 기대감으로 하루하루를 즐겁게 보낼 수 있었다.

구단 역시 해외진출은 내가 원하는 방향으로 진행되도록 돕겠다고 했다. 그러던 중 예정에 없던 갑작스러운 해외 일정이 생겨 일본을 방문하게 됐다. 11월말부터 12월초까지 도쿄에서 열리는 '코리아 슈퍼 엑스포 2000'에 한화 그룹도 참여하는데, 한화 도쿄지사의 요청으로 사인회를 열게 되었다는 것이다.

내 계획대로라면 12월 4일은 한국에서 딸아이 생일을 보내고, 다음날인 12월 5일 뉴욕으로 떠나는 비행기에 올라야 했다. 구단 역시 내가 뉴욕 메츠와의 협상을 위해 미국으로 떠날 것을 알고 있었기에 빠른 시일 내로 미국 비자를 받을 수 있도록 도와주고 있던 터였다.

생각지도 못했던 다른 일정이 잡히는 게 의아했지만 아내와 오랜만에 짧은 여행을 다녀온다는 가벼운 마음으로 일본에 갔다. 그 엑스포 행사에는 이승엽 선수도 참석해서 반갑게 인사를 나눴던 기억이 있다.

사인회 등 일정을 끝마치고 호텔에서 휴식을 취하고 있는데 황경연 한화 이글스 단장님이 갑자기 날 부르셨다. 고베 오릭스 블루웨이브 구단에서 초대를 받았다며 함께 미팅에 가야 할 것 같다는 얘기였다. 도쿄에 온 것도 갑작스러웠는데, 고베까지…….

너무나 뜻밖의 일이었지만, 지금 돌이켜보면 나 한 사람에게만 갑작스러운 일이었던 것 같기도 하다. 결국 나는 뉴욕행 비행기가 아닌 고베행 신칸센 고속열차를 타게 됐다. 열차에 앉아 이동하는 시간이 매우 길게 느껴졌다.

편치 않은 마음에 아내와 이런저런 대화를 했던 것 같은데, 무슨 얘기였는지 기억이 나지 않는다. 영문도 모르고 찾아갔던 고베는 우리를 반기는 듯 따뜻하고 포근했다. 추운 도쿄에 있다 와서 그랬을까? 고베는 왠지 모르게 온화하다는 느낌이 들었다.

열차에서 내려 역 밖으로 나서자 수많은 취재진이 따라붙었다. 고베라는 도시의 풍경을 눈에 담기도 전에, 여기저기서 터지는 카메라 플래시가 내 눈에 들어왔다. 너무나 당황스러웠고 난감했다. 무슨 일이 벌어지고 있는지 진히 예측할 수 없었고, 뭔가 좀 이상하다는 생각만 들었다.

오릭스 구단이 준비해놓은 고급 승용차를 타고 야구장으로 향했다. 창 밖을 보라는 단장님 얘기에 시선을 돌리니 가는 길

곳곳에 대형 현수막이 걸려 있었다. 자세히 들여다보니 한글로 쓰인 메시지가 있었다.

"구대성 선수, 고베에 오신 것을 환영합니다."

이게 뭘까, 언제 이런 걸 준비했을까 생각해볼 겨를도 없을 만큼 움직이는 내내 비슷한 문구의 현수막이 눈에 들어왔다. 모르긴 몰라도 1~2킬로미터마다 하나씩은 플래카드가 걸려 있는 것 같았다. 느낌이 좋지 않았다. 나를 환영하는 현수막이 설치되어 있는데, 정작 내 마음은 환영 받는 사람의 그것과 거리가 멀었다.

아내와 나는 손을 꼬옥 잡았다. 어느새 야구장에 다다랐고 오릭스 구단 관계자들과 마스코트들이 손을 흔들며 날 반기는 모습이 보이기 시작했다. 누가 봐도 새로 입단하는 선수를 위한 환영식이 열리는 것 같은 분위기였다. 카메라 플래시는 쉴 새 없이 터지고 또 터졌다.

그날이었는지 다음날이었는지 확실하지 않은데, 나는 단장님, 아내, 통역을 위해 동석한 한화 도쿄지사 직원, 오릭스 구단의 오카조 사장님 그리고 팀을 이끄는 오기 감독님 및 관계자들과 저녁 식사를 함께 했다.

대부분의 대화가 일본어로 오가서 알아듣지 못했던 건지, 예기치 못한 상황에 놀라서였는지 식사를 함께 했다는 것 외에 무슨 말을 나눴는지 별다른 기억이 없다. 딱 하나 확실히 기억나는 건 1995년 고베 대지진 이야기가 있었고, 앞으로는 당분간 고베에 지진이 없을 것이니 크게 걱정하지 않아도 된다는 얘기였다.

그리고 일마 진 메이저리그로 떠나 스즈키 이치로 선수가 나를 위해 준비했다며 사인 배트와 티셔츠를 선물로 주었다. 미팅에 함께 참석해줘 고맙다며 아내에게 고가의 액세서리를 선물로 건넨 구단 관계자도 있었으나, 아내는 정중히 사양하며 단장님을 통해 돌려드리겠다는 뜻을 전했다.

그렇게 고베에서의 일정을 마치고 도쿄로 돌아오니, 일본에 출장나오신 한화 이글스 구단주 김승연 회장님이 면담을 제안했다. 호텔에서 회장님과 두 차례 대화를 나눴다. 첫 미팅은 아내가 함께 자리했고, 두 번째 미팅은 회장님과 나 둘만의 대화였다.

회장님은 해외 진출 자체를 반대하지는 않았다. 다만 오직 메이저리그 진출만을 꿈꿔왔던 나와 일본 진출을 추천하는 회장님의 대화는 쉽게 결론이 나지 않았다. 대화가 길어질 즈음 회장님이 무거운 한마디를 던졌다.

"대성아, 일본에서 최고가 되면 지금보다 훨씬 더 좋은 조건으로 미국에 갈 수 있다."

이미 일본 언론을 통해 나의 고베 방문 소식이 전해지고 있었고, 오릭스의 홈 구장인 그린스타디움 안팎에서 찍힌 사진이 신문 지면에 실리기 시작했다. 시간이 지나 나중에 알게 된 일인데 CSMG 담당 에이전트가 수차례 호텔로 전화해 나를 찾았다고 한다.

하지만 구단 측의 요청으로 내게로 걸려온 전화를 모두 차단한 상태였기에 발길을 돌릴 수밖에 없었던 것 같다. 우여곡절이 많은 일본 일정이었지만, 귀국 후 다시 미국 뉴욕으로 떠나겠다는 내 계획은 유효했다.

메이저리그에 가겠다는 마음 역시 변함없었다. 하지만 한국으로 돌아오는 비행기에서 김승연 회장님, 황경연 단장님과 더 얘기를 나누며 일본 진출 역시 하나의 대안으로 염두에 두자는 마음을 무았다.

그때 내 나이 서른한 살. 나만, 내 꿈만 생각할 수 없는 상황이었다. 열심히 운동만 하면서 달려온 내가 생각하지 못했던 부분이 적지 않았다. 기업과 기업, 구단과 구단이 논의하고 결정하는 일들 말이다.

먼 타국보다는 이웃한 나라를 선택하는 것이 아내와 어린 자녀들의 적응과 생활에도 수월할 거라는 마음도 있었다. 결국 나는 뉴욕행 비행기에 탑승하지 않았다. 20년 가까이 시간이 지난 지금 나는 다시 곰곰이 생각해본다. 그 모든 게 운명이었다고, 이미 결정되어 있었던 미래라고.

어찌 됐든 마지막 결정은 내가 내린 것이다. 내가 생각했고, 내가 대답했다. 그 결정에 후회는 없다. 그때도 난 주어진 상황에서 매 순간 최선을 다하고 있었으니까. 모든 것을 종합적으로 고려했을 때 그게 당시 나와 내 가족을 위한 최선의 선택이었다고 믿는다.

그리고 그로부터 4년 후, 다들 알다시피 나는 미국으로 떠났다. 이번에는 정말 메이저리거가 된 것이다. 팀은 그대로였다. 나에게 가장 뜨거운 러브콜을 보내줬던 그때 그 팀 뉴욕 메츠. 그러니 그 모든 게 이미 그렇게 준비되어 있던 운명이 아니었을까 생각이 드는 것도 무리는 아니다. 그게 운명이든, 운명의 장난이든 말이다.

돈보다 중요한
야구라는 나눔

보통의 고등학생들과는 다르지만 야구부 학생들도 3학년이 되면 커다란 변화를 맞는다. 입시 스트레스와 다르면서도 비슷한데, 야구를 하는 학생들 또한 장래에 대한 고민과 걱정, 불안에 휩싸인다. 대학에 진학할 수 있을까? 프로에 진출할 수 있을까? 야구를 계속 할 수 있을 것인가에 대한 두려움이 있는 것이다.

다행히 나는 연고 지역 프로팀 그리고 여러 대학교로부터 다양한 스카우트 제안을 받아 그런 마음과는 어느 정도 거리가 있었다. 우리나라에 대학교가 이렇게 많은지 처음 알았고, 야구부를 갖고 있는 대학이 생각보다 훨씬 많다는 것도 그 즈음 알게됐다.

요즘은 대부분 고교 졸업 후 바로, 1년이라도 일찍 프로에 진출하는 것이 추세인데 내가 고등학생이었던 1980년대 후반에는 대학으로 진학하는 선수가 훨씬 더 많았다. 장학금 혜택을 받을 수도 있었고, 대학야구를 통해 성인 무대를 경험해보면서 실력을 키워 프로선수가 되는 것이 여러모로 안정적이라는 의식이 있었던 것 같다.

대학 팀으로부터 스카우트되지 않은 선수들이 연습생, 신고선수 개념으로 낮은 몸값을 받고 프로에 입단하는 경우가 더러 있었고, 일부는 은행 등 실업야구팀의 문을 두드리기도 했다. 그렇지만 학교를 대표하는 에이스 투수들이나 4번 타자들은 대개 대학교를 선택하는 것이 일반적이었다.

나 역시 서울을 비롯한 전국 각지의 대학 야구부에서 입학 제의를 받았다. 물론 대전, 충청 지역에 연고를 둔 프로야구단 빙그레 이글스 역시 뜨거운 러브콜을 보내왔다. 빙그레는 당시 기준신인 최고 대우에 가까운 거액의 계약금을 제시했고, 그밖에 다양한 조건들을 내걸었지만 나는 그게 마음이 가지 않았다.

어려운 가정 형편과 편찮으신 아버지를 생각하면 프로에 진출해 당장 돈을 버는 것이 세상의 기준에서는 정답에 가까웠을지 몰라도, 야구로 돈을 버는 것은 언제든 할 수 있는 일이라고 생각했다. 하지만 대학은 지금이 아니라면, 때를 놓친다면 다시 경험하기 어려울 것이라는 생각에 대학 진학 쪽으로 마음이 더 움직였다.

그러한 선택을 하게 된 데에는 여러 가지 이유가 있지만, 무엇보다 어린 시절부터 동고동락해온 친구들과 좀 더 같이 오래 야구를 하고 싶다는 마음이 컸다. 나와 함께 졸업을 앞두고 있던 동기생은 다섯 명이었다.

고등학교에서 3년간 함께 땀 흘려온 동료들이었고, 몇몇은 초등학교 시절부터 우정을 쌓은 친구들이었다. 그 중 한 친구는 성균관대 진학이 확정되어 있었고, 나머지 넷은 어느 한 곳 연락을 주는 학교가 없어 오갈 데 없는 상황이었다.

당시에는 각 대학교가 우수한 선수를 영입하기 위해 고교 동기생 몇 명을 함께 체육특기자로 선발해주는 관례가 있었다. 지금도 그러한 제도나 규정이 있는지 알 수 없지만, 당시에는 흔히 통용되는 문화 같은 것이있다. 나를 영입하려 했던 학교들도 대부분 그러한 조건을 깔고 있었다.

나 외에 한 명을 더 뽑겠다는 학교, 두 명을 더 입학시킬 수 있다는 학교도 있었다. 학교 방침상 여러 학생을 함께 받을 수는 없지만, 거액의 장학금을 줄 수 있다는 고려대, 연세대 같은 명문 대학도 있었지만 조금도 마음이 가지 않았다. 나는 나를 포함해 5명의 학생 모두를 함께 선발해줄 학교만을 생각했다.

그런데 내가 입학하는 조건으로 나머지 동기생 넷을 모두 입학시키겠다는 고마운 학교가 있었으니, 그곳이 바로 한양대였다. 고민할 것도 없이 나는 한양대학교를 택하기로 마음 먹었다. 당시 내가 대학 대신 프로를 선택했다면 다른 네 친구의 야구 인생이 거기서 그대로 끝나는 셈이었고, 나는 그렇게 나만 생각하면서 야구를 하고 싶지는 않았다.

그리고 부모님 역시 나와 비슷한 생각을 했기에 어떠한 반대도 없이 내 결정을 지지해주셨다. 고교 3년간 내가 팀을 이끌며 친구들에게 승리를 선물한 적도 있지만, 친구들이 에이스인 나를 위해 희생하고 배려해준 부분도 있었을 것이다. 나는 그러한 친구들에게 어떻게든 도움을 주고 싶었다.

그렇게 해서 우리 대전고 동기 다섯 명은 어느 하나 낙오하지 않고 대학 신입생이 되어 20대를 함께 시작할 수 있었다. 해가 바뀌기 전인 11월 늦가을 함께 서울로 올라와 야구부 선배들과 손발을 맞춰보기도 하고 이것저것 준비하면서 미리 대학 생활, 서울 생활을 경험하며 즐거운 시간을 보내기도 했다.

지금은 이름이 잘 기억나지 않지만, 네 친구 중 한 명은 훗날 야구를 그만두고 열심히 학업에 매진해서 교수가 되었다는 소식을 들었다. 내 앞길만 생각해서 고졸 신인으로 프로에 직행했다면, 그 친구들의 미래는 어떻게 달라졌을까? 한 치 앞을 알 수 없는 것이 인생이라지만, 그때 친구들과 한양대학교에 입학한 것은 내 생애 최고의 선택 중 하나였다.

프로에 와서도 돈은 내가 야구를 하는 데에 있어 결코 첫 번째 요소가 아니었다. 내 성적, 가치에 맞지 않는 몸값을 제시 받을 때는 기분이 좋지 않은 것이 당연하지만, 구단이 산정한 연봉이 합리적인 수준이라고 판단되면 굳이 조금이라도 더 받겠다는 마음으로 협상 테이블을 길게 끌고 간 적은 없었던 것 같다.

보통은 구단에서 고액 연봉자들과의 협상은 스토브리그 후반부로 미뤄 놓는 편이어서 얘기가 길어지는 것처럼 보이기도 하고, 계약 조건에 대해 큰 이견이 있는 듯 보도되기도 하지만 딱히 마찰을 빚은 경우는 없었다. 스프링캠프 막바지에 사인을 한 적도 있었지만, 크게 문제가 있어서 그랬던 것은 아니다.

사실 내 연봉 협상 소식이 신문에 여러 번 기사화된 시즌이 있었는데, IMF 외환위기로 나라 전체가 어려웠던 1998년이었다. 모두가 힘들었던 그 시절, KBO 리그도, 대기업이 운영하는 프로야구단도, 팀에 소속된 선수나 코칭스태프도 어려움을 피해갈 수는 없었다.

많은 선수들의 연봉이 삭감되었고, 재계약에 실패해 팀을 떠나야 하는 선수들도 나왔다. 내 연봉 협상에도 그런 분위기가 반영되지 않을 수 없었다. 그 해 좋은 성적을 올려 큰 폭의 인상을 기대하고 있었는데, 제시 받은 금액은 기대에 미치지 못하는 수준이었다. 작년에 비해 조금 오른 형식적인 느낌의 인상이었다. 결과에 대한 정당한 평가로 보이지는 않았다.

프로야구 선수는 많든 적든, 좋든 싫든, 연봉이 공개된다. 그 연봉이 곧 선수의 가치를 환산해 보여주는, 말 그대로 '몸값'인 것이다. 그러다 보니 연봉 삭감은 자존심에 상처를 입는 일이기도 하다. 연봉이 줄어든다는 것은 그만큼 내가 활약하지 못했다는 뜻이니까.

하지만 훌륭한 시즌을 보내고도 제시 받은 금액이 예년과 다를 바 없다면, 팀에서 나를 진정으로 원하는 것인지 의문이 생기기 마련이다. '내가 이 팀에 필요한 선수가 맞나?'하는 생각이 드는 거다.

그러나 1998년은 좀 달랐다. 모든 국민에게 어려운 해였고, 내 뜻만 고집하기에는 주위에도 어려운 선수들이 너무 많았다. 선후배 동료들의 연봉이 모두 다 삭감되는데, 나만 더 올려 받는다는 게 괜스레 불편했다. 그것도 아주 소폭의 인상인데 말이다.

겨우 그 정도 더 받겠다고 불편한 마음, 미안한 마음까지 떠안고 싶지 않았다. 구단이 제시한 인상안을 정중히 거절하고, 직전 시즌과 같은 연봉을 받겠다고 얘기했다. 구단의 인상안을 거절한 것이니 '자진 삭감'으로 볼 수도 있고, 지난해와 똑같은 금액을 그대로 받은 것이니 '자진 동결'로 볼 수도 있는 상황이었다.

표현이야 어찌 됐든 프로야구 역사상 유례를 찾아보기 힘든 독특한 계약이기는 했다. 당시 신문이나 방송을 통해 '구대성 연봉 인상 극구 사절', '자신보다 팀을 더 생각한 천사표 독수리' 같은 제목으로 소식이 전해져 제법 화제를 모으기도 했는데, 사실 그 정도의 표현은 좀 낯뜨겁게 느껴진다.

내가 연봉을 동결한 것이 당시 구단 운영에 실질적으로 얼마나 큰 도움이 되었을지는 모르겠다. 하지만 그때는 고액 연봉을 받는 선수로서 그렇게 하는 것이 마땅히 팀과 동료들을 위한 행동이라고 생각했던 것 같다.

국민들의 사랑을 한 몸에 받는 프로야구 선수로서 많은 사람들이 어려움을 겪고 있는 시절에 내 입장만 생각하는 건 바람직하지 않다고 생각했다. 야구로 많은 도움을 받으며 성장한 나이기에, 나 역시 누군가에게 야구로 도움을 주고 나눌 수 있는 부분은 나눠야 한다는 생각이 들었다.

학창시절 가정형편 탓에 야구부 생활을 지속하기 어려웠던 때도 많았다. 그때마다 여러 사람들로부터 따뜻한 도움을 받았다. 끼니도 제대로 못 챙겨 먹어 배고픔에 시달릴 때 학교 측의 배려로 기숙사에 입소해 숙식을 해결할 수 있었고, 대전고 선배님들을 비롯한 많은 분들의 도움으로 아버지를 병원에 모실 수 있었나.

돌아보면 감사한 일들이 너무나도 많았다. 많은 분들의 크고 작은 도움이 있었기에 야구를 놓지 않을 수 있었고, 훗날 프로선수로 국가대표로 활약하며 많은 부와 명예를 얻을 수 있었다. 그래서 나 역시 기회가 될 때 마다 나눔의 가치를 몸소 전하고 싶었다.

한화가 우승을 차지했던 1999년, 한화증권과 함께 후원하는 소년소녀가장 및 난치병 어린이 돕기 성금 모금이 있었다. 그때부터 한화 선수들은 누구나 일정한 기록을 달성하면 후원사의 함께 성금을 마련할 수 있었다.

구원투수인 나는 세이브를 한 개 올릴 때마다 50만원씩 저립하여 시즌이 끝나면 그 돈을 모아 불우한 어린이들에게 도움을 줬다. 팀의 승리를 지키며 세이브 기록을 세우는 것도 기쁜 일이지만, 내가 세이브를 올릴 때마다 성금이 추가 적립되어 더 많은 아이들을 도울 수 있다는 게 더없이 기뻤다. 그것도 내가 제일 좋아하고, 잘 하는 야구로 말이다.

그때 시작한 소년소녀가장 돕기는 일본 진출 이후로도 꾸준히 지속했다. 일본에서 활동한 4년 동안 승리, 세이브, 올스타 선발 등으로 이런저런 수당을 받을 때마다 그 돈을 쓰지 않고 저축해뒀다.

원정 경기를 떠날 때면 용돈을 조금 챙겨가는데, 막상 가면 대부분의 식사를 호텔에서 해결하다 보니 따로 돈을 쓸 일이 없어 그런 돈도 조금씩 보탰다. 가끔 한국 식당을 찾는 경우가 아니라면 일본에서 특별히 돈을 쓰지 않았다.

조금이라도 더 모아 한 명이라도 많은 아이들에게 도움이 돌아가면 좋겠다고 생각하니 외식도 점점 줄이게 됐다. 일본에서 더 좋은 성적을 내서 구단으로부터 수당을 두둑하게 받아 더 많이 크게 나눌 수 있었으면 좋았을 거라는 아쉬운 마음이 들기도 한다.

그밖에 경기 중 그라운드에서 쓰러져 의식을 찾지 못했던 임수혁 선수를 돕기 위해 병원비를 보냈던 일, 한국시리즈 MVP로 선정되며 받은 상금을 유승안 코치님의 가족 수술비로 드렸던 일 등 야구인들을 도왔던 것도 기억에 남는다.

물론 당시에는 그런 소식이 외부로 전해지는 것이 좀 민망

해서 절대 알려지지 않게 해달라고 부탁하며 기부했지만, 이후 많은 언론을 통해 보도가 되어버린 터라 이제는 나도 조금은 편한 마음으로 얘기할 수 있게 됐다.

이제는 선행, 기부, 후원, 나눔 이런 활동에 대한 사람들의 생각도 많이 달라져서 남 몰래 좋은 일을 하는 것도 의미 있지만, 최대한 많은 사람들에게 소식을 널리 알리는 것이 더 효과적이라는 의견도 있다. 사실 누가 알게 하느냐 모르게 하느냐가 중요한 것은 아니고, 도움이나 나눔은 강권, 강요할 수도 없다.

하지만 진정으로 무언가를 나누고자 하는 따뜻한 마음이 있다면 주위의 시선 같은 것을 의식할 필요는 없다고 생각한다. 내가 갖고 있는 것이 너무나 작고 미천해 이게 정말 도움이 될까 주저하는 사람들도 있을 것이다. 하지만 아주 작은 도움의 손길도 누군가에는 큰 바람막이가 되어줄 수 있을지 모른다.

어린 구대성이 야구를 계속 할 수 있었던 것 역시 그런 작은 도움들이 하나 둘 모여 가능해진 것이다. 내가 야구를 하면서 많은 사람들로부터 도움을 받았던 것만큼 앞으로도 오래 오래 야구를 매개로 따뜻한 나눔을 이어가고 싶다. 그래서 나는 야구라는 스포츠가 참 고맙다.

야구가 있어 소년 구대성이 행복하게 건강하게 성장할 수 있었고, 30년 전 친구들과의 우정도 지켜낼 수 있었다. 또한 소년 소녀가장 등 어려운 환경에 처한 어린이들에게 도움을 건넬 수도 있었다. 이 모든 일들을 기적처럼 가능케 해준 것이 바로 야구다. 그래서 나는 야구에 감사하지 않을 수 없다. 이 글을 쓰는 지금 이 순간도 그렇다.

투수와 포수, '배러리'라는 작은 팀

흔히 야구를 9인제 단체경기로 설명하지만, 지명타자를 포함해 10명이 함께 팀을 이뤄 경기에 나선다고 봐야 한다. 물론 지명타자 없이 투수가 타자의 역할까지 겸하는 MLB의 내셔널리그나 NPB의 센트럴리그 방식도 있지만, 국제 대회 등 대부분의 경기는 지명타자 제도를 따른다.

이 10개의 지리를 두고 훨씬 더 많은 수의 선수들이 치열한 경쟁을 벌이며, 최선의 기량을 발휘하려고 노력한다. 역사상 가장 유명한 야구 기자라고 해도 과언이 아닌 레너드 코페트는 저서 『야구란 무엇인가』에서 다음과 같이 야구를 정의했다.

"야구란 각자 다른 능력을 가진 인간들이 '지금 이 시점에서' 최선의 플레이를 해야 하며, 그 뒤의 어쭙잖은 비난이 두려워

적당히 어물거려서는 안 된다."

나는 좋은 글귀, 문장을 보면 꼭 내 손으로 다시 한 번 똑같이 옮겨 써보는 버릇이 있다. 이 글 역시 그랬다. 각기 다른 능력이나 특징을 가진 사람들이 모여 한 팀을 이루는 것이 야구라고 하지만, 그 중에서도 조금 더 특별한 관계에 놓인 선수들이 있다.

바로 투수와 포수다. 이 두 포지션을 함께 부르는 '배터리(battery)'라는 용어까지 따로 있으니 더 특별히 느껴진다. 지금부터 나와 배터리로 호흡을 맞췄던 파트너들에 대해 얘기해보려 한다.

전적으로 투수의 관점에서, 지극히 내 입장에서만 서술하는 것이니 이기적인 생각이 묻어 나오지는 않을지 걱정이 앞선다. 단순히 투수 구대성의 제한적인 경험을 바탕으로 하는 것이니 대한민국 아니 전 세계의 포수 선후배들에게 양해를 구한다.

야구는 투수놀음이라고 할 만큼 경기 내에서 투수의 역할이 매우 크다. 말 그대로 타자가 도저히 상대할 수 없는 무시무시한 공을 던진다면 팀을 패배로부터 구해낼 수 있다. 당연한 얘기지만 투수가 단 한 점도 내주지 않는다면 팀 타선이 빈약해도 승리를 가져올 확률이 매우 높아진다.

그렇지만 어떤 투수도 절대로 이 일을 혼자서 해낼 수는 없다. 타자가 공을 배트에 맞히는 순간부터는 등 뒤에 있는 야수들의 도움이 필요하며, 그에 앞서 공을 던지기 전까지는 함께 호흡을 맞추는 포수의 도움이 필요하다. 투수놀음이라는 것도 사실은 투수와 포수가 함께 만들어간다는 얘기다.

야구를 시작했을 때부터 은퇴 경기 때까지 내가 던진 공을 무수히 많이 받아주며 호흡을 맞췄던 훌륭한 포수들이 있었다. 언젠가 한 번은 그들과 함께 했던 기억들을 이야기해보고 싶었다.

때로는 나를 잘 이끌어줬고, 때로는 나에게 무한한 신뢰를 보내줬으며, 몸을 던져 내 볼을 받아주고 막아줬던 파트너들의 얼굴이 떠오른다. 볼 배합 등에 대한 의견 차이로 크고 작은 충돌이나 다툼도 있었지만, 대부분의 포수는 내가 갖고 있는 투수로서의 자존심, 자신감을 잘 이해해줬다.

그러고 보면 어린 구대성은 단순히 투수 입장만을 생각하기 바빴던 게 아닌가 싶어 성숙하지 못했던 과거를 돌아보게 된다. 투수와 포수의 호흡이라는 것이 뭔지도 몰랐던 어린 시절에는 어떤 대회에서 이겼고, 졌고, 우승을 했고, 못했고 하는 승부와 결과에 대한 기억밖에 없다. 어떻게 보면 당연하다. 어떤 초등학생, 중학생 선수가 그런 깊은 생각을 할 수 있을까?

그나마 대전고등학교 동기 배순영과 호흡을 맞추면서 좋은 배터리가 어떤 것인지 처음으로 생각해볼 수 있었던 것 같다. 순영이는 조용하고 차분한 성격으로 나를 잘 이끌어줬던 좋은 파트너였다. 우리는 팀에 청룡기 우승을 안겼고, 대학도 함께 진학했지만 더 이상 호흡을 이어가지는 못했다.

한양대학교에는 당대 아마야구 최고의 포수 김동수 선수가 있었기 때문이다. 이미 국가대표로 활약하고 있던 김동수 선배가 이제 갓 대학생이 된 내 볼을 받아준다는 것은 무척이나 기쁘고 영광스러운 일이었다. 처음에 동수 형은 나의 직구와 커브는 아무 문제 없이 잘 잡았지만 슬라이더는 제대로 캐치하지 못하는 경우가 더러 있었다.

투수들이 각기 다른 구종을 던지다 보면 포수들과 하나 둘 맞춰나가야 하는 것들이 있는데, 우리에게는 슬라이더가 그랬다. 동수 형과 나는 일주일 가까이 슬라이더로 투구, 포구 연습을 반복했고, 이후로는 특별히 문제될 부분이 전혀 없었다.

그렇게 우린 파트너가 되어 당시 3년간 무관이었던 한양대를 춘계리그를 결승까지 올려 놓았다. 예선에서부터 워낙 좋은 호흡을 과시했기에 결승전 역시 우리 둘의 선발 출전이 유력했다. 하지만 동수 형이 부상을 당하면서 3학년 정환곤 선배가 대신 포수 마스크를 썼다. 선배와 난 호흡을 맞춰본 적이 거의 없었다.

프로야구의 페넌트레이스 같은 장기전이라면 선발투수에게 포수를 맞추기도 하지만, 단판 승부로 우승을 가리는 대학야구 결승전 같은 상황에서는 그렇게 하기가 쉽지 않다. 환곤 형은 평소 가장 많이 호흡을 맞춰봤던 4학년 최현준 선배를 결승전 선발투수로 추천했고, 감독님이나 코치님들에게도 그것이 가장 안전한 선택지였을 것이다.

이 한 경기를 통해 투수와 포수의 호흡이 얼마나 중요한 것인지 절감할 수 있었다. 그리고 이 포수, 저 포수 누구와 배터리를 이루더라도 편차, 기복 없이 좋은 결과를 낼 수 있는 훌륭한 투수가 되어야겠다고 다짐했다.

하지만 그런 정돈된 생각을 갖기까지는 시간이 꽤 필요했고, 팀이 우승을 차지했음에도 개인상을 받지 못한 나는 어린 마음에 분했는지 눈물을 흘렸다. 그도 그럴 것이 난 4경기에서 팀을 승리로 이끌었고, 30이닝이 넘는 많은 횟수를 던졌는데 규정상 우수투수상은 평균자책 1위에게 돌아간다는 것이었다.

결승전 승리투수인 현준 선배도 아니고, 30이닝 이상 어깨가 빠져라 던진 나도 아닌, 민태 선배가 상을 받게 됐다. 그날 너무

속상하고 억울해서 울음을 터뜨렸다. 지금 생각해보면 그게 뭐가 그렇게 원통한 일이라고 울기까지 했는지 부끄러워서 웃음이 날 정도다.

대학교 내에서뿐만 아니라 대학 선발팀이나 국가대표팀을 통해 알게 된 좋은 선수들도 많았다. 국제 대회를 앞두고 각 학교에서 선발된 에이스 선수들이 한데 모이면 묘한 경쟁심과 더불어 이들과 함께라면 더 수준 높은 플레이를 펼칠 수 있겠다는 동기부여가 됐다.

일시적으로 조직된 팀에서도 유난히 호흡이 잘 맞는 선수들이 있는데, 그때 만나게 된 또 한 명의 멋진 포수가 훗날 롯데 자이언츠와 SK 와이번스에서 활약한 강성우 선수다. 성우 선배는 고등학교 때 청소년 대표팀에서 호흡을 맞춰봤기 때문에 대학 선발이나 국가대표팀에서도 아무런 문제가 없었다.

프로에서는 성우 형과 배터리를 이루지 못했지만, 내 기억 속에서는 가장 호흡이 잘 맞는 포수 한두 명에 꼭 들어가는 선수다. 대표팀 당시 성우 형과 함께 경기에 나서면 대부분 무실점으로 팀 승리를 이끌었고, 서로의 사인이 일치해 게임의 진행 속도 자체가 엄청나게 빨랐다.

보통 체격이 좋은 포수들이 경기에 나서면 투수들이 느끼는 거리감이 짧아진다. 마운드에서 홈베이스까지의 거리는 분명 18.44미터로 같은데, 마치 16~17미터처럼 가깝게 느껴진다. 반대로 체구가 작은 포수들이 앞에 있으면 거리가 늘어나는 느낌이라 부담스럽다.

하지만 성우 형은 덩치가 작았음에도 내게 거리감을 늘려주지 않는 특별한 존재였다. 한 마디로 던지기에 편안한 포수였다. 강성우 선수는 포수보다는 2루수나 유격수에 가까운 170센티미터를 조금 넘는 키였는데, 존재감만큼은 185센티미터 포수보다 더 컸다.

머리도 워낙 좋아서 그날 투수의 어떤 볼이 좋은지, 빨리 파악해 좋은 구종 위주로 볼 배합을 가져갔다. 포수가 지금 내 볼이 어떤지 상태를 잘 인지하고 있다는 것을 느끼면, 그때부터는 리드하는 대로 자연스러운 흐름에 벗어나지 않게 피칭을 이어갈 수 있다. 또한 세심한 성격이어서 쉬이 내 감정을 읽고 멘털이 흔들리지 않도록 다잡아주는 역할까지 해주었다.

어찌 보면 그와 정반대의 타입이지만, 또 한 명 최고의 포수로 꼽을 수 있는 동료가 있으니 바로 조경택 선수다. 그는 고집스러운 나를 이해하며, 철저히 내 판단과 의견을 믿고 따라준 포수였다. 경택이가 OB를 떠나 한화에 입단한 1995년부터 우리는 호흡을 맞추기 시작했다.

그때부터 나의 실력과 투수로서의 가치 역시 부쩍 성장했다. 그는 나의 성장기, 전성기, 1999년 한국시리즈 우승 그리고 은퇴하는 순간까지 수없이 많은 호흡을 맞춘 포수였다. 야구를 하면서 가장 오래 배터리를 이루었던 파트너였고, 좋은 친구였다. 지금도 늘 고마운 마음을 갖고 있다.

네 시즌 선수 생활을 했던 일본의 오릭스 블루웨이브에선 두 명의 포수와 호흡을 맞췄다. 한 명은 다카시 미와, 다른 한 명은 다케시 히다카였다. 오릭스는 대체적으로 전력이 약한 편이었기에 좋은 결과를 내지 못한 감독들이 교체되는 경우가 잦았다.

4년간 모신 감독이 무려 4명이었다. 나를 영입하는 데 크게 노력하셨던 오기 감독님과도 사실 긴 시간 호흡을 맞춰보지는 못했다. 감독이 바뀌면 코칭스태프는 물론 선수들까지 크고 작은 변화를 맞는다.

과거 주전으로 함께 뛰었던 선수가 백업멤버로 밀리기도 하고, 2군에 있던 선수가 1군으로 올라오거나 2진급 선수였던 멤버들이 주력 선수로 발탁되기도 한다. 야구도 결국은 사람이 하는 일이기 때문에 감독이 평소 좋게 평가했고 마음에 들어했던 선수들에게 조금이라도 더 기회가 돌아간다.

내가 오릭스에 입단했을 때는 히다카가 부동의 주전 포수였다. 그는 투수 리드도 훌륭했지만, 수비도 무척 좋았고, 어깨가 강해 주자들을 잘 잡아냈다. 게다가 타선이 약했던 오릭스에서 배팅으로도 한몫하는 훌륭한 자원이었다.

보통 어깨가 강하고 송구가 좋은 포수는 주자들이 나가 있어도 투수가 타자와의 승부에만 집중할 수 있도록 도와준다. 꼭 도루를 시도하는 주자를 잡아내지 않더라도, 주자들의 리드 폭이 좁아지게, 베이스에 묶어두는 역할을 하기 때문에 투수의 부담이 한결 줄어드는 것이다.

그런 면에서는 확실히 히다카가 미와보다는 한 수 위였던 것 같다. 그러나 새로 부임하는 감독님들은 미와에게 더 많은 출전 기회를 주기 시작했고, 히다카가 백업으로 밀려났다.

내가 마운드에 올랐을 때 역시 미와가 포수로 나서는 경우가 훨씬 더 많아졌다. 어깨가 강하지 않았던 미와는 늘 1루 주자를 의식해서 수비와 후속 동작을 편히 가져갈 수 있도록 포구보다는 수비에 편안한 자세로 포지션을 잡는 경우가 많았다.

포수의 자세가 그렇게 바뀌면 투수 역시 신경이 쓰이기 시작한다. 물론 투수도 주자를 견제해야 하고, 수비도 생각해야 하지만 본연의 임무, 제1의 역할은 타자를 상대하는 것인데, 그 승부에 집중하기가 어려워진다.

투수는 아주 작은 것에도 예민할 수 있다 보니 미묘한 변화에도 신경이 쓰이는 것이다. 물론 모든 투수가 다 그렇다고 단정적으로 얘기할 수는 없을 것이다. 온전히 나에게만 해당되는 사안일 수도 있다.

안타깝게도 미와는 호흡이 썩 좋은 편이 아니었고, 성적 역시 좋지 않았다. 그렇지만 미와가 능력이 떨어지는 포수라는 얘기는 아니다. 미와는 다른 투수들과 좋은 결과를 내기도 했고, 감독, 코치들이 선호하는 우수한 선수인 것은 분명했다.

그러던 어느 날 히다카와 사석에서 술을 한 잔 마실 기회가 생겼다. 우리는 마음을 터놓고, 어떻게 보면 오직 우리만이 알 수 있는 그런 얘기들을 주고받았다.

"히다카! 미와도 좋은 포수지만, 난 너랑 같이 할 때 훨씬 더 던지기 편하고 좋아. 중간계투나 구원으로 나설 때는 몰라도, 선발투수로 출전하게 될 때는 너랑 배터리를 이루고 싶다고 감독님께 말해볼까?"

"응. 그렇게 얘기해준다면 나야 너무 고맙지."

실력에 비해 기회를 많이 보장받지 못했던 히다카는 그날 이후론 내 전담 포수가 되어 조금씩 조금씩 출장 횟수가 늘어났다. 여러 면에서 장점이 많은 선수라서 언젠가부터는 내가 던지지 않는 날도 포수 마스크를 쓸 때가 많아져서 동료로서, 파트너로서 너무 기뻤다.

메이저리그에서 보낸 시간은 1년으로 길지 않았고, 33경기에 출전해 23이닝만을 소화했으니 아쉬움으로 가득한 경험이지만 뉴욕 메츠라는 좋은 팀에서 마이크 피아자라는 훌륭한 선수와 배터리를 이룰 수 있어 좋았다.

한국 팬들에게는 LA 다저스에서 박찬호 선수와 호흡을 맞췄던 포수로 잘 알려져 있지만, 뉴욕 메츠에서도 서재응 선수 그리고 나와 배터리를 이뤘으니 여러모로 한국과 인연이 있는 선수가 아닐까 싶다.

미국은 워낙 개인주의적인 문화와 분위기가 많다 보니 야구 역시 개인적으로 준비해야 할 것들이 많았다. 하루 빨리 미국 생활, 미국 야구에 적응해야 했는데 시간적으로도 정신적으로도 여유가 부족했던 것 같다. 특히 투수 코치 릭 피터슨과의 관계는 여러모로 날 불편하게 하는 요소였다.

미국 코치들은 오픈 마인드로 선수들의 이야기도 잘 경청해준다고 들었던 것 같은데, 피부로 경험한 메이저리그는 듣던 것과는 많이 달랐다. 특히 피터슨 코치는 '내가 하라는 대로 해라', '포수가 사인 내는 대로 던져라' 같은 명령식 표현을 많이

했고, 자존심에 상처를 주는 말도 서슴지 않았다.

투수 코치보다는 나와 직접 호흡을 맞출 파트너 피아자와 얘기해보고 싶었다. 피아자는 피터슨 코치와는 달랐다. 투수 코치가 하라는 대로 할 필요도 없고, 결국 공을 던지고 받는 것은 투수와 포수가 할 일이지 다른 사람이 의견을 내고 조언을 줄 수는 있어도 결정은 배터리 스스로 하는 것 아니냐고 되물었다.

그러면서 '네가 던지고 싶은 대로 던져. 그리고 나도 내가 원하는 사인을 낼 거야. 하지만 우리가 소통하면서 볼 배합을 맞춰가는 거지, 내 말만 들을 필요도 없고 네 뜻만 고집해서도 안 돼'라고 답했다. 지극히 상식적이고, 일반적인 대답이었지만 내게는 그의 말 한 마디가 큰 힘이 됐다.

당시 내가 피아자 선수와 호흡이 잘 맞지 않아 불편하다는 식으로 얘기했다는 기사가 나온 적도 있는데, 사실 그때 나는 단 한 명의 한국인 기자로부디도 피아자와의 호흡이나 관계에 대한 질문을 받은 적이 없다. 직접적인 취재나 인터뷰 없이 쓰인 그런 추측성 기사가, 루머와 다를 바 없는 얘기가 버젓이 신문에 실릴 수 있다는 게 이해가 되지 않는다.

대수롭지 않게 넘길 수도 있는 부분이지만, 그런 기사가 외신을 통해 현지에 전해져 동료나 구단이 접할 경우 큰 오해를 부를 수도 있는 일이기 때문에 메이저리그 등 해외 리그에서 뛰는 한국인 선수에 대해 기사를 쓸 때는 좀 더 조심스럽게 접근해줬으면 하는 바람이 있다.

국가대표로서도 몇몇 포수와 배터리를 이루었지만, 대표팀의 특성상 짧은 기간 동안 손발을 맞춰보고 바로 대회에 들어가 단기전으로 승부를 봐야 하기에 오랜 시간 함께 하지 않은 선수들에 대해 얘기하는 것이 조심스럽다. 다만 분명하게 말할 수 있는 것은 모두 당대 최고의 포수들이었으며, 그들과 호흡을 맞출 수 있었다는 것이 내게도 매우 좋은 경험이었다는 거다.

시드니 올림픽 때 호흡을 맞춘 홍성흔 포수는 많은 경기를 해보지 않았지만, 서로 사인이 워낙 잘 맞아 빠른 속도로 게임을 전개해나갈 수 있었다. 나는 어떠한 타깃 포인트를 그려두고 피칭하는 것을 좋아하는데, 성흔이는 내가 던지기 편한 자세로 앉아줬다.

포수가 완전히 정면을 보고 있으면 무릎과 무릎 사이의 넓은 면적에서 포인트를 만들게 되는데, 포수가 다리 한 쪽을 땅에 꿇고 앉으면 폭이 훨씬 좁아져 던지기가 편안해진다. 홍성흔 선수도 과거 강성우 선배처럼 그런 자세를 잘 잡아주는 포수였다.

또한 WBC에서 함께 했던 진갑용, 조인성 모두 어깨가 강하고 공격, 수비가 좋은 포수였다. 나보다는 어렸지만 두 선수 모두 경험이 풍부한 베테랑 포수여서 투수 리드가 훌륭했고, 전체적인 경기 흐름을 파악하는 능력이 출중했다.

좋은 포수들과 배터리를 이루었기에 나 역시 성공적인 선수 생활을 할 수 있었다. 투수와 포수의 호흡은 경기 운영에 있어 정말 중요한 것이다. 투수가 선배고 포수가 후배라고 반드시 투수에 맞춰 볼 배합을 풀어갈 필요도 없고, 포수가 선배고 투수가 후배라고 전적으로 포수의 리드에 따라야 할 의무도 없다.

투수도 포수도 각기 다른 포지션에서 경기를 하는 것일 뿐 누가 더 중요하고 덜 중요한 위치에 있는 것이 아니다. 서로가 서로를 존중하면서 경기를 해야 팀에도 좋은 결과를 가져다 줄 수 있다.

벤치에서 따로 사인이 나오는 경우가 아니라면 투수와 포수가 잘 의논하고 소통해서 판단, 결정해야 한다. 경기가 끝나고 누구 때문에 졌다는 식으로 패배의 원인을 찾는 것은 팀 분위기를 해치는 일이다.

나에게도 한 가지 바보 같은 실수의 기억이 있다. 프로 입단 첫 해 빙그레 이글스 시절은 거의 재활로만 한 시즌을 보냈고 단 6경기에만 등판했다. 이듬해 1994 시즌부터 한화의 선발 투수로 경기에 나설 수 있었다. 시즌 초 한 경기를 마치고 선배 포수가 나를 따로 불러 얘기했다.

"대성아, 여긴 프로다. 대학에서는 어떻게 했는지 모르겠지만, 프로에서는 포수가 사인 내는 대로만 던져라. 내 리드만 따라오면 돼."

"네, 알겠습니다. 하지만 형이 낸 사인으로 던지다 안타나 홈런을 내준다면, 그때부터는 주시는 사인을 무조건 따를 수는 없습니다."

그런 대화를 주고 받은 후 우리는 배터리를 이룬 다음 경기에서 7점을 내줬다. 그때부터는 앞으로 내가 사인을 낼 것이고, 내가 던지고 싶은 대로 던져보겠다고 얘기했다. 지금 생각해보면 그 경기는 이미 시작도 하기 전에 패배한 시합이었던 것이다.

대립되는 부분이 있어도 합리적으로 현명하게 풀어나갔어야 하는데, 그것이 자존심을 앞세우는 감정 싸움으로 번져 상대에 대한 불신, 나에 대한 자만심으로 이어진 것이었다. 그때는 투수로서 많은 것을 알고 있다고 생각했는데, 사실 나도 겨우 스물여섯의 3년차 프로선수였을 뿐이다. 다시 그 선배를 만난다면 그때 일에 대해 툭 터놓고 웃으며 얘기해보고 싶다.

보통 포수를 '안방마님'이라고 부른다. 홈 베이스를 집처럼 든든히 지키는 이미지에서 비롯된 표현일 것이다. 비슷한 의미일 수 있지만, 나는 포수가 팀에 있어 엄마 같은 존재라고 생각한다.

투수들은 위기를 맞을 때면 마운드 위에 홀로 서 있다는 외로움을 절감하곤 하는데, 포수는 그런 투수가 힘들 때 기댈 수 있는 유일한 존재다. 끊임없는 격려와 위로로 용기와 자신감을 북돋워주는 든든한 동반자다. 또한 투수를 비롯한 내야, 외야 모든 선수들을 아우르는 야전사령관이기도 하다.

대부분 경기의 포커스는 승리투수 혹은 홈런이나 결승타를 친 타자에게 집중된다. 포수가 프로야구 하이라이트나 리뷰 방송에 등장하는 경우는 대부분 상대에게 점수를 헌납하는 어이없는 실수를 저질렀을 때가 많다. 그들의 묵묵하고 꾸준한 활약은 빛 바래기 일쑤다.

그러나 포수는 꼭 적시타를 터뜨리지 않아도, 상대 주자의 도루를 잡아내지 않아도 경기의 매 순간 보이지 않는 공헌을 하고 있다. 경기의 흐름과 상대 벤치의 지시를 읽고, 상대 타자와 주자를 견제하며, 투수의 감정을 읽고 구위를 파악하며 경기의 모든 상황에 참여한다.

야구는 분명 팀 스포츠다. 하지만 그 팀 내에 작은 팀이 하나 더 있다. 그것이 바로 배터리라는 팀, 투수와 포수다. 두 선수부터 서로에 대한 신뢰를 보여주고 원활한 소통을 이어가야 팀 전체에도 좋은 기운을 퍼뜨릴 수 있다.

배터리가 완벽한 호흡을 보여줄 때, 야수들도 편안한 마음으로 수비에 집중할 수 있고, 타자들도 한 점이라도 더 뽑겠다는 마음으로 분발할 수 있다. 그렇게 서로의 입장을 이해하고 노력한다면 결국 팀으로서 더 강해지는 것이다.

배터리의 호흡이 어긋나면 경기 자체도 그르칠 수밖에 없다. 프로 3년차 유망주 투수 구대성이 실수를 통해 몸소 배우고 깨우친 바다. 그 후로는 그런 어리석은 실수를 스스로 용납하지 않았다. 투수와 포수는 경쟁하지 않는다. 서로가 서로를 도와 상대 타자와 경쟁하는 것이다.

라이벌이거나
천적이거나

경쟁, 대결, 승부, 복수, 설욕, 라이벌, 맞수, 숙적, 천적……

스포츠 특히 야구에 종사하는 사람들이라면 흔히 접하는 단어들이다. 혼자서 기록에 도전하는 경기가 아니라 누군가와 맞서 싸워 승부를 내야 하는 팀 스포츠이니 상대팀 혹은 상대 선수가 있어야 한다. 그렇게 경쟁을 거듭하다 보면 팀과 팀의 대결에서도, 선수와 선수의 대결에서도 라이벌 또는 친적 같은 관계가 형성되곤 한다.

하지만 라이벌 의식, 경쟁심 같은 감정이 발현되는 것은 그라운드 위에서 치열하게 경기할 때뿐이지 사실 대부분은 야구라는 같은 일을 하고 있는 동료, 동업자라고 생각할 때가 훨씬 많다. 철천지원수처럼 죽이니 살리니 하는 그런 관계는 아니다.

가끔은 미디어나 팬들이 그런 모습을 더 바라는 것처럼 보이기도 하는데, 한국의 모든 야구인은 몇 다리만 건너면 다 친구, 선배, 후배라서 경쟁심보다는 어떤 공동체의식, 연대감이 더 강하다.

스포츠의 흥미를 돋우고 팬들의 관심을 더 불러일으키는 일종의 스토리텔링 아이템으로 라이벌 혹은 천적 관계가 만들어지고 활용되는 것은 나쁘게 생각하지 않는다. 프로야구 선수가 연예인은 아니지만, 엔터테이너적인 성격이 전혀 없는 직업이라고 볼 수도 없으니 말이다.

흔히 라이벌은 같은 목적을 두고 경쟁하는 관계에 놓인 이들을 뜻하거나 한 분야에서 이기거나 앞서기 위해 겨루는 맞수를 칭한다. 특히 스포츠에서는 엇비슷한 실력, 특징, 성적을 보이는 팀이나 선수를 라이벌로 묶는 경우가 많다.

아주 단순히 말하면 꼭 이기고 싶은 상대 혹은 이기지는 못하더라도 절대 지고 싶지 않은 상대가 라이벌 아닐까 생각한다. 나에게도 선수 생활 내내 라이벌 같은 선수들이 있었다.

내가 생각한 라이벌은 나와 비슷한 실력이나 특징을 가진 선수라기보다 꼭 닮고 싶은 선망, 동경의 대상이었다. 현재의 나보다 한 수 위에 있는 선수를 라이벌로 여기고 그 수준에 이르기 위에 노력했던 것 같다. 마치 게임을 할 때 스테이지 하나를 깨면 더 강한 상대를 꺾어야 하는 것처럼.

앞서도 언급한 적이 있지만, 고등학생이 되어서야 처음으로 그런 존재와 맞닥뜨리게 됐다. 바로 지연규 선수였다. 전국대회 본선 진출을 위해서는 매번 지역예선에서 맞대결을 펼쳐야 하는 대전·충청 지역의 강호가 있었는데, 바로 천안북일고였다. 그리고 그 팀의 에이스가 연규 선배였다.

팀 자체도 매우 강하고 수준 높은 야구를 펼쳤지만, 그 중에서도 지연규 선수의 존재감은 남달랐다. 당시 전국 고교생 투수 가운데 단연 넘버원이었으며, 특히 슬라이더가 인상적이었다. 훗날 뉴욕 메츠에서 뛰면서 직접 확인한 페드로 마르티네스의 슬라이더와 견줄 수 있을 만큼 탁월하고 예리했다.

슬라이더를 자유자재로 구사하는 지연규 선수가 멋져 보였다. 한 번쯤 직접 배워보고 싶다는 생각도 했지만, 다가가 물어보기는 쉽지 않았다. 지금 같으면 겨우 열일곱, 열여덟 나이에 뭘 그렇게 피 튀기며 전쟁처럼 야구를 했을까 싶지만, 그때는 선의의 경쟁처럼 페어플레이를 주고 받는 보기 좋은 야구를 할 수 없었다.

모든 선수가 자기자신에게 학교의 자존심, 명예가 걸려 있다는 듯이 승부욕을 불태우던 시기였다. 마치 전장에 나서는 장수가 검을 갈고 닦듯이 선수들은 스파이크 징을 조금이라도 더 날카롭게 갈려고 애썼다.

경기 중 베이스를 파고 드는 슬라이딩이 거의 축구의 태클 아니 태권도의 발차기 수준이었다. 그런 분위기에서 어떻게 라이벌 학교의 에이스 선배에게 뭘 가르쳐달라는 말을 한다는 게 가당키나 했을까?

대학교 때의 라이벌을 콕 집어 한 사람만 꼽는다면 같은 학교 선배 정민태 선수였던 것 같다. 정민태 선수와는 선후배, 동료 관계를 넘어 서로 절차탁마하며 성장해가는 선의의 경쟁을 펼쳤다고 생각한다.

신문이나 방송은 고려대의 이상훈, 단국대의 김홍집 그리고 나, 한양대의 구대성 세 선수를 묶어 '좌완투수 3인방'이니 '좌완 트로이카'니 하는 수식어로 3인 경쟁구도를 형성했지만, 내가 생각하는 라이벌은 정민태 선수 한 명이었다.

민태 선배는 나와 한 방을 쓰는 룸메이트이기도 했는데, 항상 가장 가까이서 운동하며 함께 생활했기에 많은 것들을 공유할 수 있었다. 대학 내에서뿐만 아니라 국가대표팀에서도 원투펀치로 활약하는 경우가 많아 자연스럽게 서로 도우며 경쟁하는 관계가 쭉 이어졌다.

프로에 들어와서는 사실 처음 몇 년은 어느 누구를 라이벌처럼 여기면서 그 수준에 이르겠다는 목표를 세우는 것이 버거웠다. 특히 데뷔 첫 해부터 혹독한 프로 신고식을 치르면서 실력적으로 많이 부족하다는 생각을 했다.

쟁쟁하고 대단한 선수들이 워낙 많았기에 나를 어떤 선수에 견준다는 생각 같은 것은 감히 해보지도 않았다. 다만 프로 커리어 통틀어 가장 큰 거목처럼 느껴진 선수를 한 명만 얘기한다면, 단연 선동열 선배다.

당연하고도 당연한 얘기다. 특별히 어떤 부분을 닮고 싶다거나 어떤 점이 뛰어나다거나 하는 설명을 덧붙일 필요도 없다. 내 생각에는 선동열 선배가 한국 야구 역사상 최고의 전설이다. 그와 겨룰 만한 혹은 근접할 만한 선수를 얘기하는 것도 어렵다.

프로에 입단해 성장하면서 구대성이라는 이름을 알리는 동안 늘 한 번은 선동열 선배와 대결해보고 싶다는 마음이 있었다. 그리고 꼭 이겨보고 싶었다. 하지만 그런 기회가 주어지지는 않았다. 언젠가 선배와 사석에서 만나 이런저런 얘기를 물어본 적이 있다.

"선배님, 타자들이 제 공이 워낙 S자처럼 많이 휘어지면서 들어와 몸에 맞을까 겁이 난대요. 그런 얘기를 들으니 저도 몸 쪽으로 잘 붙이지 못하겠어요."

"나도 그랬어. 사구 맞으면 타자들 어디 뼈 부러져서 다시 야구 못하게 되는 건 아닐까 싶어 완전히 몸 쪽으로는 안 던졌어."

그만큼 선동열 선배의 현역시절 공은 엄청나게 빠르고 묵직하면서도 예리하고 위협적이었다는 얘기다. 어린 시절 프로야구 선수를 꿈꾸게 했던 선수가 박철순이라면, 프로에 들어와 저 사람처럼 되고 싶다는 꿈을 심어준 선수는 선동열이었다.

한국, 일본, 미국의 많은 투수들과 대결해보았지만, 진정으로 꼭 한 번 승부를 겨뤄보고 싶은 선수는 선동열 선배였다. 현역 선수로는 활약한 시기가 달라 많은 교류를 하지는 못했지만, 훗날 내가 오릭스에 입단할 때 먼저 일본 무대를 경험한 선배가 일본에 있는 지인들을 소개해주면서 다양한 도움을 줬다.

또한 2006 WBC 때는 투수코치와 선수로 호흡을 맞추면서 좋은 결과를 낼 수 있었다. 선수로서나 지도자로서나 배울 점이 많은 한국 최고의 투수가 아닐 수 없다.

투수라는 같은 포지션에서 활약하며 라이벌로 생각했던 선수들이 있다면, 나와 직접적으로 투타 대결을 펼쳤던 타자들 중에서도 기억에 남는 '천적' 선수들이 있다. 투수 라이벌에 대해 설명하는 것은 어렵지 않지만, 투수와 타자의 천적관계라는 것은 설명하기도 쉽지 않고, 나 스스로도 이해하기 어려운 부분이 많다.

매우 단순하게 말한다면 '승부의 상대성'이라고 표현할 수 있을 텐데 그 한 마디로 모든 것이 설명되지는 않는다. 마치 알 수 없는 미스터리, 수수께끼 같은 관계다. 아무리 강한 투수라도 모든 타자를 쥐락펴락할 수는 없다. 나 역시 몇몇 타자들에게는 좋은 모습을 보이지 못했다.

특히 유독 내 공에 강했던 선수가 한 명 있었으니 바로 현대 유니콘스의 김인호 선수였다. 김인호 선배는 타격보다는 수비 쪽에 재능이 많은 선수였음에도 나와 상대할 때만큼은 엄청난 교타자로 변신해 나를 괴롭혔다.

동물의 세계에서 천석으로부터 살아남기 위한 생존본능이 꿈틀대듯 나 역시 김인호 선수와 대결할 때면 구사할 수 있는 모든 구종을 다 써보고 로케이션도 최대한 넓게 넓게 활용했다. 몸 쪽으로 직구를 바짝 붙여보기도 했고, 바깥쪽 꽉 찬 코스를 집중적으로 노려보기도 했고, 인터벌을 길게 가져가는 등

템포에도 계속해서 변화를 줬다.

하지만 다 소용이 없었다. 배트에 닿기만 하면 거의 다 안타가 됐다. 체감상 타율이 거의 7, 8할은 됐던 것 같다. 나중에는 어차피 맞을 거 최대한 패스트볼 위주로 승부해서 단타 정도로 막자는 생각까지 했다. 단타도 기분 나쁜 건 마찬가지지만, 볼넷으로 피하고 싶지는 않았다.

반대로 나를 천적으로 생각했던 선수는 누구였을까? 내 공을 쉽게 공략하지 못했던 타자들이 적지 않지만, 그 중 가장 대표적인 선수는 '라이온킹', '국민타자' 이승엽 선수였다. KBO 역사상 최고의 슬러거이자 홈런 아티스트였으며, 삼성 라이온스는 물론 국가대표팀을 이끌었던 슈퍼스타 이승엽은 이상하게도 내게서 안타를 뽑아낸 적이 드물었다.

내 볼을 왜 못 칠까 생각해봐도 사실 별다른 이유가 있는 건 아니다. 내가 승엽이를 연구, 분석한 만큼 승엽이 역시 내 볼을 치기 위해 엄청난 노력을 기울였을 텐데, 한번 만늘어선 저석 관계를 뒤집는 것은 결코 쉬운 일이 아니다.

승엽이와 나의 KBO 상대 전적은 51타수 6안타 1홈런이었다. 타격이 강하지 않았던 김인호 선수에게 열에 일곱은 안타를 맞았던 나지만, 최고의 강타자 이승엽 선수는 1할대 초반으로 확실하게 묶은 것이다.

승엽이와는 한국뿐만 아니라 일본에서도 맞대결을 펼칠 일
이 있었다. 2004년 7월, 고베 오릭스 블루웨이브와 지바 롯데
마린스의 경기에서 우리는 네 번 상대했다. 당시에도 이승엽
선수를 4타수 1안타로 잘 막았고, 2개의 삼진을 빼앗았다.

그 날은 내가 일본 무대에서 처음으로 완투승을 거둔 경기이
기도 했다. 당시 9회까지 160개가 넘는 공을 던졌던 것으로 기
억한다. 지금 생각하면 진짜 말도 안 되는 투구수다. 거의 두 달
여를 2군에서 보내다 가까스로 1군에 복귀해 1승을 보탠 뒤 맞
는 경기라 뭔가 보여주겠다는 마음이 있었다.

정말 원 없이, 미친 듯이 공을 뿌려댔다. 하필 그렇게 독기가
오를 대로 오른 나와 다시 만나 승부를 겨루게 됐으니, 이승엽
선수에게는 확실히 내가 천적이 맞기는 맞나 보다.

야구의 세계에서는 항상 라이벌과 천적이 존재한다. 하지만
그런 관계를 지나치게 의식하면서 선수간의 맞대결에 사로잡
혀 있는 것은 자신에게도 팀에도 좋을 것이 없다. 확실히 라이
벌로 생각하는 선수가 있다면, 단순히 이겨야 할 상대로 여기
는 것에 그쳐서는 안 된다.

그런 생각을 들게 만드는 존재라면 분명 나보다 나은 점이

조금이라도 있는 선수일 것이다. 자기 자신보다 떨어지는 선수를 라이벌로 여기는 경우는 없으니까. 그렇다면 라이벌을 단순한 경쟁 상대로 남겨두지 말고, 본받고 싶고, 닮고 싶고, 배우고 싶은 선수로 생각하면서 자신의 기량 발전에 적절히 활용해야 한다.

상대방의 장점을 내 것으로 만들어보겠다는 마음가짐으로 노력한다면 언젠가는 지금의 라이벌보다 더 훌륭한 선수가 될 수 있을 것이다. 노력만으로 넘어설 수 없는 상대도 있겠지만, 라이벌을 뛰어 넘겠다는 의지를 담아 흘렸던 피와 땀은 고스란히 남아 무엇과도 바꿀 수 없는 자양분이 되어 있을 거다.

그렇게 생각한다면, 라이벌의 진정한 뜻을 다시 정의 내려볼 수도 있겠다. 반드시 이기고 싶은 상대, 절대로 지고 싶지 않은 상대를 넘어서 나를 더 성장, 발전시키는 상대가 진짜 최고의 라이벌 아닐까?

메이저리그
전설의 5할 타자

평소 시끄럽게 울릴 일이 거의 없는 내 핸드폰에 갑자기 많은 메시지가 들어와 하루 종일 알람과 진동이 이어진 날이 있었다. 한국에서, 호주에서 나를 아는 많은 사람들이 다양한 뉴스 기사와 동영상 링크, 캡처 사진 같은 것들을 메시지로 보내주었다.

무슨 일인가 보니 메이저리그 공시 홈페이지인 MLB.COM에서 15년 전 오늘 베이서리그에서 일어난 일을 조명하면서 '구대성이 뉴욕 메츠의 전설이 됐다'라는 제목의 콘텐츠를 올린 것이다. 그 일이 벌써 15년이나 됐다니 시간이 참 빠르다는 생각이 들었다.

정확히 2005년 5월 21일에 있었던 일이다. 내가 소속된 뉴욕 메츠와 지역 라이벌 뉴욕 양키스의 서브웨이 시리즈가 벌어졌고, 나는 그날 경기에서 타석에 등장해 상대 투수 랜디 존슨에게 2루타를 뽑아냈다. 당시 메이저리그 최고의 투수로 꼽혔던 랜디 존슨에게 안타를 쳐낸 것과 이어진 상황에서 홈에 쇄도에 득점을 기록한 것이 엄청난 화제를 모았다.

그때도 지금도 수많은 사람들이 '메이저리그에서의 구대성'을 논할 때 그 장면을 가장 먼저 떠올리고, 주위 사람들도 그 일을 화제 삼아 이런저런 얘기를 꺼내기도 한다. 하지만 나 자신은 그 상황을 그렇게까지 특별하게 기억하지는 않는다. 대단한 기록을 남긴 것도 아니고 그냥 해프닝 정도로 생각해 별다른 감흥이 없는 게 사실이다.

호주 ABL 생활을 시작했을 때도 사람들이 나를 소개하며 가장 많이 활용하는 영상이 랜디 존슨을 상대로 2루타를 친 바로 그 장면이었다. 아무래도 호주에서는 메이저리그에 대한 관심이 크기 때문에 내 긴 커리어 속 다른 업적이나 기록보다 이 장면 하나가 더 강한 임팩트를 전달해주는 듯하다.

이곳에서도 야구를 하는 청소년이나 프로 유망주들은 다들 메이저리그를 꿈의 무대로 여기고 있어서 한 시즌이었지만 메이저리그에서 활약한 나를 대단하게 생각하는 편이다. 뚜렷한

족적을 남겼다고 자평하기는 어려운 1년간의 메이저리그 생활
이었지만 내게 어떤 멋진 아우라를 선물해준 것만은 분명하다.

15년 전 셰이 스타디움에서 벌어진 일을 추억해본다. 그날의
분위기, 날씨마저 생생히 생각난다. 마치 겨울이 끝나지 않고
이어지듯 쌀쌀하고 서늘한 기운이 길었던 뉴욕의 봄이 갑작스
레 완연한 여름으로 바뀐 날이었다.

메이저리그에 오고 나서 하루 빨리 팀과 리그에 적응해야 한
다는 일념으로 바쁜 나날을 보내느라 아빠로서 아이들과 함께
시간을 보내거나 가벼운 피크닉도 즐기지 못했기에 언젠가 중
요한 경기가 열릴 때 아내와 딸, 아들을 야구장으로 초대하겠
다는 생각을 하고 있었다.

미국에 와서 처음으로 우리 네 가족이 함께 시간을 보내는
야구장 나들이로 메츠와 양키즈의 라이벌 매치만큼 안성맞춤
인 경기는 없었다. 그 유명한 시브웨이 시리즈 경기라 관중들
이 어마어마할 거라는 예상은 했는데, 경기장 안팎의 인파는
상상했던 것 이상이었다.

우리집이 있던 뉴저지에서 맨해튼을 건너는 조지 워싱턴 브
릿지에서 이미 서브웨이 시리즈를 느낄 수 있었다. 당시 양키
즈 조 토레 감독과 메츠의 윌리 랜돌프 감독이 샌드위치 브랜

드 서브웨이의 TV 광고도 함께 찍어서 더 큰 이슈가 됐다. 시리즈가 열리는 동안 선수들에게 샌드위치가 무한 제공되었던 일도 생각이 난다.

그날은 팽팽한 투수전으로 진행되었지만, 우리 팀이 2 대 0으로 근소한 리드를 이어갔다. 난 7회초 무사 1루에서 마운드에 올라 세 타자를 깔끔히 처리하고 위기를 막았다. 원래 내게 주어진 임무는 거기까지였다.

그런데 감독님이 8회초 양키스 공격이 왼손 타자부터 시작되니 한 명만 더 상대하자고 해 나는 7회말 생각지도 않았던 타석에 들어서게 되었다. 랜돌프 감독님의 주문은 딱 하나 "무조건 쳐라!"였다.

그도 그럴 것이 며칠 전 있었던 신시내티 레즈 전에 처음으로 타석에 섰을 때 투수 코치 주문 대로 그냥 서서 볼만 보다 스윙 한 번 하지 않고 스탠딩 삼진을 당한 일이 있었기 때문이다.

난 당연히 코칭스태프 지시에 따랐을 뿐인데, 관중석에선 야유가 끊이지 않았고 다음날 현지 신문에도 '구대성은 전혀 칠 생각이 없어 보였다'는 비아냥 섞인 기사가 나오기도 했다. 투수가 던진 공을 넋 놓고 바라보다 삼진을 당하고 덕아웃에 돌아오니 감독, 코치, 동료 선수들 모두 키득키득 웃었다.

다른 코치가 내게 다가와 메이저리그에서는 투수도 무조건 제대로 타격에 임해야 한다는 것이다. 나는 치지 말고 타석에서 멀찍이 떨어져 있으라는 투수 코치 주문에 따랐다고 답했다.

　투수 코치가 악의적으로 그런 메시지를 전한 것인지, 통역 과정에서 미스가 있었던 것인지 모르겠지만 그런 당황스런 일이 있어서 기분이 찜찜했다. 물론 정확한 지시를 받았다 하더라도 프로 13년 만에 타격에 나선 내가 좋은 결과를 냈을 거라고 확신할 수는 없지만 말이다.

　그래도 그날 마운드에서 좋은 모습을 보였기에 타석에서의 태도가 큰 논란으로 번지진 않았다. 나는 켄 그리피 주니어, 애덤 던 등 메이저리그를 대표하는 강타자들을 삼진으로 돌려세웠고, 1과 3분의 1이닝 동안 탈삼진 3개를 기록하며 네 타자를 범타 처리하고 무실점으로 내려왔다.

　경기가 끝난 후 많은 기자들이 몰려와 켄 그리피 주니어를 삼진으로 잡은 것에 대해 인터뷰를 청했다. 나는 그 선수가 누구인지, 얼마나 훌륭한 실력을 가진 선수인지 몰랐다고 대답했다.

　난 새로운 타자와 상대할 때 그가 기존에 쌓은 성적이나 기록, 데이터에 주눅들지 않는다. 물론 데이터는 절대 무시할 수 없는 것이고, 그를 기반으로 한 데이터 야구 역시 중요하지만 투수와 타자의 싸움은 전적으로 투수의 컨디션에 달려 있다고 본다.

투수도 타자를 분석하고, 타자도 투수를 분석하지만, 첫 대결을 펼치는 경우는 투수의 컨디션이 결과를 좌우한다고 생각한다. 타자에 대해 파악하는 것보다 내가 던질 수 있는 구종 중 좋은 공을 파단하는 것이 더 중요하다. 물론 정답은 없다. 그저 나의 야구 스타일이 그렇다는 것을 얘기하는 거다.

어쨌든 그날 신시내티 전 타석에서 보여준 모습이 많은 이들에게 실망감을 줬고, 나 역시 그로 인해 기분이 좋지 않았기에 이번에는 절대 루킹 삼진은 당하지 않겠다는 의지가 있었다. 땅볼이 되든 파울 플라이가 되든 헛스윙 삼진이 되든 배트는 제대로 한 번 휘두르고 들어오겠다는 마음이었다.

그렇지만 상대가 랜디 존슨이었다. 랜디 존슨이 누구인가? 올스타 10회 선정, 사이 영 상 5회 수상에 빛나는 역사적인, 전설적인 투수다. 2미터를 훌쩍 넘는 이미어마한 장신에 팔, 다리도 엄청나게 길어서 타석에서 바라봤을 때 마운드와의 거리가 거의 느껴지지 않았다.

그의 공이 포수 미트에 꽂힐 때 마치 제트기가 이륙할 때 나는 엔진 소리가 들리는 것 같았다. 타석에서 내 공을 대하는 선수들에게도 저런 비슷한 소리가 날까 아닐까 우습게도 그 짧은 승부의 순간에 그런 궁금증이 들었다.

누가 생각해도 이 승부는 삼진이 예상되는 그림이었을 것이다. 상대는 랜디 존슨이고, 나는 프로 레벨에서 타자 경험이 거의 전무한 메이저리그 '루키' 투수니까. 삼진을 당하더라도 나를 비난하거나 야유를 보내는 관중은 없을 거라는 생각이 들어 편안한 마음이 들기도 했다.

경기가 끝난 후 전해 들은 얘기지만, 당시 폭스 스포츠 해설위원은 '구대성은 사지로 끌려가는 심정으로 타석을 향하고 있다. 랜디 존슨을 상대로 투수를 타석에 세우는 것은 선두타자의 공격 기회를 허비하는 감독의 어리석은 판단 미스다'라고 상황을 설명했다고 한다.

팀 동료 마이크 피아자는 구대성이 안타를 치면 자선단체에 100만 달러를 기부하겠다며 덕아웃에서 선수들과 농담을 주고받았다고 했다. 당연하다. 너무도 당연한 얘기다. 누구도 기대하지 못한, 기대할 수 없는 상황이었을 것이다.

나 역시도 그랬다. 그의 볼을 쳐낸다는 생각은 하지 않았다. 그저 지난번 타석처럼 가만히 서 있다 들어가지는 않겠다는 마음만 먹고 있었다. 승부의 매 순간 최선을 다하는 나지만 꼭 치라는 감독의 주문까지 떨어졌으니 더 집중하려고 했다.

랜디 존슨을 상대로 특별히 어떤 공을 어떤 코스를 노린다는 계획을 세울 수는 없었고, 마음 속으로 하나, 둘, 셋을 세면서 '셋' 하는 순간에 배트를 휘두를 생각이었다. 랜디 존슨의 3구째 직구가 한 가운데로 날아왔고 나는 지체 없이 배트를 돌렸다.

배트 중심에 제대로 맞은 질 좋은 타구가 나왔다. 공은 쭉쭉 뻗어 펜스를 향해 갔다. 2루타였다. 아마 발 빠른 타자였다면 족히 3루타는 될 깊숙한 장타였다. 스타디움을 가득 채운 관중들의 환호성이 들려왔다.

당시 내게는 정말 엄청난 집중력이 있었던 것 같다. 야구를 하는 동안 매 순간 집중을 하지 않았던 적이 없지만, 그 경기 그 타석만큼 좋은 결과로 발휘된 일이 흔치는 않다. 랜디 존슨의 공을 쳐냈다는 생각에 잠시 잠깐 그 찰나의 기분을 즐길 법도 한데, 나는 집중력을 잃지 않고 미친 듯이 달렸다.

타자 경험도 많지 않은 내가 타자 모드에서 주자 모드로 매우 자연스럽게 전환해 2루를 향해 내달린 것이다. 물론 내가 잘 친 것도 있겠지만, 랜디 존슨이 조금은 방심을 해서 그런 상황이 만들어졌다는 생각도 한다.

랜디 존슨의 패스트볼 최고 구속은 약 164km/h, 평균 구속도 155km/h를 웃돌았다. 그런 강속구는 타격의 신이라고 쉽게 건드릴 수 없는 공이다. 하지만 나를 상대로 던진 직구의 구속은 146km/h였다. 아마 그 정도 구속으로만 승부해도 쉽게 스트라이크 카운트를 잡을 거라고 생각했을지 모른다.

2루타를 치고 베이스에 안착한 나는 유니폼 위에 점퍼를 덧입었다. 투수가 타자로 나섰다. 주자가 되었을 때는 어깨와 팔이 식는 것을 방지하도록 이런 배려가 주어지는데, 나 역시 다음 8회초에 양키스 타자들을 상대해야 하니 그렇게 했다.

군이 점퍼에 대해 언급하는 이유는 당시 내가 입었던 점퍼에 대해 정확하지 않은 정보들이 와전되어 사실과는 다른 기사들이 많이 양산되었기 때문이다.

그 중 하나가 점퍼 속에 무거운 쇠공이 들어 있어서 이어진 주루 상황에서 큰 부상을 입게 되었다는 것이다. 평소 손목을 풀기 위해 쇠 야구공을 지니고 다닐 때가 많지만 그날 입은 점퍼 속에는 공이 없었다.

후속 타자 호세 레예스가 보내기 번트를 했고, 나는 3루로 뛰었다. 그런데 양키스 수비에 헛점이 보였다. 보통 포수가 1루로 송구할 때는 투수가 홈베이스를 커버하는 랜디 존슨이 백업을 들어가지 않은 것이다. 나는 비어 있는 홈을 향해 내달렸고,

주심은 세이프를 선언했다.

지금처럼 비디오 판독으로 인한 판정 번복이 가능했다면, 아웃으로 정정되었을 확률이 높은 판정이기는 했다. 영상으로는 포수의 태그가 조금 빨랐던 것처럼 보인다. 하지만 심판 판정은 세이프였고, 셰이 스타디움의 관중들은 "Koooo~"를 외치며 열광했다. 덕아웃의 동료나 코칭 스태프도 마찬가지였다.

난 2루타도 치고 홈 쇄도로 직접 득점까지 뽑아내 많은 사람들의 축하를 받으며 덕아웃으로 돌아왔다. 큰 타월로 부채질을 해주는 동료들도 있었고, 피아자는 넋이 나간 듯 멍한 표정으로 앉아 있었다.

그와 농담 섞인 내기를 했다는 3루수 데이비드 라이트는 피아자를 가리키며 웃음을 터뜨렸고, 덕아웃의 모든 선수들이 충격에 빠졌다고 전해 주었다. 1루수 덕 민케이비츠는 "평생 이런 장면은 본 적이 없었고, 앞으로도 보지 못할 것 같다"며 상황을 묘사했다.

경기 후 그 안타와 베이스러닝으로 다양한 기록을 세웠다는 사실을 알게 되었다. 랜디 존슨을 상대로 안타, 장타를 뽑아낸 최고령 투수 같은 것도 있고, 보내기 번트 상황에서 2루에서 홈까지 쇄도해 득점을 올린 최초의 투수 같은 기록도 있었다.

그러나 그 무리한 홈 슬라이딩 때문에 나는 큰 부상을 입었다. 그 후 원정 경기에서 공을 던지다 왼팔 통증이 너무 심해져 투수코치에게 알렸고, 엑스레이를 찍었다. 왼쪽 갈비뼈와 팔에 이상이 생겼다는 결과를 들었고, 부상자 명단에 오르게 됐다.

부상에서 회복된 이후에도 정상 컨디션을 찾지 못했고, 마이너리그에 머무는 날들이 많아졌다. 다시 메이저리그로 복귀해 몇 경기 더 등판하기는 했지만, 사실상 그때 그 부상으로 나의 메이저리그 생활이 끝난 거나 마찬가지였다.

투수로서 내 몸을 스스로 잘 보호하고 좀더 아꼈어야 했는데, 지금도 가끔 그 영상을 보면 '에휴~ 미친놈' 소리가 절로 나온다. 그 경험으로 후배들에게 투수는 피칭 외에 어떤 상황에서도 절대 무리해서는 안 된다는 조언을 건넬 수 있게 됐다.

언젠가 시간이 많이 지난 후 랜돌프 감독이 한 인터뷰에서 나에 대해 언급한 내용을 전해 들었다.

"가끔 감독과 선수 사이에 미스커뮤니케이션이 있을 때가 있죠. 특히 다른 나라, 다른 언어, 다른 문화에서 온 선수와의 소통은 접근 방식도 다르게 해야 하니 더 어렵고요. 선수들이 공을 다룰 수 있다면 감독으로서는 어느 정도 건강해졌다고, 몸에 문제가 없다고 생각할 수밖에 없는데, 구대성 선수는 부상

이후 완전히 회복하지 못했던 것 같습니다. 만약 구대성 선수가 부상을 자초하고 그 사실을 우리에게 알리지 않았다면 실망스러웠을 수 있지만, 그건 결코 누구도 정확히 알 수 없는 일이니까요. 그는 이후에도 통증이 여전히 남아 있고, 어깨 상태가 80~90퍼센트 정도밖에 돌아오지 않았다며 어려움을 토로했습니다. 그렇지만 팀의 승리를 위해 그 순간 자신이 할 수 있는 역할을 하던 중 입은 부상이기에 후회하지 않는다고, 그 경기에서 팀이 이겼다는 사실이 무엇보다 중요하다고 말했어요."

난 보통 기사화된 내용을 전적으로 신뢰하지도 않고, 큰 의미를 두지도 않는다. 미디어는 어떤 스토리를 뉴스라는 상품으로 만들어내기 위해 필요 이상으로 많은 포장지를 쓰기도 하는 법이니까. 그렇지만 감독님의 인터뷰 코멘트로 내가 팀의 승리를 위해 최선을 다했던 선수로 팬들에게 기억될 수 있다면 특별히 더 바랄 것이 없다.

랜디 존슨이라는 당대 최고의 투수에게 2루타를 쳐낸 선수로, '전설의 5할 타자'라는 재밌는 수식어로 기억되는 것도 의미 있는 일이지만, 팀의 승리에 보탬이 되고자 몸을 내던졌던 선수로 기억되는 것이 훨씬 더 행복하고 흐뭇할 것 같다.

2006 WBC,
세계를 놀라게 한 대한민국

2006년 월드베이스볼클래식(World Baseball Classic, WBC)은 내 야구 인생에서 국가대표로 출전한 마지막 대회였다. 청소년 대표 때부터 쭉 가슴에 달아왔던 태극 마크는 때로는 내가 야구를 하는 목표였고, 얼마나 열심히 야구에 임하고 있는지 스스로 확인해볼 수 있는 기준점이기도 했다.

태극 마크가 새겨진 유니폼을 입고 경기에 나서는 것은 언제나 자랑스럽고 뿌듯한 일이었다. 말 그대로 나라를 대표해서 뛰는 '국가대표'가 된다는 것은 모든 운동선수들에게 간절한 꿈이고 목표다. 평생 한 번이라도 태극 마크를 달고 올림픽이나 WBC 같은 대회에 나가보는 게 소원이라고 말하는 선수들도 있을 정도다.

많은 선수들이 소원처럼 여기는 대표팀 유니폼을 오랜 시간 동안 많이도 입었으니 난 참 행운아라는 생각이 든다. 그렇게도 많이 가슴팍에 태극 마크를 달았음에도 매번 대표팀 유니폼을 입을 때면 늘 설레고 기분 좋았다. 나라를 대표한다는 것이 중압감, 부담감을 느낄 만한 일인데도 그보다는 자랑스럽고 뿌듯한 마음이 더 컸다.

생각해보면 내가 마지막으로 국가대표로 출전했던 대회가 2006 WBC였다는 사실도 너무나 뜻 깊고, 기쁜 일이다. 세계 각국을 대표하는 최고 레벨의 프로 선수들이 대거 참여하는 사실상의 첫 '야구 월드컵'과도 같은 대회에 대표로 선발되어 좋은 활약을 펼쳤다는 것이 영광스럽게 느껴진다.

WBC는 미국 메이저리그 베이스볼 사무국과 선수협회가 주최, 주관한 국제 야구 대회로, 2006년 초대 대회부터 가장 권위 있는 대회로 평가 받았다. WBC 출범 전에 열린 국제 대회들은 대게 아마추어 선수들이 출전하는 경우가 많았고, 올림픽 또한 최정예 전력으로 임하지 않는 나라가 많았다.

이렇게 최정상급 선수들이 '진심'으로 모인 대회는 WBC 이전에도 없었고, WBC 이후로도 없을 거라는 생각이 든다. 당시 각국 대표팀 선수들의 면면을 보면 입이 떡 벌어질 정도다.

미국 팀에는 데릭 지터, 알렉스 로드리게스, 켄 그리피 주니어, 치퍼 존스, 체이스 어틀리, 마크 테셰이라, 로저 클레멘스, 제이크 피비, 돈트렐 윌리스 같은 선수가 있었다.

일본 팀에는 스즈키 이치로, 아오키 노리치카, 후쿠도메 고스케, 오가사와라 미치히로, 마쓰자카 다이스케, 스기우치 토시야, 우에하라 고지 등이 포함됐다. 도미니카 공화국, 푸에르토리코, 베네수엘라, 캐나다, 멕시코 등도 다수의 전현직 빅리거가 출전했다.

물론 대한민국도 최정예 전력을 구축했다. 코칭스태프만 봐도 당시 우리가 얼마나 진심으로 대회에 임했는지 알 수 있을 것이다. 김인식 감독님을 필두로 타격코치 김재박, 수비코치 류중일, 투수코치 선동열, 주루코치 유지현, 배터리코치 조범현 등 한국 야구 역사를 빛냈던 이들이 뭉쳤다.

샌디에이고의 박찬호, 콜로라도의 김병현과 김선우, 신시내티의 봉중근, 탬파베이의 서재응, 삼성의 배영수와 오승환, 롯데의 손민한, SK의 정대현 등이 투수진을 구축했다. 대외적으로는 뉴욕 메츠 소속이었지만 무적 상태에 가까웠던 나 구대성도 계투진의 한 축을 맡게 됐다.

타자들도 엄청났다. LA 다저스의 최희섭, 요미우리의 이승엽을 비롯해 기아의 이종범, 김종국, LG의 이병규, 조인성, 한화의 김태균, 이범호, 김민재, 삼성의 박진만, 김재걸, 진갑용, SK의 이진영, 두산의 홍성흔 등 각 포지션에서 최고의 능력을 보여준 선수들이 선발되었다. 전체적으로 수비와 주루, 팀 배팅 능력을 탄탄히 갖춘 선수들이 'WBC 김인식호'에 승선했던 것 같다.

일본, 중국, 대만과 함께 A조에 속한 우리 한국 팀은 일본 도쿄에서 아시아 지역예선 성격의 본선 1라운드를 치르게 됐고, 2위 안에 들면 미국에서 열리는 본선 2라운드에 진출할 수 있었다. 기본적인 목표는 본선 1라운드 통과였으나, 내심 4강 혹은 결승 진출까지 노리는 선수들도 있었다.

난 2005 시즌 종료 후 뉴욕 메츠에서 지명 할당 조치를 받아 아직 새로운 팀이 결정되지 않은 상태여서 WBC 대표팀 합류 직전까지는 진로가 불투명했다. 친정팀 한화 이글스가 나의 재영입을 위해 메츠와 협상을 벌이고 있었으나, 쉽게 결론이 나지 않았다.

어찌 됐든 나는 대표팀의 부름을 상태였기 때문에 우선은 WBC 대회 준비에 집중하는 것이 맞다고 생각했다. 짧은 겨울 휴식을 보낸 후, 현대 유니콘스가 스프링캠프를 꾸린 미국 플로리다로 향했다. 김재박 감독님의 배려로 현대 선수들과 함께 훈련할 수 있었다. 훗날 팀 후배 류현진 선수에게 전수해준 체인지업을 김시진 투수코치님께 배운 것도 이때였다.

　과거에도 올림픽, 아시안게임 등의 국제 대회를 위해 대표팀이 선발되면 초호화군단, 최정예 전력, 드림팀 같은 수식어가 따라 붙었지만 WBC 대표팀은 정말 역대 최강의 드림팀이었다. 메이저리그 사무국에서 개최한 대회답게 다수의 메이저리거, 마이너리거 선수들이 합류할 수 있어서 전력 상승은 물론 자연스러운 신구 조화가 이뤄질 수 있었다.

　대표팀 선수들은 일본 후쿠오카에 집결해 최종적인 대회 준비를 하고 곧 1라운드가 열리는 도쿄로 이동했다. 일본, 미국에서 선수 생활을 이어가느라 만나지 못했던 선후배 동료 선수들과 5년여 만에 국가대표팀에서 재회할 수 있다는 사실이 꽤나 설레었다.

　또한 대회 개막 전 KBO 한화 이글스로 복귀하는 계약을 맺게 되었고, 그 해 신인으로 입단한 현진이가 달 예정이었던 등번호 15번가 새겨진 유니폼을 다시 입을 수 있었다. 도쿄돔 프레스룸에서 공식 입단식과 기자회견을 가졌다. 이 역시 WBC 대회를 준비하던 기간 중에 이뤄진 일이었다.

우리 팀은 '드림팀'답게 첫 경기부터 안정적인 전력을 선보였다. 타선이 폭발하지는 않았지만 호적수 대만을 상대로 2 대 0의 깔끔한 승리를 거두며 첫 승을 신고했다. 한 수 아래의 전력인 중국을 상대로는 10 대 1 대승을 거둬 한일전을 앞두고 타격감을 끌어 올렸다.

마지막 3차전은 일본과의 경기였다. 본선 진출은 확정적인 상태였지만, 일본과의 격돌은 절대 가벼운 마음으로 임할 수 없는 것이었다. 신문, 방송, 인터넷은 야구팬들은 물론 전 국민이 승리를 기대하며 이 경기에 관심을 갖고 있다고 분위기를 고조시켰다.

물론 미디어를 통해 그런 반응이 전해지든 전해지지 않든 우리 선수들 한 사람 한 사람이 간절히 승리를 원하고 있었다.

게다가 대회 직전 일본 대표팀 최고의 스타 플레이어이자 메이저리거인 이치로 선수의 '30년 발언'이 언론에 오르내리며 우리 선수들의 자존심, 경쟁심을 자극했다.

훗날 "대전 상대가 향후 30년은 일본을 이길 수 없다고 생각할 정도로 완승을 거둬야 한다"라고 발언한 것이 "한국은 일본을 30년간 이길 수 없다"라고 말한 것처럼 와전되었다는 것이 밝혀졌지만, 그 발언이 한국의 야구인, 야구팬들을 불쾌하게 만든 건 사실이었다.

이치로는 한국을 대상으로 한 발언이 아니라 대표팀 동료들에게 분발을 촉구하는 동기 부여 차원에서 언론에 메시지를 전한 것뿐이라고 의미를 바로잡았지만, 같은 대회에서 경쟁해야 하는 상대 팀 선수들을 조금이라도 존중했다면 그런 말이 나오지는 않았을 것이다.

그런 이야기는 경기 전 락커룸이나 덕아웃에서 동료들과 할 법한 얘기지, 대회를 앞두고 기자들을 향해 할 얘기는 아니라고 봤다. 물론 미디어가 의도적으로 그 발언을 확대하고 부정적으로 활용한 감도 없지 않지만, 그 단초를 제공한 것은 분명 이치로였다.

일본 팀 동료들의 승부욕을 자극하기 위해 던졌다는 그 메시지는 조금은 달리 해석되어 우리 대표팀 선수들의 파이팅을 돋우었다. 그렇지 않아도 한일전은 모든 것을 다 걸고 임하는 게 한국 선수들인데, 그 발언은 우리의 경쟁심에 불을 붙였고 불붙은 경쟁심에 휘발유까지 쏟아 부은 격이었다.

우리가 한일전을 앞두고 무슨 얘기를 나눴는지는 특별히 기억나는 것이 없다. 어찌 보면 당연하다. 우리 모두는 이기겠다는 마음으로 충만해 똘똘 뭉쳐 있었지 일본을 상대로 뭘 어떻게 하겠다는 둥 그런 얘기를 주고받지 않았다.

김병현 선수가 한 언론 인터뷰에서 이치로 발언에 대한 선수단의 반응을 묻자 "그냥 만화를 너무 많이 봐서 그런 것 같은데요?!"라고 얘기했던 게 생각나고, 김인식 감독님이 "두 나라의 프로야구 역사는 50년의 차이가 나는데, 이치로가 30년 운운한 것을 보면 그만큼 두 팀의 전력차가 줄어들었다는 것 아니겠어요?"라고 여유 있게 받아친 것이 기억난다.

수많은 미디어가 감독, 선수들의 발언을 확대, 재생산하며 자극적인 기사들이 쏟아내 이 승부는 구심의 플레이볼 시그널이 시작되는 순간까지 뜨거움으로 가득했다. 마치 챔피언 벨트를 두고 싸우는 링 위의 두 복서가 공이 울리기만을 기다렸다가 상대방을 향해 튀어나가는 그런 느낌 같았다.

우리 팀의 선발투수는 김선우였다. 1회 한 점, 2회 한 점 내주기는 했지만 대량 실점으로 이어지지는 않아서 승부가 초반에 기울시는 않았다. 이 경기의 분위기가 완전히 바뀌 것은 4회 말 일본 공격이었다.

2 대 0으로 앞선 일본은 2사 만루 상황에서 교타자 니시오카가 우익선상으로 빠질 듯한 강력한 타구를 날렸으나 '국민 우익수' 이진영이 몸을 던지며 엄청난 슈퍼 다이빙 캐치로 추가

실점을 억제했다. 그게 빠졌다면 싹쓸이 2루타나 3루타가 되어 스코어는 5 대 0으로 벌어지고 위기 상황이 계속 이어졌을 것이다.

그 타구를 잘 막아냈기에 5회초 소중한 한 점을 따라붙을 수 있었다. 2 대 1이 되자 아무도 예단할 수 없는 팽팽한 승부의 긴장감이 도쿄돔 장내를 감싸기 시작했다. 봉중근 선수도 4회 1사부터 2이닝간 실점 없이 상대 공격을 잘 차단해주었다.

5회와 6회 사이쯤이었던 것으로 기억한다. 그때 불펜에서 여러 명의 투수들이 몸을 풀고 있었다. 당시 투수 최고참이었던 내가 계투로 나설 선수들에게 장난 섞인 내기를 제안했다.

"야, 이 중에 이따 올라가서 이치로 맞히는 놈 있으면 경기 끝나고 바로 만 엔 준다."

곧 봉중근에 이어 계투로 나설 선수가 결정되었는데, 바로 배영수였다. 당시 내가 봉중근, 배영수 두 후배를 놓고 고민하다 직구 구속이 더 빠른 영수를 이치로 스나이퍼로 지목했다는 뒷이야기가 돌기도 했는데, 중근이는 그때 마운드에서 투구 중이었다. 그 얘기는 근거 없는 뜬소문이다. 영수는 불펜에서 마운드로 향하기 전 웃으면서 다가와 내게 확인하듯 물었다.

"형, 제가 이치로 맞히면 진짜 만 엔 주는 거죠?"

"맞히기만 해. 경기 끝나고 바로 줄게."

"근데, 그럼 이치로가 1루 주자로 나가는데 어떻게 해요? 괜찮을까요?"

"다음은 걱정마! 내가 올라가서 확실하게 막아 줄게."

그때 우리는 2 대 1로 뒤지고 있는 상황이었다. 지고 있는 상황에서 주자를 내보낸다는 게 자칫 어리석고 무모한 판단처럼 보일 수도 있을 것이다. 하지만 난 그 선택이 분위기 싸움에서 결코 마이너스가 되지 않을 것이라고 봤다.

후반부, 종반부에 한 번은 주어질 승부처에 앞서 기운을 찾아오는 전환점이 될 수도 있겠다는 생각을 했던 것 같다. 난 이기고 있든 지고 있든 경기는 항상 적극적으로 공격적으로 전투적으로 임해야 한다고 생각한다.

팀이 리드하고 있을 때도 공격에 박차를 가해야 하고, 지고 있을 때는 당연히 더 치열하게 따라 붙어야 한다. 앞서고 있다고 소극적으로 수비적으로 방어적으로 전략, 전술을 수정하는 순간 경기의 향방이 바뀌어 곧 동점이 되고, 역전이 된다.

9회말 마지막 세 번째 아웃카운트가 나오는 순간까지는 누구에게도 역전의 기회가 있고, 승자와 패자는 경기가 완전히 끝난 후 판가름 나는 것이다.

지극히 나의 개인적인 야구관과 어떤 감에서 비롯된 판단이었다. 그 선택이 옳은 것이었는지 그른 것이었는지 내가 묻고 답할 수는 없다. 다만 한 가지 말할 수 있는 것은 절대 이치로 선수에 대한 개인적인 감정에서 빈볼을 지시했던 것은 아니다.

왜 후배 투수를 지목했냐고 묻는다면 그때 마운드에서 이치로 타순에 승부하게 된 선수가 영수였을 뿐이다. 내게 이치로 선수와 맞대결하는 기회가 주어졌다면, 당연히 내가 그렇게 했을 것이다.

결코 이치로 선수를 미워하거나 싫어하지 않는다. 오히려 존경하고 좋아한다. 그런 훌륭한 선수가 야구인으로서 상대 팀을 존중하지 않는 발언을 했기에 그리고 그 상대 팀들 중에 한국도 속해 있었기에 한국의 국가대표 선수로서 그 발언을 그냥 지나치고 싶지 않았다.

이치로가 언론에 대고 던진 그 메시지에 대해서 야구인으로서 나름의 예우를 갖춰 대답한 것이었다고 말하고 싶다. 그리고 사람들은 배영수가 이치로를 맞힌 그 빈볼만 기억하는데, 사실 그 경기에서 우리도 세 번이나 사구를 맞았다. 또한 5회 이승엽 타석 때는 머리로 향하는 고의성 짙은 위협구도 나왔다.

어쨌든 배영수 선수는 그렇게 나와의 약속을 지키고 내려갔다. 이제는 내가 약속을 지킬 때였다. 나는 7회 무사 1루 상황에서 마운드에 올랐고, 2이닝 동안 여섯 타자를 범타 처리하면서 일본 타선을 막았다.

　내가 7회와 8회를 막는 사이, 우리 타선도 힘을 내 경기를 뒤집었다. 이종범이 안타로 출루했고, 이승엽이 일본 최고 클로저 이시이의 높은 볼을 통타해 투런 홈런을 터뜨렸다. 3 대 2 역전이었다. 그리고 마지막 9회가 남았다.

　대표팀 최고의 스타플레이어라고 할 수 있는 박찬호 선수가 팀의 승리를 굳건히 지키러 마지막 투수로 나섰다. 찬호는 8번 타자를 1루 뜬공으로 가볍게 처리했고, 9번 타자의 기습 번트도 빠른 수비로 대처해 순식간에 투 아웃을 잡았다.

　9회말 2사 마지막 순간에 타석에 나선 선수는 우리를 도발했던 스즈키 이치로였다. 한 점 차의 박빙, 단 하나의 아웃카운트를 남겨 놓은 상황에서 양 팀을 대표하는 스타플레이어이자 최고의 메이서리서였던 박찬호의 이치로가 맞붙은 것이나

　긴장감이 최고조로 이른 순간이었지만 찬호가 이치로를 잡는 데 필요한 공은 단 세 개였다. 이치로가 친 타구는 내야를 벗어나지 못하고 힘 없이 떠올라 유격수의 글러브 안으로 들어갔다. 3 대 2, 한국의 한 점차 승리였다. 한국과 일본이 최정예 전

력으로 맞대결한 역사상 첫 경기에서 역전승을 거둔 것이었다.

우리는 3연승 1위로 본선 2라운드에 진출했고, 미국에서 열린 경기에서도 그 기세를 이어갔다. 첫 대결 멕시코 전에서 서재응, 나, 정대현, 봉중근, 박찬호가 호투한 가운데 승엽이의 홈런이 또 한 번 터져 2 대 1 승리를 거뒀다.

2차전 미국 전은 그야말로 세계 야구계에 충격을 안긴 경기였다. 당시 메이저리그 올스타가 총출동한 미국 팀과 한국 팀의 몸값을 어림잡아 비교해 1000억 원 대 50억 원의 대결이라는 뉴스 보도가 나오기도 했다.

또한 이 경기는 미국의 압도적인 승리가 예상되는 만큼 한국으로서는 전력을 아끼며 다음 경기 일본 전을 대비하는 것이 4강 진출을 위해 나은 판단이 될 거라는 오지랖 넓은 기사도 있었다.

경기 전 미국 투수 돈트렐 윌리스의 발언도 화제였다. 선발투수로 낙점된 그는 2005시즌 22승을 거두며 다승왕에 오른 강속구 투수였다. 당시 언론에서는 그가 한국 팀은 공 50개로 끝낼 수 있다는 도발성 발언을 했다고 전했는데, 사실 그 이야기도 어느 정도는 과장, 왜곡된 것이었다.

실제 발언은 돈트렐 윌리스 선수가 한 것이 아니고, 미국팀의 수장인 벅 마르티네스 감독이 '이번 대회에는 80개의 투구

수 제한이 있지만, 선발 윌리스가 5이닝까지 50개 정도로 잘 막아줬으면 한다'고 선수에게 기대감을 드러낸 것이 와전된 것이었다.

어쨌든 잘못 전해진 윌리스의 '공 50개' 발언도, 이치로의 '30년' 발언처럼 우리 선수들의 승부욕을 자극한 것은 마찬가지였다. 결과는 아시다시피 이승엽, 최희섭의 홈런 등 타선이 폭발한 한국의 7 대 3 승리였다.

물론 선발 손민한의 호투가 승리에 밑거름이 됐고, 나도 롱 릴리프로 나서 3이닝을 무실점으로 막으며 김병현, 정대현 두 잠수함 선수 사이에서 힘을 보탰다. 또한 월드클래스 수비 실력을 선보인 우리 야수들의 집중력도 돋보였다.

그리고 다시 일본 도쿄돔에 이어, 미국 애너하임 에인절스 스타디움에서 숙적 일본을 만나게 됐다. 일본에서 열린 한일전에서 마지막 9회를 책임졌던 박찬호 선수가 이번에는 선발로 나서 5이닝 넘게 일본 타선을 무실점으로 묶었고, 경기는 팽팽한 투수전으로 이어졌다.

하지만 운명의 8회 이종범이 김민재와 이병규를 불러 들이는 2타점 2루타를 치며 승기를 잡았다. 흥분한 이종범 선수가 안타를 치자마자 두 주먹을 움켜 쥐고 양팔을 벌려 기쁨을 표출하며 뛰느라 속도를 까먹었기에 3루에서 아쉽게 아웃되고 말았지만, 승리에 한 발 다가서는 결정적 한 방이었고, 조용히 흘러가던 덕아웃 분위기도 되살려낸 최고의 안타였다.

이종범 선수는 일본 주니치 드래곤스에서 어려운 시절을 보냈기에 좌중간을 완전히 가르는 장타를 쳐냈을 때 그 흥분을 주체하기 힘들지 않았을까 생각한다. 어쨌든 팀에 중요한 선제점을 안긴 동시에, 15년 가까이 시간이 지난 지금도 야구 한일전의 주요 영상으로 꾸준히 등장하는 명장면을 만들어냈다.

나는 솔로 홈런 하나를 허용해 멕시코, 미국 전과는 달리 완벽한 모습을 보이지 못했지만 김병현의 승리와 오승환의 세이브 사이에서 징검다리 같은 홀드를 기록하며 팀의 2 대 1 승리에 기여했다.

이제는 딱 네 팀만이 남았다. 개최국이자 야구 종주국인 미국은 여러 차례 심판 판정이 도움을 받았음에도 탈락하고 말았고, 북중미의 맹주 쿠바(4승 2패)와 도미니카 공화국(5승 1패), 아시아의 강호 일본(3승 3패)과 한국(6승)이 4강에 올랐다. 예선과 본선 6경기를 통틀어 전승을 거둔 팀은 대한민국밖에 없었다.

하지만 4강 대진이 좀 이상했다. 지역 예선 형식의 본선 1라운드에서 한 번, 1라운드를 통과한 팀들이 겨루는 본선 2라운드에서 또 한 번, 두 차례 맞붙었던 일본과 4강에서 다시 한 번 대결하게 된 것이다.

물론 대회 일정과 대진 편성은 이미 오래 전에 확정된 것이기에 그것을 탓할 수는 없지만, 국제 대회에서 같은 매치업이 세 번이나 이뤄질 수 있는 대진 구성은 사실 좀 이해하기 어려운 부분이다.

주최국 미국이 상대하기 부담스러운 푸에르토리코, 도미니카, 쿠바 등을 피하고 결승까지는 무난히 진출할 수 있도록 유리하게 짜놓은 대진이라는 평이 많았고, 이 대회의 목적이 진정 야구의 세계화, 대중화라면 더 합리적이고 공정한 운영과 체계적인 준비가 필요할 거라는 사후 평가가 많았다.

모두가 알다시피 안타깝게도 세 번째 한일전은 승리로 연결되지 못했다. 강팀과 약팀이 세 번 맞붙더라도 3연승을 거두기 힘든 것이 야구다. 더군다나 상대적으로 전력도 열세고, 선수층도 두텁지 못한 우리가 강호 일본을 또 한 번 잡아내야 한다는 것은 조금은 가혹한 난제였다.

일본은 두 차례 패배를 통해 우리의 전력, 전략을 치밀히 분석했고, 4강전에서는 6 대 0의 완승을 거두었다. 우리 선발 서재응도 5이닝을 무실점으로 막으며 호투했지만, 일본 선발 우에하라 고지는 7이닝 3피안타 무실점이라는 완벽에 가까운 피칭을 선보이며 한국 타선을 잠재웠다.

일본은 2개의 홈런을 포함 장단 11안타를 몰아쳤지만, 한국은 단 4안타에 그치고 말았다. 매 경기 승부에 집중하며 연전연승을 거듭해온 우리에게 단 한 번의 패배는 너무나 뼈아팠다. 이 경기를 마지막으로 우리의 대회는 끝이 났다. 최종 순위는 3위였다.

우리를 꺾은 일본은 결승전에서 쿠바에게 10 대 6 승리를 거둬 초대 챔피언 자리에 올랐다. 우승을 차지한 일본의 총 전적은 5승 3패였고, 준우승을 거둔 쿠바의 총 전적 역시 5승 3패였다. 우리의 성적은 6승 1패였다. 물론 3위라는 성과도 굉장한 것이었고 성적을 떠나 매 경기 놀라운 승부를 펼친 우리였지만, 아쉬움이 남는 것은 어쩔 수 없다.

하지만 내가 마지막으로 출전한 국제 대회에서 팀도 6승 1패라는 좋은 성적을 거뒀고, 나 역시 1승 3홀드라는 좋은 결과를 올릴 수 있었던 것에 만족한다. 당시 37세였던 나는 2006 WBC 이후 더는 태극마크를 달지 못했지만, 이 대회를 통해 국가대표 경력을 마무리 지을 수 있었다는 것이 참 다행이라는 생각이 든다.

한국 야구사의 한 페이지를 장식한 2006 WBC의 일원이 될 수 있어서 정말 행복했다. 함께 놀라운 결과를 만들었던 드림팀 동료들은 요즘 어떻게 지내는지 궁금하고, 가끔 보고 싶기도 하다. 치열한 승부의 나날 속에서도 웃고 떠들며 즐거웠던 2006년의 3월이 지금도 생각난다.

코리안 몬스터 류현진
그와 나를 연결해준 체인지업

"돼지야~"

내가 그 선수를 부를 때 사용하는 애칭이다. 녀석도 이제 서른이 훌쩍 넘었고 가정을 이뤄 아버지가 되었으니 좀 더 품위 있는 애칭이 필요할 것 같지만, 나는 언제까지나 애정을 듬뿍 담아 그렇게 부르고 싶다.

그는 나와 같이 한화 이글스에서 선수 생활을 했고, LA 다저스 유니폼을 입고 메이저리그에 진출해 맹활약한 뒤 토론토 블루제이스로 팀을 옮긴 류현진 선수다. 내가 일본, 미국 생활을 마치고 한화로 돌아온 2006년 현진이는 한화에 입단한 고졸 신인이었다.

입단 첫 해부터 선발투수로서 풀시즌을 소화하며 주어진 역할을, 아니 그 이상을 해낸 슈퍼 루키였다. 신인이었지만 마운드 위에서 여느 베테랑 못지 않게 자신감과 여유가 넘쳤고, 승부 자체를 즐길 줄 아는 패기가 있었다.

하지만 아무리 훌륭한 투수라도 경기에 등판할 때마다 승리를 거둘 수는 없는 법. 현진이도 가끔은 난타를 당해 패배를 기록하기도 했고, 눈부실 정도의 뛰어난 피칭을 보이고도 그에 합당하지 않은 안타까운 결과를 떠안을 때도 있었다. 야구는 결코 혼자 잘했다고 승리를 가져갈 수 없는 스포츠다.

보통 투수의 개인 성적 중 승리와 패전이 가장 크게 느껴지지만, 결과가 아니라 경기 내용적인 면에서 본다면 얼마나 많은 이닝을 소화하며 팀의 리드를 지켜줄 수 있는지, 얼마나 적은 투구수로 효율적인 피칭을 하며 상대 타선을 요리할 수 있는지 역시 매우 중요하다.

투수는 자신이 가장 중요하게 생각하는 것, 팀에 기여할 수 있는 부문 등 선수 본인이 목표를 정립할 필요가 있다. 그런 면에선 현진이는 참 욕심이 많고 현명한 선수였던 것 같다. 언젠가부터 훈련을 하거나 경기 전에 몸을 풀 때 체인지업을 가르쳐달라며 나에게 다가오곤 했다. 나는 장난스레 받아쳤다.

"류현진이 제일 존경하는 투수 송진우 선배님이 바로 저기

계신데, 왜 나한테 와서 체인지업을 가르쳐 달라고 할까?"

"아, 네…… 진우 선배님께는 이미 갔다 왔죠. 그런데 선배님한테도 한 번 배워보고 싶어서요."

넉살 좋게 웃으며 다가오는 현진이에게 그렇게 말했던 건 사실 나 역시 진우 선배로부터 체인지업을, 서클체인지업을 배웠기 때문이다. 그러니까 이글스의 서클체인지업이 송진우-구대성-류현진으로 이어진 셈이다.

현진이는 시합 전 매일같이 귀찮게도 내 옆에 들러붙어 캐치볼을 하자고 졸라댔다. 그때 나와 현진이의 나이차가 무려 열여덟 살이었다. 19세 고졸 신인이 37세 노장에게 끈질기게 찾아와서 뭘 같이 하자고 하는 게 쉬운 일이 아니었을 텐데 현진이는 달랐다. 대선배에게 다가가는 게 영 불편하고 어려운 일이었을 것 같은데, 더 배우고 싶은 열정 앞에서 그 정도는 전혀 문제가 아니었나 보다.

그러고 보니 1995년 일본에서 열렸던 한일 슈퍼게임이 생각난다. 경기가 끝난 후 통역관이 내게 와서 '구대성 선수 투구폼이 일본 선수들에게 쉽게 읽힌다고 하네요'라는 거다. 어디서 그런 말을 들었냐고 물어봤더니 일본 선발팀의 수장 호시노센이치 감독이라고 했다.

나는 궁금한 마음에 통역관에게 부탁해 호시노 감독님을 찾아갔다. 내 폼이 일본 타자들에게 어떻게 읽힌다는 것인지 궁금했다. 호시노 감독은 자신이 그런 것까지 파악할 수는 없고, 상대 선수들을 잘 체크, 분석하는 코치가 있다며 그분을 우리에게 불러다 주셨다.

이어진 질문과 답변 속에서 난 일본 타자들이 내 폼을 통해 내가 던질 구종을 미리 알아채는지 깨달을 수 있었다. 나는 그렇게 생각한다. 모르는 게 있으면 물어봐야 한다. 그리고 배워야 한다. 야구선수에게 자신만의 고집이 필요한 경우도 있지만, 자기중심적인 생각에 갇히면 그것이 아집이 되어 발전을 막게 된다.

아무튼 난 그 뒤로 며칠 동안 현진이와 캐치볼을 하며 체인지업을 알려주었다. 어찌 보면 겨우 그 며칠 동안의 가르침이 전부다. 현진이에게 이것저것 알려줬지만, 그것을 새겨듣고 시도해보면서 자신만의 것으로 습득해낸 건 오롯이 그의 몫이다.

앞서 짧게 밝힌 바 있지만, 내가 현진이에게 알려준 체인지업은 사실 김시진 감독님의 것이기도 하다. 2006년 WBC에 출전하기 전, 미국 플로리다 스프링 캠프에는 MLB의 뉴욕 메츠와 KBO의 현대 유니콘스 팀이 와 있었다.

나는 메츠와의 재계약이 확정되지 않은 터라 현대 팀에서 함께 연습하는 시간이 많았다. 당시 현대의 투수 코치였던 김시진 감독님이 두 가지 체인지업을 가르쳐줬다.

하나는 다섯 손가락을 사용해 독수리 발톱처럼 공을 잡고 던지는 빠른 공, 다른 하나는 독수리 발톱처럼 공을 잡는 것은 같으나 가운뎃손가락을 들고 던지는 일명 'F*** You Ball'이었다.

구속은 느리지만 팜볼(Palm Ball)보다는 빠르고 더 많이 휘어져 타자들이 쉽게 공략할 수 없는 공이었다. 내게는 그 공이 더잘 맞았고, 그 자리에서 어느 정도 구사해낼 수 있었다. 곧 열린 WBC 대회에서도 효과적으로 활용했고, 이후 선수 생활 내내 쓰임새가 많았던 그 체인지업이었다.

현진이는 체구에 비해 손이 작아 김시진 감독님 스타일의 다섯 손가락을 모두 이용해 던지는 체인지업이 잘 맞았던 것 같다. 그리고 본인에 맞게 연습하면서 자신만의 체인지업으로 발전시켜 나갔다.

난 현진이에게 공이 잘 안 떨어지면 손목을 틀어보기도 하고잘 떨어지면 직구와 같은 방식으로 던져보는 등 변화를 주면서 해보라고 했다. 현진이가 스스로 생각하면서 구종을 연마할 수 있도록 질문을 건네기도 했다.

"현진아, 야구공에는 몇 개의 실밥이 있지?"

갸우뚱하며 대답 없이 바라보는 현진이에게 투수는 야구공의 실밥을 하나하나 잡아보는 것이 중요하다고 설명해주었다. 그렇게 하다 보면 나에게 잘 맞아 떨어지는 위치를 찾을 수 있기 때문이다. 훌륭한 투수들은 항상 손에서 공을 놓지 않는다. 야구장 안에서나 밖에서나 공이 손을 떠나게 두어서는 안 된다.

공의 방향이 실밥을 잡는 위치에 따라 달라지는 원리를 마그누스 효과(Magnus effect: 원통형 혹은 구형 물체가 기체 속에 잠긴 채 회전하고, 물체와 기체 사이에 상대 속도가 존재할 때 회전체의 속도에 수직 방향의 힘이 발생하는 현상)라고 하는데 투수의 손과 공의 마찰력을 높여줘 공에 힘이 더 잘 실리며 그로 인해 회전력이 강해진다.

"현진아, 야구공 실밥은 총 108개야. 108개의 실밥을 하나씩 다 잡고 던지다 보면 너에게 잘 떨어지는 위치를 찾아낼 수 있을 거야. 계속 잡고 연습해봐. 시합할 때도 꼭 한 번 테스트해봐. 실전에서 타자를 상대로 던져보는 것이 정말 중요해."

나는 이런저런 조언을 해주었지만, 결국 그 조언을 체득하는 것은 선수 자신이다. 해내겠다는 선수의 의지가 그 무엇보다 중요한 것이다. 계속 해도 안 되는 선수가 있는가 하면, 하루이틀 해보고는 안 된다고 포기하는 선수도 있다.

또한 될 때까지 연습하고 반복해서 자기 것으로 만드는 선수도 있고, 겨우 몇 번에 간단히 터득하고 바로 활용하는 선수도 있다. 그러나 가장 중요한 것은 하고자 하는 마음, 발전하려는 마음이 있느냐 없느냐다. 그런 마음가짐이 있어야 두려움 없이, 부끄럼 없이 묻고 배워 자신만의 무기로 장착할 수 있는 것이다.

류현진 선수는 워낙 습득력이 좋았고, 꾸준한 연습을 통해 자신의 것으로 만들어나가는 능력 역시 뛰어났다. 서클체인지 업이라는 확실한 무기를 얻은 후 경기 내용도 좋아졌고 결과 역시 따라왔다.

야구팬들을 놀라게 하며 2006년 신인왕과 MVP를 동시에 석권했다. 3개의 투수 부문에서 수위를 차지하는 트리플크라운(다승 1위 18승, 평균자책점 1위 2.23, 탈삼진 1위 204개)도 달성했다. 한국프로야구 사상 손에 꼽히는 괴물 신인의 압도적인 데뷔 시즌이었다. 나는 그의 첫해를 가장 가까이서 지켜볼 수 있었다.

시간이 지나 현진이가 메이저리그로 진출하며 미국으로 떠나고, 나는 한국에서 은퇴한 후 호주로 건너오게 되면서 서로 먼 이국 땅에서 새 삶을 살아가게 되었다. 그렇지만 2014년 호주 시드니에서 현진이를 다시 만날 수 있었다.

그해 메이저리그 개막전이 사상 최초로 호주에서 열리며 시드니 크리켓 그라운드 경기장에서 현진이의 소속팀인 LA 다저스와 애리조나 다이아몬드백스가 맞붙은 것이다. 인터넷을 통해서만 소식을 접할 수 있었던 후배를 다시 볼 수 있어 무척 반가웠다.

메이저리그에서도 존재감을 드러내며 인정받기 시작한 녀석이 나를 찾아와 커브 등 변화구 이것저것에 대해 물어보는 것이 뿌듯하고 기특했다. 아주 잠깐 주어진 짧은 시간에서도 하나라도 더 배워가겠다는 마음으로 연신 질문을 해대는 그의 모습이 참으로 존경스럽고 멋있어 보였다.

한참 어린 후배이지만, 메이저리그 정상급 투수로 성장한 현진의 모습이 흐뭇하고 자랑스러웠다. 현진이는 가끔 인터뷰를 통해 자신에게 체인지업이라는 큰 선물을 주신 '스승'이라고 날 소개한다. 난 그런 소리를 들을 때마다 고개를 저으며 말한다.

내가 현진이의 좋은 스승이라기보다는, 류현진이라는 훌륭한 선수가 나를 멋진 스승으로 만들어준 것 같다. 그의 주무기가 된 서클체인지업에 크고 작은 도움을 줄 수 있었다는 사실이 내게도 무척이나 뜻깊은 일이 아닐 수 없다.

앞으로도 한국을 대표하는 최고의 투수로서 더 많은 역사를 써내려 가기를 선배 구대성이 진심으로 응원한다.

STRIKE3. 마무리 ^{Closer}

더 던지고 싶었기에 찾아간 낯선 땅 호주

차별은 문화가 될 수 없다

질롱 코리아, 지도자 변신에 도전하다

50대 아저씨 구대성의 하루

Closer: 경기의 후반부, 마운드에 올라 팀의 승리를 수호해야 하는 중책을 맡는 투수를 말한다. 결과에 따라 소방수가 되기도, 방화범이 되기도 하지만, 팀에서 가장 믿음직한 선수 한 명이 이 자리를 지킨다.

더 던지고 싶었기에
찾아간 낯선 땅 호주

2007년 시즌 종료 후, 왼쪽 무릎 인대 수술을 받게 되었다. 선수 생활 내내 크고 작은 부상이 끊이지 않았지만 그때마다 고비를 잘 넘기며 커리어를 이어올 수 있었다. 어떤 부상을 입더라도 수술, 치료, 재활을 거쳐 다시 그라운드로 돌아왔기에 부상을 당했다는 사실 자체에 크게 좌절하지는 않았던 것 같다.

그렇지만 이번은 느낌이 좀 달랐다. 이 무릎 부상과 수술은 내 선수 경력의 마지막을 알리는 어떤 종료 신호처럼 심각하게 느껴졌다. 나이도 그렇고 팔, 어깨, 허리, 탈장 등등 많은 부위를 다치고 수술하다 보니 그나마 멀쩡하게 남아 있던 곳 하나가 무릎이었는데, 그것도 이제는 시간이 됐구나 싶었다.

12월의 어느 날, 무릎 인대에 아킬레스건을 교체하고 철심 4

개를 박는 큰 수술을 치렀다. 이듬해 6월 1군 무대에 복귀할 때까지 꼬박 6개월이라는 시간이 필요했다. 대개 이 정도의 수술을 받으면 1년 정도의 재활 기간이 예상되는데 나는 더 일찍 복귀해 선수 생활을 이어가고 싶었기에 페이스를 빠른 속도로 끌어올렸다.

하지만 그게 화근이었을까? 마흔에 가까운 나이 그리고 부상과 수술의 심각한 정도를 고려하지 않고 무리하게 재활기간을 단축했던 것이다. 부상이 없다고 해도 신체 능력이 저하되어 내리막길로 접어드는 게 자연스러운 나이에 너무나 큰 부상과 수술을 만났다.

매번 부상을 이겨내고 돌아올 때마다 나 자신에 대한 믿음은 흔들림 없이 굳건했고, 곧 다시 잘 할 수 있을 거라는 긍정적인 마음을 품었지만 이번만큼은 뜻대로 잘 되지 않았다. 2008년 6월, 나의 복귀 소식에 구단과 팬들은 들뜬 마음으로 기대감을 나타냈지만, 나는 기대치에 미치지 못하는 퍼포먼스를 보였다.

내 성적은 최고의 좌완 마무리투수로 꼽혔던 과거의 명성에 걸맞지 않았고 팀의 승리를 지키지 못하는 날도 늘어갔다. 뒷문을 제대로 못 지키는 마무리투수가 되어버렸고 세이브 기록 역시 변변치 않았다. 결국 호주에서 온 외국인 투수 브래드 토

마스에게 클로저를 내주게 됐고, 팀 내에 설 자리가 없어지고 있다는 것을 여실히 느낄 수 있었다.

냉정하게 지금 현재의 실력으로는 한국프로야구 무대에서, 한화 이글스라는 팀에서 당당히 한 자리를 맡는다는 것이 당연하지 않은 상황이었다. 이기고 있는 경기에서 마운드에 오르는 횟수가 줄어들 수밖에 없었고, 먼저 등판을 자청하기도 어려운 성적이었다.

내가 좋아하는, 사랑하는 야구를 하면서 그 무엇보다 간절히 원했던 것은 시도 때도 없이 마운드에 올라 공을 뿌려대는 것이었는데, 그런 기회가 줄어든다는 것이 나를 너무나 괴롭고 비참하게 만들었다. 야구 선수로 살면서 그런 참담한 괴로움을 피부로 실감했던 것은 그때가 처음이었다.

물론 그 애달픈 감정을 겉으로 드러내지는 않았다. 그러한 현실도 뼈아픈데, 그것이 밖으로 꺼내어져 다른 이들에게 전해진다는 것은 더더욱 견딜 수 없는 일이었다. 야구선수 구대성의 자존심을, 적어도 나만큼은 끝까지 지켜주고 싶었다.

과거 학창시절 어려운 형편 때문에 쉰 밥을 씻어서 먹고 운동을 했던 적이 있었다. 쉰 밥을 먹으면 배탈이 난다는 것쯤 모를 나이도 아니었지만, 일단 허기를 달래야 힘을 내서 운동을 이어갈 수 있었으니 그렇게 했던 것이다.

선생님이나 동료들에게 사정을 털어놓고 밥 한 끼 얻어 먹을 수도 있었을 텐데 그깟 자존심이 뭐라고 배탈을 자초해가며 야구를 해왔다. 그만큼 좋아했던 야구를 내려놓아야 하는 시기가 오고 있다는 생각이 견디기 버거웠다.

여전히 야구에 대한 갈증과 허기가 남아 있었기 때문이다. 비슷한 때에 활약했던 동료들이 이미 지도자로 변신했거나 지도자 수업을 받고 있었고, 해설위원 등으로 방송에 진출하기도 했지만, 나는 다른 이름을 달고 야구장을 찾고 싶지 않았다. 오직 선수로서, 투수로서만 그라운드에 남길 바랐다.

단단한 아킬레스 힘줄로 무릎 수술 부위를 교체했지만, 투구 시 무릎을 많이 사용하는 내게는 너무나 질기고 단단한 힘줄이어서 적합하지 않은 듯했다. 수술, 재활 후에도 통증이 사라지지 않는 걸 보니 내 느낌이 맞았을 거다.

2008년 받아들인 성적표는 2승 3패 9홀드라는 평범한 성적이었고, 세이브는 단 한 개도 올리지 못했다. 자존심에 커다란 상처를 입은 시즌이었다. 다음해 2009 시즌은 그렇게 보낼 수 없다는 마음에 절치부심하여 겨울을 보냈다.

시즌 초반은 지난해와 마찬가지로 페이스가 좋지 않았다. 마운드에 오를 때마다 안타를 맞기 일쑤였고, 승패 없이 홀드만 몇 개 올렸을 뿐이다. 그러나 그렇게 주저 앉고 싶지 않았다. 반등을 노리며 무릎 통증과 싸워가면서 최선의 노력을 다했다. 죽든 살든 나와의 끝장 승부를 내보자는 마음이었던 것 같다.

후반기 들어 좋은 모습을 연속해서 보이자 이런저런 기사가 많이 나왔다. '구대성, 완벽한 부활일까? 다시 추락일까?' 같은 헤드라인이 많았다. 성적을 떠나 내 나이는 마흔을 향하고 있었고, 팀에서도 리그에서도 손에 꼽히는 노장이 되어 있었다. 통증을 참아가며 마운드에 오르는 동안 내 정신은 누더기가 됐다.

이제 더는 설 자리가 없다는 사실을 받아들여야만 하는 상황이 눈 앞에 그려졌다. 하지만 그때도 난 너무나 야구가 간절했다. 욕심이라고 할 수도 있겠지만, 어떤 전환점을 맞는다면 다시 내 구위를, 내 명예를 회복할 수 있을 거라고 믿었다.

그러던 어느 날 호주에 사는 막내 처제가 전화를 걸어 왔다.

"형부, 여기 시드니 야구장에 형부 이름이 새겨져 있네요?!"

시드니 블랙타운스타디움 야구장에는 2000년 시드니 올림픽 야구 메달리스트들을 기념하기 위한 공간이 마련되어 있는데, 그곳에 새겨진 내 이름을 보고 처제가 전화를 건 것이었다.

그날 처제는 경기장을 둘러보다 야구 관계자들을 만나게 되었고, 자랑하듯 나에 대한 얘기를 늘어놓았다고 했다. 얘기를 들은 관계자들은 2010년부터 호주에도 야구 리그가 부활한다는 소식을 전해주었고, 한국에서 그런 훌륭한 선수가 와서 뛰어준다면 호주 야구 발전과 부흥에도 도움이 될 거라며 내게 메시지를 전해달라고 했다는 것이다.

현역선수로서 좀 더 오래 뛰고 싶었던 나는 생각지도 못했던 호주 리그에 대해 진지하게 고민하기 시작했다. 구단에 한 달 정도 휴가를 요청하고, 2010년 6월 호주 프로야구 리그 (Australian Baseball League) 사무국이 있는 브리즈번으로 날아갔다.

벤 포스터 총재를 만나 면담을 가졌고, 희망 구단에 대해서도 의견을 나눌 수 있었다. 나는 딸과 아들이 유학 중이었고, 처제 가족이 오래 전부터 생활하고 있었던 시드니 팀에서 뛰고 싶다는 의사를 전했다.

6개 구단 체제로 출범한 ABL의 첫 시즌은 2010년 11월부터 2011년 1월까지 3개월간 열리게 되었고, 나는 한국에서의 선수 생활을 정리하고 호주 시드니로 이동했다. 한국프로야구 한화 이글스에서는 공식 은퇴한 것이었지만, 은퇴와 동시에 새 팀을 찾게 됐으니 새로운 해외 리그 구단으로 이적하는 기분과 비슷했다.

내가 입단하게 된 시드니 블루삭스 팀에는 반가운 얼굴이 기다리고 있었다. LG, 롯데, KT 등 3개 팀에서 활약해 한국 야구팬들에게도 친숙한 크리스 옥스프링 선수였다. 그는 MLB, NPB, KBO 등 다양한 리그에서 활동한 경험을 살려 팀 내에서 선수 겸 코치 역할을 맡고 있었다.

내 보직은 한국에서와 마찬가지로 클로저였다. 일본과 미국에서 활동하며 타지 생활이 익숙했던 나지만, 다시 한국으로 돌아온 후 5년여 만에 새롭게 해외 리그를 경험하게 되니 현지 적응이 쉽지 않았다. 언어도 음식도 문화도 다른 낯선 땅에서 새로운 인생과 야구에 도전한다는 것이 녹록하지 않았다.

일본이나 미국에 진출했을 때는 구단이 나를 원해서 좋은 대우로 '모셔 갔던' 상황이었지만, 호주 생활은 모든 것이 완전히 달랐다. 과거 제공 받았던 주택과 통역 같은 혜택은 생각도 할 수 없었고, 연봉 역시 한국, 일본, 미국에서 받았던 금액과는 커다란 차이가 있었다.

교통비, 식대를 해결할 수 있는 정도의 용돈 같은 적은 연봉이었지만, 현역 선수로서 내가 좋아하는 야구를 원 없이 더 해 보고 싶어 선택한 것이었기에 그 정도의 변화는 감수할 수 있었다. 그다지 불만스러운 것도 없었고, 오히려 하나하나 개척해 나가야 한다는 것이 기분 좋은 긴장감으로 다가오기도 했다.

나 혼자만의 힘으로 수월히 호주 생활을 시작할 수 있었던 것은 아니다. 이곳에서도 많은 분들의 도움을 받았다. 시드니 홈 경기 때는 교민이나 유학생들이 통역 등 자원봉사를 지원해 나를 도와주곤 했다. 일면식도 없는 분들이었지만 같은 한국인이라는 이유로, 야구를 좋아한다는 이유로 이제 막 호주에 온 구대성을 지나칠 수 없었던 것 같다.

공식적으로는 ABL이 프로 리그이기는 하지만, 한국프로야구 KBO처럼 모든 선수들이 직업 야구 선수인 것은 아니었다. 거의 모든 선수들이 야구 외에 다른 일자리를 갖고 있어서 직장에서 퇴근한 후 야구장으로 달려온다. 다양한 직업의 사람들이 모여 팀을 이루는 사회인 야구 느낌도 있다.

포토그래퍼인 선수는 시즌 전 팬북을 제작할 때 직접 동료들의 프로필 사진을 찍어주기도 하고, 본업이 요리사인 선수는 구단에서 다 같이 식사를 할 때 바비큐를 구워주기도 한다. 배관공, 엔지니어로 일하는 선수들은 동료나 구단 관계자들의 집 수리를 돕기도 한다.

트레이너는 은퇴한 지 꽤 되었으나 그저 야구가 좋아 무급으로 자원봉사를 했다. 그의 지인 한 사람은 바리스타인데, 경기가 있는 날이면 운동장 밖으로 트럭을 몰고 와서 선수들에게 음료를 대접했다. 야구라는 공통분모 아래 모인 친목 단체 같기도 했고, 흔히 생각하는 프로야구의 비즈니스와는 느낌이 많이 달랐다.

경기는 목요일부터 일요일까지 4일간 연속으로 열렸다. 월화수는 휴식일, 이동일 개념이었다. 만약 비로 경기가 취소되면 다음날 더블헤더로 2경기가 진행됐다. 넓은 나라여서 원정 경기를 치를 때면 비행기로 이동하기 때문에 항공편 시간을 고려해 일요일 경기는 이른 낮에 시작해 오후 5시가 되면 종료되는 시간 제한이 있었다.

목금토 경기는 시간 제한 없이 승패가 갈릴 때까지 연장전이 이어지는 끝장승부로 열렸다. 한 번은 비로 경기가 중단되었다가 그치면 다시 속개되기를 반복해 자정을 훌쩍 넘긴 깊은 새벽에 경기가 끝나기도 했다. 30년 넘게 야구를 하면서도 경험해보지 못한 색다른 추억으로 남아 있다.

2010 시즌 내가 속한 시드니 블루삭스는 페넌트레이스 1위로 시즌을 마치고, 팀이 좋은 성적을 거두는 데 어느 정도의 역할을 해냈다. 2승 1패 12세이브를 거뒀으며, 평균자책점은 1.00이었다. 18경기 27이닝을 소화하는 동안 피홈런은 제로였다.

우리는 2위 팀 퍼스 히트와 포스트시즌에서 맞붙었다. 3전 2승제로 치러지는 플레이오프에서 1승 1패를 주고 받았고, 3차전은 1 대 1로 진행되었다. 나는 동점 상황이던 9회 마운드에 올라 15회까지 6이닝을 던졌지만 결국 패전의 멍에를 썼다.

다리 수술 후 그렇게 많은 이닝을 소화한 건 처음이었다. 나이 앞에 장사 없다고 11회부터 지친 기색이 역력했지만 팀과 동료들은 큰 경기 경험이 많은 나를 온전히 믿어줬다. 하지만 끝내 15회를 버티지 못하고 실점해 우리 팀은 준우승에 머물렀다.

그러나 아쉬움은 잠시였고, 이내 즐거운 분위기가 찾아왔다. 첫 시즌을 무사히 잘 마쳤다는 안도감과 정규 리그 우승에 포스트시즌 준우승이라는 좋은 결과를 얻었다는 성취감이 더 크게 다가왔다. 한국에서 준우승은 성공보다는 실패에 가까운 느낌이지만, 호주에서는 그렇지 않았다.

우린 한 선수가 운영하는 펜션에 가서 함께 수영도 하고 낚시도 하고 바비큐도 구워 먹으며 즐거운 시간을 보냈다. 첫 시즌을 잘 보냈다고 서로가 서로에게 감사와 격려의 뜻을 전하는 일종의 파티였다.

호주 리그 첫 해 이방인으로서 생활하며 내가 지금까지 경험해보지 못한 야구가 있음을 알게 됐다. 승부와 결과에만 주목하는 차가운 야구가 아니라, 조금은 여유롭고 따뜻한 마음으로도 야구를 대할 수 있다는 걸 깨달았다.

승부의 세계에서 치열히 살아왔던 내게 토닥토닥 어깨를 두드려주며 이렇게 즐기면서 야구하는 것도 괜찮지 않냐며 위로를 건네는 듯한 새로운 느낌이었다.

내가 호주에 온 이후로 여러 한국 선수들이 ABL을 경험하게 됐고, 프리시즌을 준비하는 미국, 일본, 대만 선수들도 이곳을 다녀갔다. 처음 호주 땅을 밟았을 때는 시드니에서 선수로서 얼마나 더 시즌을 보낼지 짐작할 수 없었지만, 무려 5년간 선수로 활약했고, 2016년부터는 정식으로 코치 생활을 시작하게 됐다.

가끔 한국, 일본, 미국, 호주 4개국에서 선수로 활동한 내게 각국의 야구, 야구문화가 어떻게 다른지 비교해달라는 질문이 들어온다. 평범하고 쉬운 질문처럼 들리지만, 간단히 대답할 수 있는 내용은 아니다. 내 경험만으로 각국의 리그를 평가하고, 야구문화를 정의 내리는 것 역시 조심스러운 부분이 있다.

어떤 나라의 야구가 제일 선진적이고 강하냐고 묻는다면, 당연히 역사와 규모 면에서 비교불가인 미국의 메이저리그를 꼽을 수밖에 없겠지만, 그렇다고 메이저리그의 모든 것이 다 우수하고 월등하다고 생각하지는 않는다.

한국에도, 일본에도 각각 최고로 내세울 만한 다른 장점과 강점이 있다. 또한 역사도 짧고 경쟁력도 부족한 호주 ABL에도 분명 배울 만한 가치와 매력이 있다.

나라마다 환경과 문화, 언어가 다르듯이 야구 역시 제각각 색깔이 다른 것이지 어디가 야구선진국이니 후진국이니 하는 식으로 쉽게 얘기하고 싶지는 않다.

베이스볼이라는 이름은 같지만 그 아래에는 색상과 형태가 다른 다채로운 야구의 세계가 있다고 생각한다. 그리고 그 안에서 열정과 패기를 내뿜으며 피와 땀을 흘리는 선수들이 있으며, 그들에게 아낌없는 응원의 박수를 보내는 팬들이 있다.

불혹의 나이에 그저 더 던져보고 싶다는 마음으로 밟게 된 낯선 땅 호주. 나는 이곳에서 새로운 야구를 만날 수 있었다. 승패라는 결과가 야구에 있어 매우 중요한 요소임은 부정할 수 없다.

그러나 때로 야구는 승부 그 이상의 무언가를 담아내기에 그 매력과 가치가 사람과 사람 사이에 고스란히 전해지고 이어지는 게 아닐까? 호주는 내게 야구의 따뜻함을 알려준 뜻깊은 나라로 오래도록 기억될 것 같다.

차별은 문화가 될 수 없다

2020년은 세계 곳곳에서 큰일이 정말 많이 일어났다. 수많은 사람들에게 아픔을 남긴 한 해로 기억될 듯하다. 아직까지도 끝이 보이지 않는 코로나19 바이러스는 물론이고, 내가 살고 있는 호주에서는 연초부터 대형 산불 사고가 잇달아 터져 많은 동물이 목숨을 잃고 대자연이 훼손되었다.

파란 하늘로 유명한 호주였는데 몇 달간은 매캐한 공기와 뿌연 연기로 크게 숨을 들이쉬는 것조차 힘들었다. 5월엔 미국에서 경찰의 과잉진압으로 한 흑인이 죽음을 당해 세계 각국에서 인종차별에 반대하는 시위와 집회가 이어졌다. 21세기로 접어든지 20년이나 지났음에도 인종차별 문제는 나아질 기미가 보이지 않는다.

나 역시 이역만리 먼 곳 호주에서 새로운 삶을 시작한 이래 크고 작은 인종차별을 경험했다. 호주에 온지 얼마 되지 않았을 때의 일이다. 아내가 집밖을 나서다 옆집 이웃이 주고받는 얘기를 들은 것이다.

"엄마, 옆집에 새로 이사 온 사람들은 누구야?"

"응, 그냥 노란 원숭이들이야."

마당에서 놀던 아이들이 우리 가족에 대해 호기심을 나타내자 엄마라는 사람이 답한다는 것이 그랬다. 아내는 그 말을 듣고 큰 충격을 받았다. 그 이야기를 전해 들은 나 역시 화가 났지만 이제 막 새로운 곳에서의 삶을 시작하는 마당에 이웃과 문제를 일으키고 싶지 않아 어쩔 수 없이 넘어갔던 기억이 난다.

이곳 호주에서는 코로나19 바이러스가 세계로 확산되기 시작했을 때, 마치 중국의 우한과 한국의 대구, 두 도시가 이 전염병의 진원지인 것처럼 보도해 기분이 좋지 않았다.

한국, 중국, 일본 등 동아시아인을 대상으로 하는 범죄와 공격도 심심치 않게 일어나 되도록 외출을 삼가면서 집에서 시간을 보내는 일이 많아졌다. 코로나 이전까지는 아무렇지 않았던 사람들의 시선이나 표정이 사뭇 달라진 것 같은 느낌을 받기도 했다.

처음 호주 시드니에 와서 블루삭스 팀에서 선수 생활을 시작할 즈음에도 작은 트러블이 있었다. 팀의 마무리투수인 나는 등판을 앞두고 불펜에서 몸을 풀고 있었는데, 한 선수가 벽에 붙은 나방을 보면서 "헤이~ 쿠! 저 나방 좀 먹어봐"라고 말했다. 당연한 얘기지만, 단순한 장난으로 느껴지지 않았다.

내가 아시아의 한국에서 왔기 때문에 당한 모멸적인 언행이었다. 마치 우리나라에서는 이런 것도 먹을 거라는 듯 조롱하는 것이었다. 난 그 나방을 잡아서 그 녀석 입에 들이대며 얘기했다.

"응, 알겠어. 일단 너 먹는 거 보고 그 다음에 먹어볼게."

포수를 맡고 있던 가이라는 녀석도 내게 심심치 않게 장난을 치곤 했다. 투수와 포수로 호흡을 맞추다 보니 잘 지내는 게 중요했고 성격이 워낙 활발한 친구라 장난을 걸어오면 나도 대수롭지 않게 받아주는 편이었다.

그런데 하루는 자꾸 몇 번씩이나 반복해서 내 뒤통수를 건드리는 거다. 녀석은 심지어 내 딸과 나이가 같은 갓 스물이 넘은 친구였는데, 말로 해서는 도통 듣지 않았다. 난 결국 완전히 폭발해 큰 소리로 경고했다.

난 누가 내 머리에 손대는 거 장난으로 생각하지 않는다고, 한국에서는 남의 머리를 건드리는 일은 굉장히 무례한 일이라고 설명해줬다. 다행히 그 다음부터는 행동에 변화가 있었고, 더 편하게 친하게 잘 지냈다.

코리안 바비큐 레스토랑도 같이 가고 서로 호주에 대해, 한국에 대해 잘 알려주면서 가깝게 지냈다. 하지만 그 때 그 이름도 기억나지 않는 '나방' 녀석은 그 이후 나와 말도 한 마디 섞지 않았고 얼마 지나지 않아 팀을 완전히 떠나게 됐다.

호주에서만 이런 일이 있었던 건 아니다. 일본에서도 비슷한 일이 없지 않았다. 한참 열심히 연습하고 있는데, 한 녀석이 나에게 다가와 "구, 어제 또 고기 먹었어? 너한테 마늘 냄새 엄청나"라고 하는 거다. 말만으로도 기분이 좋지 않았는데, 코에 손을 대고 흔들면서 떠들어대는 모습이 불쾌해 한 마디 붙여줬다.

"야, 냄새는 네가 더 많이 나" 그때 그 선수가 반한, 혐한 감정을 드러냈다고까지 생각할 수는 없겠지만, 음식으로 인한 냄새를 언급하면서 외국인을 웃음거리로 삼는 건 어떻게 봐도 좋은 배너는 아니다.

일본에서 만난 사람들이 다 그 선수 같지는 않았다. 오릭스 입단 첫해 스프링캠프에서 처음 만난 일본 선수들은 대개 친절하게 다가와주었고, 가네다 마사히코 선수는 비록 한국말을 하지는 못하지만 자기도 나와 같은 한국 사람이라며 여권을 보여주기도 했다.

한 번은 전지훈련 식사 때 김치가 반찬으로 나와서 그걸로 김치찌개를 끓여 오릭스 팀 동료들에게 대접한 적이 있다. 너무 맵다면서 먹지 않는 선수도 있었지만, 한두 번 먹다 보니 매운맛에 적응이 되었는지 나중엔 김치찌개를 즐겨먹는 이들도 생겼다.

한국 음식에 관심을 보이는 동료들 몇몇과는 함께 한국 식당에 가서 맛있는 음식을 먹으며 즐거운 시간을 갖기도 했다. 마늘 냄새 난다고 놀려댔던 선수도 훗날 식당에 데려가 고기와 함께 마늘을 구워줬다.

메이저리그 뉴욕 메츠에서는 국적도, 인종도 각기 다른 다양한 배경을 가진 선수들과 함께 생활했는데, 특히 마이크 캐머런 선수와의 에피소드가 기억에 남는다. 그는 나를 부를 때 비둘기 울음소리 흉내를 내면서 '구구우우~ 구구우우~'라고 장난을 쳤다. 나는 두 팔을 뻗어 날갯짓으로 반응해줬다.

한 번은 락커룸에서 선수들끼리 복싱을 한 적이 있다. 치고 받는 싸움이 있었던 건 아니고, 말 그대로 권투 시합을 벌인 거다. 복싱 마니아인 에이스 투수 페드로 마르티네스는 항상 사물함에 권투 글러브를 넣어두고 복서가 새도우 복싱하듯이 몸을 풀곤 했는데, 어느날 마이크와 내가 바로 그 페드로의 글러 브로 복싱을 하게 된 것이다.

그때 깜짝 놀랄 만한 일이 있었다. 메이저리그는 선수들의 연봉 차이가 상상 이상으로 크다 보니 고액 연봉자 선수들과 연봉이 낮은 선수들 사이에 보이지 않는 거리가 있다. 아니 어느 정도는 눈에 보이고 피부로 느껴지는 거리감이라고 해도 좋을 것이다.

엄청나게 많은 돈을 받는 선수가 최저연봉을 받는 선수들과 특별히 친하게 지낼 만한 분위기도 아니고 딱히 그럴 만한 이유도 없어 보이는 게 사실이다. 같은 팀이지만 말 한 마디 섞지 않는 선수들도 많다.

그런데 나와 마이크가 권투 시합을 하기 전 콧대 높은 올스타 플레이어 카를로스 벨트란이 내 어깨를 주무르며 응원해주는 게 아닌가? 나뿐만 아니라 우리 팀의 다른 선수들도 놀라기는 마찬가지였다.

권투 외에도 페드로와의 에피소드가 좀 더 있다. 나는 그를 'ET'라고 불렀다. 미디어나 팬들은 지구인의 수준을 넘어서는 듯한 그의 엄청난 실력 때문에 외계인이라고 칭했지만, 그런 이유 때문이 아니라 그냥 그의 독특한 체형 때문에 그렇게 불렀던 것이다.

손가락이 엄청나게 동그랗고 긴데다가, 옷을 벗으면 배가 정말 볼록하게 튀어나와 딱 ET 같은 모습이었다. 그와 나는 영화에서 ET와 소년이 교감하듯 손가락 끝으로 인사를 나눴다. 한번은 캠프 때 아내가 김밥을 만들어줬는데, 페드로와 몇몇 선수들이 맛있게 먹었던 기억이 있다.

거들떠보지도 않는 사람들도 많았지만, 페드로는 어떻게 만드는지 궁금하다고 관심을 보여 함께 한인 식당에 가서 삼겹살, 갈비도 먹고 소주를 곁들이기도 했다. 그때는 영어로 할 수 있는 말이 별로 없었는데 어떻게든 바디랭귀지로 소통하려 노력했고, 그들 역시 내 진심을 잘 받아주었던 것 같다.

물론 좋은 기억만 있는 것은 아니다. 1년이라는 길지 않은 시간을 미국에서 보냈지만, 그 짧은 기간에도 불쾌한 차별적 대우를 받기도 했다. 웬만하면 팀 내에서 문제를 일으키지 않으려고 참고 넘겼는데 한 번은 마이너리그에서 올라온 한 중남미 선수가 자꾸 옆에서 날 툭툭 치며 하고 괴롭히는 거다.

대체 나에게 무슨 악감정이 있어서 그랬는지 짐작조차 가지 않았지만, 아시아인에 대한 무시, 멸시 같은 것은 느껴져 굉장히 화가났다. 나는 결국 폭발해서 옆에 있는 쓰레기통을 집어

들었다. 그 선수에게 던지려는 찰나 다른 팀 동료가 진정하라 며 내 손을 잡았다.

같은 중남미 국가인 도미니카에서 온 바르톨로메 포투나토 선수였다. 그는 나에게 계속 시비를 걸었던 선수를 데리고 자리 를 옮겨 한참을 얘기하더니 함께 내게로 와서 사과하게 했다. 나 는 바르톨로메의 성의를 생각해 그 사과를 받아주었다.

사실 나라, 민족, 언어 등 출신 배경으로 인한 문화 차이는 생각보다 커서 새로운 환경에 적응한다는 것이 쉬운 일은 아니 다. 같은 나라의 리그 안에서 팀을 옮기는 것에도 적응하는 시 간이 필요한데, 나라와 리그가 달라지고 난생 처음 보는 외국 선수들과 한 팀을 이룬다는 것이 어떻게 간단할 수 있을까?

그러나 그런 어려움을 느끼는 나 자신이 그 차이를 받아들이 고 먼저 다가서려는 노력을 하는 것이 중요하다. 남들이 친절히 다가와주고 배려해준다면 그건 그대로 고마운 일이지만, 낯선 땅에 발을 들인 이상 스스로 그 변화 속으로 들어가야 되는 것 이다.

그래서 진심이, 진정성이 필요하고 중요하다. 상대를 존중하 면서 진실하게 대하면 누구든 마음을 열기 마련이다. 물론 열 에 하나, 백에 하나 그렇지 않은 사람들도 있겠지만, 내 인생에 중요하지 않은 이들이라고 넘겨버리면 그만이다.

　지금 내가 살고 있는 호주 시드니도, 한국의 서울, 미국의 뉴욕처럼 곳곳에서 시위와 집회가 끊이지 않는다. 인종 차별, 성별로 인한 차별, 성소수자 차별, 종교적 혐오와 갈등, 노사 갈등 등등 풀어야 할 문제들이 너무나도 많기 때문이다.

　그런 일들이 이 세상에서 완전히 사라지진 않을 것이다. 그렇기에 계속 비슷한 문제가 나오고, 문제를 바로잡으려는 노력도 이어지는 것이리라. 곪았던 감정이 터져 폭력을 행사하는 또 다른 문제가 발생하기도 한다. 하지만 그런 물리적인 대응은 문제 해결을 위한 올바른 접근이라고 생각하지 않는다.

　우리 동네는 다양한 배경을 가진 사람들이 많다. 중국에서 온 사람도 있고, 남미 출신도, 아프리카 출신도 있다. 조금 과장하면 세계인이 한 동네에 모여 사는 느낌이다. 우리는 대부분 만날 때마다 반갑게 웃으며 인사를 주고받는다.

　피부색은 다르지만, 살아가는 모습은 엇비슷해 이웃해서 사는 것이 크게 어렵지 않다. 흰 달걀과 갈색 달걀은 껍질 색깔이 다르지만, 깨트려 보면 똑같이 흰자와 노른자가 들어 있는, 다를 것 없는 같은 달걀이다. 피부색이 다르다는 것이 뭐가 그렇게 큰 차이라고 상대를 낮추고 무시하고 깎아내리는지 모르겠다.

하루 아침에 세상이 확 달라지는 일은 없겠지만, 내가 나를 관대하게 너그러이 대하듯이 타인에게도 이해와 포용을 보여주며 마음의 문을 연다면, 분명 지금보다는 나은 세상이 될 것이라고 생각한다. 나는 늘 더 나은 내일을 꿈꾼다.

불과 몇십 년 전만 해도 미국에는 버스에 백인용 좌석과 흑인용 좌석이 나눠져 있어 자리에 함께 앉을 수 없었다고 한다. 야구 역시 백인들의 전유물이라는 인식이 강해서 1947년 재키 로빈슨 등장 이전까지 메이저리그는 백인 선수들만의 놀이터였다.

지금으로서는 상상도 할 수 없는 말도 안 되는 이런 일들이 겨우 한 세기도 전에 실재했던 사실이다. 하지만 세상은 조금씩 조금씩 좋은 방향으로 움직여 과거보다는 나은 환경이 되어가고 있다. 다음 세대가 걸어갈 길은 과거 내가 지나온 것보다 조금이라도 더 평탄하고 매끄럽기를 아시아인으로서, 아버지로서 그리고 야구인으로서 희망한다.

질롱 코리아,
지도자 변신에 도전하다

시드니 블랙타운 야구경기장, 2000년 시드니 올림픽 동메달결
정전에서 내가 일본을 상대로 역투했던 곳이고, ABL 시드니
블루삭스 홈 구장으로 5년간 연을 맺었던 곳이다. 블루삭스 유
니폼을 벗은 후로는 호주 16세 이하 청소년 대표팀 코치로서
가끔 방문했다.

2018년에는 이곳이 호주 시드니에서 열리는 U-16 세계 청
소년 야구 대회의 주경기장으로 쓰여 몇 번이고 다시 찾을 일
이 있었다. 호주 선수들뿐만 아니라 세계 각국에서 모인 야구
소년들이 땀 흘려 뛰는 모습이 참 보기 좋았다.

그러던 어느 날 누가 내 이름을 부르며 인사를 건넸다. "잘
지냈어? 오랜만이네" 누군가 싶어 멀뚱멀뚱 가만히 있는데, 그

가 다시 입을 열었다. "나 충식이야, 박충식" 내가 좀 그렇다. 사
람들 이름도 얼굴도 잘 기억하지 못한다. 1993년 삼성 라이온
즈에 입단한 프로 데뷔 동기이자 오랫동안 함께 활동했던 잠수
함 투수 박충식이었다.

가족들과 함께 야구장을 찾았다가 특별히 할 얘기가 있어 나
를 찾아왔다는 것이다. 시합이 한창 진행 중이라 길게 얘기할
수 없어 인사만 몇 마디 나누고 경기가 모두 끝난 후 자리를 마
련했다. 그때 그 자리에서 '질롱 코리아'라는 팀에 대한 얘기가
나왔다.

한국에서 야구를 비롯해 다양한 스포츠 비즈니스를 하는 해
피라이징이라는 회사가 KBO 구단에서 방출되었거나 프로 지
명을 받지 못했던 선수들을 주축으로 팀을 만들어 호주 ABL에
가입한다는 얘기였다. 호주에서 함께 야구를 하면서 영어도 배
우고 외국 경험도 쌓는 좋은 기회를 한국의 젊은 선수들에게
제공한다는 내용이었다.

그러면서 선수로 지도자로 호주 야구를 경험한 나를 감독으
로 영입하고 싶다는 제안을 해왔다. 선수로서의 입단 제안은
수없이 많이 받아봤지만, 지도자 자리를 부탁 받는다는 것이
내게는 너무나 생소한 일이었다.

그리고 한국 선수들로만 팀을 만들어 호주 리그에서 경쟁을 한다는 말이 사실 현실감 있게 다가오지 않았다. 우선은 생각을 좀 해보겠다는 답만 남기고 자리를 정리했다. 그리 간단히 확답할 수 있는 제안이 아니었기 때문이다.

훌륭하고 멋지게 감독으로 변신해 팀을 이끌어보겠다는 생각보다는 좋은 취지에서 어렵게 야구하는 후배들에게 작은 보탬이 될 만한 실질적인 지도, 조언 정도는 해줄 수 있겠다는 마음으로 고민 끝에 제안을 수락했다.

시드니에서 관계자들과 미팅을 갖고 자세한 설명을 들을 수 있었다. 이후 한국으로 들어가 박충식 단장과 함께 경기도 곤지암 야구장에서 질롱 코리아 입단을 희망하는 선수들을 대상으로 트라이아웃을 열었다. 선수들이나 관계자 모두 야구에 대한 열정이 넘쳐 흘렀다.

무려 200명 이상의 선수들이 응시했고, 여러 야구인들이 힘을 실어줬다. 모교 한양대 선후배들도 도움을 주었고, 두산 베어스와 대표팀의 타선을 이끌었던 강타자 김동주 선수도 여러 가지를 도왔다.

고교생 선수부터 프로에서 방출된 선수, 독립 야구, 사회인 야구 출신 등 다양한 배경을 가진 이들이 모였다. 응시생들 중

에는 자신을 방출시킨 과거 소속팀의 유니폼을 입고 트라이아
웃 장소에 나타난 사람도 있었다. 모두가 우여곡절을 겪어보았
기에 재기의 꿈을 키우며 ABL 무대에 도전장을 낸 것이다.

물론 트라이아웃에 참여한 선수들 모두에게 기회가 주어질
수는 없었고, 전체 응시 선수의 약 10퍼센트 정도인 25명을 최
종 선발하게 됐다. 특별한 기준은 있었던 것은 아니지만, 열정
과 간절함이 느껴지는 선수들을 중점적으로 살펴보았다.

뛰어난 기량 역시 중요한 요소였지만, 얼마나 절실하게 이
기회를 원하는지, 많은 것들이 완벽하게 갖춰지지 않은 타국의
신생 팀에서 개인적인 부분을 희생하고 어려움을 감수하면서
열정적으로 야구를 할 수 있느냐가 더 중요했다.

첫 번째 트라이아웃 이후로도 여러 차례 선수들의 기량과 의
지를 확인했고, 관계자들과 많은 회의를 거쳤다. 당연한 일이었
다. 신생팀의 첫 선수단을 꾸리는 일이 어찌 간단하게 진행될
수 있겠는가? 게다가 질롱 코리아는 여러 가지 의미를 내포하
는 팀이기에 신수 선발 조건이 까다롭지 않을 수 없었다.

한국에서 꿈을 펼쳐보지 못했던, 선수들이 함께 한다는 것,
기존에 없었던 완전히 새로운 성격의 팀이 창단된다는 것 그리
고 야구 강국, 한국에서 온 선수들이 이제 각 출범한 호주 리그
에서 어떤 모습을 보여줄 수 있느냐는 것 등 한국, 호주의 야구

인들이 관심을 갖기 시작했다.

호주 리그에 한국인 선수들로만 이뤄진 팀이 가입한다는 소식이 전해지자 TV 중계권 계약도 체결되는 등 미디어에서도 큰 관심을 보였다. 하지만 모든 일이 열정과 관심만으로 수월히 진행될 수 있는 것은 아니다.

내가 경험한 바로는 ABL 선수들의 실력이 질롱 코리아 창단 멤버 선수들보다 결코 처지지 않았다. 호주 야구를 잘 모르는 한국 스태프나 언론은 질롱 코리아가 단숨에 리그 우승도 노려볼 수 있다는 식으로 기대감을 드러냈지만, 나는 감독으로서 냉정해질 수밖에 없었다.

"우리 팀, 솔직히 시즌 40경기 중 10승 거두기도 어렵습니다."

ABL도 해를 거듭하면서 선수들의 실력이 많이 향상되었고, 전체적인 수준도 꽤 높아졌다. 일본, 대만에서도 젊은 유망주들을 파견 보내기도 하고, 미국, 캐나다의 마이너리그 루키들도 참가해 기량 발전의 무대로 삼고 있다. 호주 리그에는 신체 능력이 우수한 선수들이 많아 경험이 쌓이면 빠른 속도로 기량이 발전하는 경우도 적지 않다.

창단 팀의 첫 감독으로서 멋진 경기를 선보이고 싶었고, 승패를 떠나 최선을 다하는 모습만큼은 꼭 보여주고 싶었다. 춘

천에서 2주 가량 더 훈련을 하고, 호주로 함께 출국해 한 주간 현지 환경에 적응하고 순조롭게 첫 시즌을 시작하는 밑그림을 그렸다.

10월 늦가을의 쌀쌀한 날씨 속에서도 선수 전원은 내 지도에 따라 착실히 훈련을 소화해나갔고, 기초 체력을 다지고 수비를 강화하는 기본적인 연습을 반복했다. 출국 전 선수들에게는 휴식을 취하면서 부족한 부분만 조금씩 끌어올릴 수있도록 몸 관리를 당부했고, 나는 먼저 시드니로 출발했다.

최종 엔트리에는 몇몇 베테랑이 추가 합류했는데, 기아에서 방출된 김진우, 시카고 컵스 마이너리그 팀에서 활약했던 권광민, 롯데 출신의 이재곤, LG 출신의 장진용 등이었다. 그밖에 고교 졸업생 아마추어 선수들과 과거 프로야구 무대에서 활약했던 노장진 선수의 아들 노학준도 이름을 올렸다.

ABL 2019 시즌은 내가 활동했던 시드니 블루삭스, 수도 캔버라를 연고로 하는 캐벌리, 브리즈번 밴디츠, 애들레이드 지이언츠, 유일한 서호주 팀인 퍼스 히트, 'BK' 김병현 선수가 몸 담았던 멜번 에이시스 그리고 우리 질롱 코리아와 함께 리그에 새로 합류한 뉴질랜드 오클랜드 투아타라 팀까지 총 8개 팀이 경쟁하게 되었다.

질롱 코리아는 시드니와 첫 경기를 치르며 시즌을 시작했다. 어느 정도 예상은 하고 있었지만 시즌 초반부터 험난한 가시밭길의 연속이었다. 시드니와 4연전을 모두 패배하며 최악의 출발을 알렸다.

나 역시 초보 감독으로서 부족한 점이 많았고, 첫 시즌 중 무려 세 차례나 퇴장을 당하기도 했다. 감독이라면 팀의 수장으로서 감정을 잘 조절해야 하는데, 선수 때와 마찬가지로 끓는 피를 참지 못하고 심판 판정에 항의하다 주의를 받기 일쑤였다.

그러나 이후 시즌 일정을 소화하면서 감정 강약을 조절하는 능력을 체득하게 됐고, 선수들도 서서히 경기 감각이 올라오면서 갖고 있던 실력을 발휘하기 시작했다.

팀 전원이 한국인 선수, 즉 외국인으로 구성된 구단이기에 우리를 상대로 텃세를 부리는 듯한 느낌도 받았다. 편파 판정이라고 단정지을 수는 없겠지만 있을 수 없는 오심도 여러 차례 발생해 그저 불운으로 받아들이기는 어려웠다.

어떤 고의적인 배경이 있었을 것으로 생각하지는 않는다. 호주는 아직 훌륭한 심판을 양성할 수 있는 학교나 기관이 설립되지 않았기에 질롱 코리아뿐만 아니라 타 구단 감독들도 자주 심판과 신경전을 벌이는 편이다.

다소 편파적인 판정도 있었지만, 그 역시 우리의 전력이 충분히 강했다면 너끈히 극복해낼 수도 있는 것이기에 부족한 우리 자신을 탓할 수밖에 없었다.

세 번의 퇴장에 내 잘못이 없었다고 말할 수는 없지만, 감독으로서 충분히 항의할 수있을 만한 상황이었다. 첫 번째는 명백히 스트라이크 존을 통과한 공이 볼 판정을 받은 것이 너무 억울해 홈플레이트 위에서 발로 공이 스트라이크 존을 통과하는 제스처를 보였다가 당한 것이었다.

두 번째 퇴장 상황은 우리 팀 유격수를 향해 들어온 무리한 태클이 원인이었다. 동업자 정신이라고는 찾아볼 수 없는 의도적이고 공격적인 반칙이었고, 더티플레이였다. 주자의 슬라이딩이 2루 베이스를 향하기는커녕 우리 선수의 발목을 노리고 들어온 것처럼 보였다.

세 번째 퇴장은 스트라이크 존이 너무나 좁은 것 같다는 의견을 전하는 정도였는데, 그것이 잘못 전해져 심판을 자극한 것이었다. 하지만 단순한 의사 표현이 부족한 영이고 인해 잘못 전달되었던 것이라는 점이 사후 참작되어 퇴장이 철회되는 해프닝도 있었다.

이렇게 하나둘 시합이 거듭되고 반복된 실수를 바로잡아가는 과정에서 감독과 심판의 관계, 커뮤니케이션에 대해 깊이 생각하게 되었다. 전혀 생각해보지 않았던 ABL 심판들의 이름도 한 명 한 명 얼굴을 떠올리며 외워 보았다.

그리고 야구에 대해 전문적이지 않은 통역을 거치기보다는 짧은 영어 실력이라도 내가 직접 소통하는 편이 더 나을 수도 있겠다는 생각이 들었다. 이후 답답한 상황이 생길 때마다 친근하게 심판들의 이름을 부르면서 영어로 침착하고 차분히 내 생각을 전달했다.

그렇다고 한 번 내려진 판정이 번복되는 일은 없었지만, 분위기가 악화되거나 오해를 키워 얼굴을 붉히는 일 역시 없었다. 조금이라도 현명하고 원활하게 대립적인 상황을 타개해나가는 소통법을 깨닫게 된 것이다. 항의를 하더라도 한 번 더 속으로 생각해보고 행동에 나섰고, 심판에게 의견을 전할 때도 흥분하지 않고 감정을 절제하게 됐다.

우리 선수들 역시 호주에서의 첫 시즌을 경험하면서 스스로 많은 것을 깨닫고 느끼며 성숙해졌으리라 생각한다. 실력 역시 시즌 초반보다는 갈수록 나아지는 모습을 보였다. 하지만 가끔 안타까운 모습을 보이는 친구들도 있었다.

분명 호주뿐만 아니라 한국에서도 선수 생활을 더 이어갈 수 있을 만한 능력이 있음에도 부족한 프로의식으로 커리어의 끝이 보이는 이들도 없지 않았다. 코칭스태프가 얘기해주는 문제점을 인지하지 못해 발전이 멈춘 선수들을 보는 것도 참으로 안타까웠다.

질롱 코리아가 차고 넘치는 좋은 환경이나 지원이 있는 팀은 아니었지만, 그런 것들을 떠나 선수 스스로 자신의 문제를 파악하고 개선하는 의지를 가져야 하는데 숙제를 풀어내지 못하는 모습이 가슴 아팠다. 감독으로서 선수를 평가하는 시선이 아니라 선배로서 후배들을 바라보는 심정이었기에 더 마음이 쓰렸다.

선수층이 워낙 두껍지 못했고, 선수들을 위한 지원 역시 넉넉하지 못했기에 쉽게 지치고 포기하는 모습들이 나왔을 수도 있다. 부상자가 생겨도 엔트리를 쉽게 바꿀 만한 여건이 되지 못했고, 백업 자원이 거의 없어 코치들이 선수로 나서기도 하고, 야수들이 마운드에 오르고, 투수들이 타석에 서는 상황도 빈번했다.

선수로서 마지막 기회를 잡아보겠다고 먼 곳까지 날아온 이들이지만 계속된 패배와 좌절로 육체와 정신이 무너지는 것을 추스르기가 쉽지만은 않았을 것이다. 관심과 응원으로 가득했던 댓글도 어느덧 비난과 조소, 욕설로 도배되어 젊은 선수들이 느끼는 부담감도 컸다.

　꿈을 향한 비상구라고 생각하고 ABL과 질롱 코리아를 선택했는데, 그것이 막다른 길에 다다른 것만 같아 눈물을 보이고 괴로워하던 녀석들의 모습이 나 역시 안쓰러웠다. 그렇지만 당연히 한국프로야구 수준의 환경을 기대할 수는 없는 것이고, 모든 것이 다 그렇게 열악했다고 할 수만은 없었다.

　우리를 위해 도움을 주는 분들도 많았다. 내가 운동했던 시절과 지금 선수들의 환경을 같은 잣대로 비교할 수는 없겠지만, 한국의 고등학교 팀이나 지방의 중소 규모 대학 팀 정도의 여건 그 이상은 됐다고 보는데 선수들의 기대치를 충족시킬 수준은 되지 못했던 것이다.

　하지만 내가 어렵게 배웠고 힘들게 성장했다는 이유로 당시의 관점을 오늘날의 젊은 선수들에게 대입시킬 수는 없는 것이다. 과거도 경험했고 현재도 마주하고 있는 나와 기성세대 야구인들이 좀더 이해의 폭을 넓히는 것이 옳다고 생각한다.

　시간이 지나고 나면 부족했던 것들에 대한 생각이 뒤늦게 밀려온다. 그러나 질롱 코리아에서도 주어진 환경 안에서 최선을 다했기에 후회나 미련 따위 남기지 않으려 한다. 결과적으로는 미비, 미숙, 미약한 대처였을지 몰라도 당시로써는 정말 최선에 최선을 더한 선택이었다.

감독으로 질롱 코리아를 이끈 한 시즌은 길지 않았지만, 정말 많은 것들을 생각하게 한 시간이었다. 선수와 감독의 야구는 완전히 다르다는 것을 절감했다. 25명의 모든 선수들 하나로 아우르고 포용한다는 것이 쉽지 않았고, 전략, 전술 같은 지도력의 요소를 떠나 인간적으로도 성숙한 품성이 필요하다는 것을 깨달았다.

모든 것을 완벽하게 준비했다고 생각하더라도 감독의 구상대로 진행되는 경기는 하나도 없으며, 상황에 맞는 판단과 대응이 절대적으로 중요하다. 우리 팀 선수를 대할 때나 심판을 대할 때나 감정의 강약조절이 필요하며, 적재적소에 선수를 기용하고 배치하는 것도 감독의 필수 자질이다.

매 경기가 그러하지만 주어진 모든 경기를 잘 치러야 한 시즌을 소화해낼 수 있는 것이니 하루 종일 야구 생각에 빠져 있어도 명확한 답을 찾아내기 어렵다. 지도자의 역할, 중요성을 뼈저리게 느낄 수 있었던 경험이었고, 과거 나를 지도했던 감독님들의 노고를 깨닫는 계기가 됐다.

돌이켜보면 잘하고 좋았던 기억보다 안타까운 모습들이 더 먼저 떠오르기도 하는데, 우리 선수들이 끝까지 한 번 해보자는 마음으로 엄청난 승부욕을 보여주었던 몇몇 경기는 감독으로서나 야구 선배로서나 너무나 감동적이었다.

지더라도 바짝 추격하고 동점을 만들어 연장전까지 물고 늘어졌던 경기, 악착 같은 플레이가 기억에 선하다. 내가 선수들에게 주문한 것도 결국은 딱 하나 '최선을 다하는 마음가짐만큼은 절대 내려 놓지 말자'는 메시지였다.

기대만큼의 성과를 거두지 못했던 것이 사실이고 성공적인 감독 데뷔였다고 평가할 수는 없지만, 지도자로서의 경험은 나를 더 돌아보고 발전시키는 기회가 됐다.

또한 ABL에서 한 번은 팬 서비스 차원에서 마운드에 올라 직접 피칭을 해달라는 부탁을 해온 적이 있었는데, 시즌 마지막 경기에서 50세의 나이에 구원 등판해 한 이닝을 소화할 수 있었던 것도 좋은 추억으로 남아 있다.

당시 미디어에서는 '답답해서 내가 뛴다' 같은 제목으로 소식을 전했는데, 정말 그랬다기보다는 그저 팬 서비스 정도의 등판이었고, 나 스스로도 한 이닝쯤 던져보고 싶은 욕심이 있었을 뿐이다. 아마도 감독으로 한 시즌을 보내면서 선수로서의 야구, 투수로서의 야구가 더 그리웠기 때문이었는지도 모르겠다.

50대 아저씨
구대성의 하루

아침에 눈을 뜨면 오늘은 좀 더 하려나 하는 생각을 하며 몸을 움직인다. 요 며칠 날씨가 궂어서 그런지 허리통증이 날 다시 괴롭힌다. 그래도 어제보단 조금 나아서 오늘은 자전거를 타는 대신 가볍게 산책해보기로 한다. 계절은 거짓말을 못하는지 아침 공기가 제법 서늘해져 운동하기에 딱 좋은 날씨다.

큰 아이가 휴가를 맞아 시드니에 왔다. 코로나19 바이러스로 호주 곳곳이 셧다운되어 불편한 것들이 한두 가지가 아니지만, 사랑하는 가족들과 집에서 함께 보낼 수 있는 시간이 많아졌다는 것만큼은 좋다.

아침 산책은 나와 아내, 딸, 그리고 학교에 간 아들 대신 우리집 막내 반려견 장군이가 함께 나선다. 전 세계가 한치 앞을 모르는 위험 속으로 빠져든 이때, 가족이 함께 할 수 있다는 것이 얼마나 감사한 일인지 모른다.

예년이라면 비행기를 타고 15시간 가까이 날아가야 겨우 며칠 만날 수 있는, 아랍에미레이트 아부다비에서 일하는 딸과의 시간은 일분 일초가 특히 더 소중하고 행복하다.

어느 정도 워밍업을 하고 몸이 조금씩 달아오르자 딸이 가장 먼저 러닝을 시작했다. 아내는 가벼운 조깅으로 페이스를 조절했고, 나는 허리에 무리가 가지 않는 선에서 부지런히 걷고 또 걸었다. 막내 장군이는 딸을 따라 달렸다가 뒤처진 아빠가 괜찮은지 확인하는 듯 우리 셋을 오가며 가장 바삐 움직인다.

마운드 위에 홀로 서 있어도 무서울 것이 없었고, 지친다는 게 어떤 느낌인지도 모를 정도로 수많은 공을 던지고 또 던졌던 내가 이제는 겨우 가벼운 산책에 나설 때조차 허리 컨디션을 살펴야 한다는 게 당혹스럽기도 하다.

미친 듯이 몸이 부시질 정도로 운동을 반복했던 고등학교 1학년 때가 떠오른다. 06:00! 언제나처럼 알람 시계로 내 하루가 시작된다. 학교에서 한밭야구장 뒤 보문산전망대까지 왕복으로 달려갔다 오는 데 한 시간이 걸린다.

이른 아침 보문산 정상에 오르면 답답했던 숨통이 트이는 것 같이 가슴이 뻥 뚫리는 기분이다. 그리고 제일 높은 곳에서 아래를 내려다 보는 기분이라는 게 정상, 최고의 자리에 오른 것 같은 느낌이다. 항상 그런 기분을 담고 학교로 향했다.

보통 대회나 경기가 없는 늦가을, 겨울에는 오후에만 훈련을 진행하고 오전에는 학생들처럼 수업을 듣는다. 경기가 있을 때는 오전, 오후 모두 운동을 하느라 수업에 참여하지 않았던 것으로 기억한다.

오전엔 보통 300개정도 수비연습을 하고 외야와 내야 노크 받기, 배팅연습 등을 하고 점심 식사 후에는 피칭 연습을 200개 정도했다. 항상 반복되는 일상이었다. 당시에는 운동하면서 갈증이 날 때마다 굵은 소금을 한줌씩 먹곤 했다. 다들 참 미련했던 것 같다.

큰 고무 대야에 세수하라고 담아놓은 물은 선수들의 입으로 들어가기 일쑤였다. 흙먼지에 더럽혀진 때 구정물이 지금의 이온음료보다 훨씬 더 맛있고 시원했다. 그렇게 오후 운동이 끝나면 선수들은 저녁식사 때까지 각자의 자유시간을 보냈다.

그래 봤자 한두 시간이 전부다. 잠깐의 휴식이 지나면 야간 훈련이 시작되기 때문이다. 우리 학교 역시 당시 대부분의 학교들처럼 운동장에 별다른 조명 시설이 없어 실내연습장에서 삼삼오오 연습을 했다.

지금은 흔한 튜빙밴드 같은 것도 구하기 어려워 기저귀 고무줄을 여러 개 모아 튜빙밴드처럼 만들고 동작을 연습했다. 요즘도 그렇게 부르는지 모르겠다만, 당시에는 그런 훈련을 가라모션이라고 불렀다. 노란 고무줄과 하얀 수건을 번갈아 사용하며 투구 모션을 연습하는 것으로 오직 나 혼자만의 개인 훈련이 시작됐다.

야구는 투수놀음이라는 말처럼 한 팀의 에이스들이 거의 모든 경기를 책임져야 했다. 지금의 분업화 같은 투수 운용은 생각하기도 어려웠던 때다. 그러다 보니 나 역시 코치와 마치 전쟁과도 같은 개인 연습을 거듭하곤 했다.

약 25미터 거리에 책걸상을 두고 양 사이드 모서리 맞추기 연습을 하는 것이다. 제대로 맞추지 못할 때마다 체벌이 이어졌다. 처음엔 한 번 맞히기도 어려웠지만, 매를 맞는 것도 싫고, 오기도 생겨 나중엔 거의 백발백중 다 같은 자리를 맞힐 정도가 됐다. 역시 연습은 결고 배신하는 법이 없다.

중·고등학교 때는 강압적인 코치 선생님들이 지독히도 밉고 야속했는데, 지금 생각해보면 모두 오늘날의 구대성을 만들어 준 고마운 스승들이다.

시간이 많이 흘러 유니폼을 벗은 것도 이미 오래 지난 지금은 가끔 미련하게 운동에 달려들었던 그때 그 시절이 서글플 정도로 그립다. 몸이 내 뜻대로 되지 않는 50대가 된 요즘 더더욱 그런 것 같기도 하다.

하지만 오늘은 한 시간 넘게 산책하면서 조금씩 조깅도 하고 큰 문제 없이 집으로 돌아왔다. 외출했다가 집으로 무사히 돌아올 수 있음이 참으로 감사한 하루다. 홈인. 나도, 사랑하는 가족들도 오늘 다 함께 1점을 냈다.

무언가 같이 할 수 있다는 것, 곁에 함께 있어줄 수 있다는 것, 그런 평범한 일들이 주는 소중함이 생각 이상으로 크다는 걸 너무나 잘 느낄 수 있는 한 해, 2020년이었다.

마운드를 떠나며

2010년 9월 3일, 내 은퇴식이 있던 날이다. 야구선수 구대성이 한국프로야구와 공식적으로 마지막 인사를 나눈 날이었다. 출근 도장을 찍듯 매일 같이 찾았던 대전 야구장과도 작별을 고했다.

관중석에서 내 이름을 목청껏 외쳐주던 팬들도, 동고동락하며 피와 땀을 나눈 동료 선수들도 상대팀 선수들도 모두 각자의 자리에서 인사를 건네며 나를 떠나 보내주었다. 그리고 나 자신도 한국프로야구에서 선수 구대성을 완전히 놓아주었다.

18년의 프로선수 생활을 마감하며 또 다른 인생을 시작하는 새로운 전환점을 맞아 호주로 떠났고, 그곳에서의 삶도 10년이 흘렀다. 돌이켜보면 야구 인생 내내 수많은 도전을 해보았고 영광도 희열도 느꼈으며 힘든 고비도 여러 번 넘겼다. 기억에도 없는 자잘한 성과와 좌절 역시 많았을 것이다.

가끔 20대 초반의 아들 녀석은 자신과 나의 20대 초반을 비교하며 아직 자신은 아무 것도 이뤄내지 못한 것 같다며 불안한 마음을 드러내기도 한다. 그럴 때마다 아들에게 세상 모든 사람들은 각기 다른 삶을 살아간다고 말해준다. 사람마다 가치관도 다르고 기준도 다르고 목표점도 다르다고 말해준다. 가난 속에서 힘겹게 성장해온 나는 배고픔이 무엇인지 알았기에 앞만 보고 승리와 성취만을 기준으로 삼고 치열히 살았다.

아들은 아직까지 스스로 일군 것이 없다고 얘기하지만, 자신의 미래를 걱정하고 고민하며 노력하는 아들의 모습을 대견하게 바라보고 있다. 그리고 무엇보다 중요한 젊음과 건강이 있기에 앞으로 어떤 일이든 잘 해낼 수 있을 거라고 믿는다.

지금껏 야구선수로서 화려한 스포트라이트를 받으며 살아왔고, 이제 오십 줄에 접어들었지만 아직도 야구에 대해서나 인생에 대해서나 모르는 것이 더 많다. 30여 년의 선수 생활 동안 일일이 다 셀 수 없을 만큼 다양한 경험을 쌓았고 많은 사람들을 만나 큰 사랑을 받으면서 이런저런 이야기들을 만들었다.

그 모든 것을 다 글로 옮길 수는 없었지만, 기억을 곱씹고 또 곱씹어 최대한 정확하게 가감 없이 표현하려 노력했는데 읽는 분들에게 그 진정성이 어떻게 잘 전해질 수 있을지 걱정이 앞선다. 글을 쓴다는 것이 이렇게 힘든 일인지 생각지도 못했다.

운동은 하면 할수록 조금씩 늘어가는 게 보였던 것 같은데,

글은 쓰고 지우고 또 쓰고 지우고를 반복해도 다시 읽어보면 마음에 들지 않는 부분이 눈에 들어와 힘들었다.

어느덧 먼 타국에서 생활한 것도 10년이 다 됐다. 이제는 미디어의 주목이나 기자들의 인터뷰 제의도 없고, 거리에서 날 알아보고 사진이나 싸인을 청하는 이들도 거의 없다. 하루가 다르게 신문에 이름이 오르내렸던 과거의 삶은 더는 없다. 호주에서는 그저 체격 좋은 평범한 동양인 아저씨로 살아간다.

한국말도 어눌한 편인데, 영어는 여전히 내게 참담한 기분을 안겨줄 때가 많다. 언어 때문에 무시를 당하면 불같은 성격에 한국 욕이 먼저 튀어나오기도 한다. 그럴 때마다 상황을 처리하고 해결하는 건 늘 아내와 아들, 딸의 몫이다. 가족에게 미안하고 고마운 동시에 내 자신이 작아지고 싫어지는 순간이다.

세상 모든 일에 일장일단이 있듯 지금 내 삶을 다르게 보는 이들도 있을 것이다. 일찌감치 은퇴한 후 조용하고 공기 좋은 나라에 와서 유유자적 힐링하며 시간을 보내는 팔자 좋은 사람처럼 보일 수도 있다.

하지만 이곳에서의 삶이 결코 쉽고 편하고 간단한 것만은 아니다. 살아가는 환경이 완전히 달라졌기 때문에 이곳에 적응하면서 지금 상황에 맞는 즐거움을 찾으려 애쓸 뿐이다. 여기 없는 파랑새를 찾아 헤매고 싶지는 않다.

ABL에서도 현역 선수 생활을 완전히 마감한 후 도대체 여기서 무엇을 어떻게 하면서 남은 인생을 살지 고민이 많았다. 우선 다시 알파벳부터 영어 공부를 시작했고, 단어들을 하나 둘 익히며 길거리의 간판들을 읽어 보았다.

로컬 팀에서 아마추어 야구도 즐기고 이곳 사람들과 어울리며 호주 유소년 대표팀에서 아이들을 지도하며 시간을 보낸다. 이내가 유치원에서 수업을 하는 동안에는 우리집 막둥이 장군이와 전단지를 돌리며 서너 시간 파트타임 근무 겸 조깅을 한다.

광고 전단을 접어 가방에 한 가득 채우고 동네를 돌며 우편함에 넣는다. 그렇게 아르바이트를 마치고 나면 등 뒤로 흥건한 땀이 옷을 적신다. 가방을 내려놓고 장군이랑 한적한 길가 그늘에 앉아 이온 음료나 물을 나눠 마시며 휴식을 취한다.

'대성불패' 구대성이 호주에서 전단지 알바를 하고 있다는 소식이 한 인터뷰를 통해 한국에도 알려져 야구팬들이 놀라기도 했다는데, 나는 이곳 생활에 적응하며 선상히 잘 살고 있다는 것에 감사와 행복을 느낀다.

정말이다. 감사할 일도 많고, 행복할 일도 많다. 야구선수 구대성을 사랑해주셨던 많은 분들도 늘 감사와 행복이 가득한 인생을 살아가시길 바란다.

감사의 글

책을 쓰며 하나하나 기억을 되짚어 보니 내게는 정말로 고마운 사람들이 많이 있었다는 것을 실감할 수 있었다. 지나간 나의 야구 경기, 내가 남긴 성적과 기록 그리고 다양한 이야기들을 확인하고자 스크랩된 신문 기사들을 뒤적거렸다. 나에 대한 기사나 인터뷰가 연도별로 빼곡하게 정리되어 있었다.

나의 또 다른 아버지인 장인어른께서 오래 전부터 손수 모아두신 것이다. 장인어른은 내 삶에 등대 같은 분이다. 과거 내 기사가 실리면 항상 가판대를 확인하며 신문을 구입하셨고, 구하지 못한 것은 직접 신문사까지 방문해서 구입한 뒤 하나 둘 스크랩하셨다.

살면서 한 번도 캠핑을 해본 적이 없다고 하자 직접 장비를 구비해 함께 캠핑을 갈 정도로 나를 아들처럼 친구처럼 스스럼없이 대해주셨다. 늘 큰 사랑을 보내주시는 장인, 장모, 아니 아버지, 어머니께 감사의 뜻을 전하고 싶다.

첫 스승님 같은 존재이자 우리 부부가 결혼식을 올릴 때 주례를 봐주셨던 이성규 아저씨께 감사하다는 말씀을 드리고 싶다. 구대성이라는 평범한 어린이가 야구선수로 다시 태어날 수 있도록 열과 성을 다해 지원해주신, 내게는 '야구 아버지' 같은 분이셨다.

투수 구대성에게 한없는 믿음을 보여주시고 마운드에서 원 없이 공을 던질 수 있도록 기회를 주신 강병철 감독님께도 감사 말씀 전한다. 감독님과 함께 했을 때 미디어나 야구팬들이 혹사 논란을 제기하기도 했지만, 나는 단 한 번도, 한 순간도 그런 생각을 해본 적이 없었다.

항상 나를 믿어주셨고, 던지고 또 던질 수 있는 기회를 허락해주신 덕분에 많은 게임에 출전해 투수 4관왕이라는 영광스러운 업적을 남길 수 있었다. 구대성이 가장 빛난 시즌 1996년을 함께 해주신 것을 결코 잊을 수 없을 것이다.

길지 않은 시간이었지만, 힘든 상황 속에서도 팀 분위기를 훌륭히 살 수슬더 한화 이글스를 1999 시즌 한국시리즈 우승으로 이끄셨고, 내게는 한국시리즈 MVP라는 영예를 신사해주신 이희수 감독님께도 감사의 마음을 표현하고 싶다. 그리고 밖에서 물심양면으로 팀을 지원해 우승에 일조하셨던 이남현 사장님께도 꼭 감사하다는 인사를 드리고 싶다.

항상 멀게만 어렵게만 느껴졌던 감독과 선수의 관계가 무엇인지, 더 나은 야구가 어떤 것인지 늘 진지하게 함께 소통할 수 있었던 김인식 감독님께도 감사를 표한다. 한화 이글스뿐만 아니라 올림픽, WBC를 통해 맺은 감독님과의 인연은 여전히 소중하고 특별하다.

그 밖에도 한화 이글스에서 오랜 시간 동고동락했던 한용덕 선배님, 송진우 선배님, 장종훈 선배님, 강석천 선배님, 동료 조경택 선수, 정민철 선수에게도 감사 말씀 전한다. 지도자로, 해설위원으로, 단장으로 멋지게 변신해나가는 모습이 보기 좋다.

그리고 지면을 통해 한 분, 한 분 이름을 다 언급할 수는 없지만, 그 시절 주황빛깔 유니폼을 입고 함께 피와 땀을 흘렸던 모든 이글스 선수들, 코칭스태프, 프런트 직원들에게도 깊이 깊이 감사 드린다. 특히 임헌린 홍보팀장에게 고마운 마음이다.

또한 한화 이글스와 관련된 일이라면 항상 자기 일처럼 앞장서 도와주는 코미디언 남희석 님, 서경석 님, 김태균 님, 배우 전노민 님께도 지면을 빌려 감사의 뜻 전한다. 그리고 시구 등으로 야구장을 찾을 때 15번이 새겨진 유니폼을 입고 팬들에게 '구대성'을 상기시켜주시는 배우 조인성 님의 응원에도 감사드린다.

프로에서는 한 팀에서 활동하지 못했지만 올림픽 등 국제 대회를 통해 두터운 정을 쌓을 수 있었던 강성우, 홍성흔, 이병규, 정수근, 이승엽, 김동주, 박찬호 선수에게도 고맙다는 말을 전한다. 한양대 시절부터 좋은 선배이자 경쟁자, 친구가 되어주었던 정민태 선수도 내게는 언제나 고마운 사람이다.

신흥초등학교, 충남중학교, 대전고등학교, 한양대에서 나를 훌륭한 야구선수로 성장케 해주신 감독, 코치, 동료들에게 감사의 뜻 전한다. 특히 42회 고교 청룡기 대회를 우승으로 이끌었던 민오삼, 백현용, 가득염, 오훈규, 김낙현, 최용필 등 대전고 야구부 선수들 생각이 많이 난다.

이름을 모두 기억할 수는 없지만, 일본 고베 오릭스 블루웨이브, 미국 뉴욕 메츠, 호주 시드니 블루삭스에서 인연을 맺었던 코칭스태프와 동료들에게도 사의를 전한다.

중계방송 해설을 통해 항상 좋은 말씀을 해주시고, 경기장 안팎에서 다양한 조언을 해주신 허구연 해설위원님께 감사드린다. 질롱 코리아 첫 해 선수들을 지도해주시고 격려해주신 것 큰 도움이 되었다.

저를 믿고 질롱 코리아 초대 감독 자리를 맡겨주신 해피라이징 오봉서 내표님, 박충식 단장님께도 감사 인사 건네다. 열악한 환경에서도 서로 도와가며 노력했던 유용목 코치, 최준석 코치, 하상은 코치에게도 고마운 마음 전한다. 멜번 팀에 있으면서도 질롱 코리아 후배 선수들을 아끼고 챙겨주었던 김병현 선수에게도 고마웠다는 말 전하고 싶다.

어린 시절 프로야구 선수가 되겠다는 꿈을 꾸게 해주셨던 영원한 불사조 박철순 선배님께 감사드린다. 프로야구 선수가 되어서도 늘 경외심을 품었고 감히 대적할 수 없을 것 같았던 투수의 지존 선동열 선배님, 2006년 WBC에서 함께 하며 나를 최고의 투수로 추켜세워주셨던 것 너무나 영광스러웠고 감사했다는 말씀 드리고 싶다.

선배로서 특별히 잘 해준 것도 없는데 항상 나에 대한 고마움을 표현해주고 '체인지업 스승'으로 불러주는 류현진 선수에게도 진심으로 고맙다.

야구 외에는 모든 것이 서툴기만 한 나를 온전히 사랑해주고 늘 곁에서 함께해주는 아내 현정이에게 무한한 사랑과 감사의 마음을 건넨다. 아내는 운동만 하며 살아오느라 배우지 못한 것도 모르는 것도 많은 내게 세상과 인생을 가르쳐준 사람이다.

결혼 후 아이들에게 동화책을 읽어주는 것만큼은 꼭 아빠가 해야 한다고 해서 우리 아이들의 기억에 어린 시절 동화책을 읽어준 사람이 아빠로 남아 있을 수 있게 해준 그 현명함도 참 고맙다. 책을 쓰기로 결심하기까지, 그리고 책을 쓰는 과정에서도 항상 큰 지지와 용기를 보여준 아내에게 다시 한 번 진심으로 사랑한다고 말하고 싶다.

바르고 건강하게 잘 자라준 딸 영은이, 아들 상원이에게도 아빠의 사랑과 고마움을 전한다. 아빠 때문에 어린 나이에 낯선 환경에서 다른 문화, 다른 언어에 적응하느라 힘들었을 텐데 도리어 아빠 덕분에 더 많은 경험을 쌓을 수 있었다고 말해주는 딸, 아들 너무 너무 고맙다.

그리고 한국, 일본, 미국, 호주, 언제 어디서나 한결 같은 마음으로 격려와 응원을 보내주셨던 팬들에게 감사의 뜻을 전하고 싶다. 팬들의 성원이 있었기에, 더 던지고 싶었고 더 던질 수 있었다. 언젠가는 팬들에게 그 고마움을 보답할 수 있는 날이 오리라 믿는다.

끝으로 나의 삶을 되돌아보고 야구인으로서의 인생도 재조명해볼 수 있는 기회를 주신 김다니엘 편집자, 홍성욱 디자이너 등 모든 살림출판사 관계자분들께 감사를 표하고 싶다.

구대성이 말하는 '대성불패' 구대성

편집자: 처음에는 자서전 출간 제안을 정중히 거절하셨습니다. 그러면서 '저는 책을 쓸 만한 인생을 살아오지도 않았고, 그렇게 대단한 선수였다고 생각하지 않습니다'라는 말씀을 하셨어요. 저는 지나친 겸손의 표현인 것 같다고, 책을 쓰셔도 몇 권은 쓰실 만한 훌륭한 커리어와 스토리를 남기신 분이라고 답해드렸고요. 처음 출판 제안을 받으셨을 때 어떤 생각이 드셨는지, 그리고 지금 이렇게 책이 세상에 나오게 된 순간 기분이 어떠신지 궁금합니다.

구대성: 사실 처음 출판 제안을 받았을 때 사양할 수밖에 없었던 것은 제 야구 인생이 책으로 남길 만큼 대단한 것이라고 생각하지 않았고, 사람들이 과연 저라는 사람에 대해 궁금한 것들이 있을까 의문이 들었기 때문입니다. 평생 운동만 해온 사람으로서 글을 쓴다는 것이 부담스럽고 막막하게 느껴지기도 했고요. 결코 겸손, 겸양의 표현으로 에둘러 거절한 것은 아니었어요. 현역

시절에 자신감만큼은 누구에게도 뒤지지 않았고, 지금도 야구에 대해 얘기하는 것이라면 몇 시간이라도 어렵지 않게 할 수 있지만, 글을 쓴다는 것 그리고 책을 만든다는 것은 전혀 상상해보지 못한 일이었기에 자신이 없었습니다.

지금 야구계를 주름잡는 훌륭한 후배 선수들도 많고, 여러 방면에서 활약 중인 선배님과 동료들도 많은데 왜 굳이 저에게 이런 제안을 주셨을까 이해가 잘 가지 않았습니다. 그러나 살림출판사와 편집자님이 기회를 주신 데에는 그럴 만한 이유가 있겠다는 생각이 들어 용기를 냈고, 아내를 비롯한 가족들이 계속 격려해주었기에 무사히 집필 작업을 마칠 수 있었던 것 같습니다. 지난 몇 개월 동안 책 작업을 하면서 참으로 소중하고 감사한 시간을 보낼 수 있었습니다.

제 인생을 되돌아 볼 수 있었고, 삶 속에서 저에게 크고 작은 도움을 준 많은 이들을 다시 떠올릴 수 있었습니다. 또한 제 자신에게는 그리 대수롭지 않았던 야구장 안팎에서의 일들이 저를 아끼고 사랑해주셨던 팬들에게는 꽤나 흥미롭고 의미 있는 이야기가 될 수 있겠다는 것도 차츰 깨닫게 됐습니다. 항상 유니폼 등번호

위에 적혀 있던 제 이름이 이렇게 책 표지에 새겨져 세상에 나온다는 사실이 정말이지 새롭기만 합니다. 조금은 건방진 얘기처럼 들릴 수 있지만, 선수와 팬의 입장으로 만나왔던 분들과 이제는 작가와 독자로 소통을 할 수 있게 된다는 것이 마운드에 올라 공을 던질 때만큼이나 설레고 흥분됩니다.

편집자: 야구를 처음 시작한 초등학교 시절부터 최근 호주에서의 일상까지 이 책을 통해 거의 평생의 삶을 들려주셨는데요. 2020년 12월 현재, 구대성은 어떤 삶을 살고 있는지 궁금해 하는 팬들이 정말 많습니다. 먼저 팬들에게 안부 전해주세요.

구대성: 아시다시피 KBO 한화 이글스에서 은퇴한 후 호주로 건너가 현역 선수로 몇 년 더 활동했고, 이후로는 가족과 시드니에 정착해 생활하게 됐습니다. 가끔 공식적인 행사가 있을 때 1년에 한두 번 한국을 찾아 인사를 드리기도 했지만, 이렇게 책으로 인사를 드리게 될 줄은 몰랐습니다. 전 세계를 뒤흔들어놓은 코로나19 바이러스로 인해 한국, 호주 뿐만 아니라 세상 모든 사람들이 힘겨운 시기를 보내고 있는데요.

저 역시 2020년 계획되어 있던 야구 관련 스케줄이 모두 취소되거나 잠정 연기되어 마음이 편치 않습니다. 미국 하와이에서 열릴 유소년 국제 대회에 출전할 계획이었는데 대회가 무산되었고, 2021년에 일본 간사이에서 열릴 월드 마스터스 게임에 참여하는 것도 준비하고 있었는데, 지금 봐서는 그 모든 일들이 여의치 않을 것 같습니다. 코로나와는 무관하지만 저도 이제 50세를 넘긴 적지 않은 나이가 되어 몸 이곳 저곳이 아프기도 하고 성치 않아 건강에 좀더 많은 신경을 쓰고 있습니다. 담배도 완전히 끊어 몇 년째 금연 중이고 과거에 비해 운동량, 활동량이 많이 줄게 된 터라 체중이 늘어 식습관에도 변화를 주고 있습니다.

 아마 여러분들도 계획하셨던 일들에 차질이 생기거나 어려운 시간을 보내고 계실 수도 있을 거라고 생각합니다. 그러나 이 어려운 시기도 분명히 지나갈 것이라고 믿습니다. 한국에 계신 모든 분들이 건강하셨으면 합니다. 저 역시 이국 땅 호주에서 쉽지만은 않은 날들을 보내고 있지만, 인젠가는 다시 한국에서 여러분과 야구로 소통할 날들을 꿈꾸고 기약하며 건강한 몸 상태, 정신 상태를 유지하고자 노력하며 잘 지내고 있겠습니다.

편집자: 그럼 지금부터는 책에서 다루지 못한 얘기들을 몇 가지 여쭤보려 합니다. '구대성' 하면 마치 전설처럼 따라 다니는 일화가 있습니다. 무슨 얘기 꺼내려는지 아시죠? 대전고 시절, 한 고등학교 팀과의 연습 경기에서 일부러 타자 세 명을 고의사구로 내보내고, 무사만루 상황을 만든 후 스스로를 테스트해보았다는 에피소드입니다. 이 이야기가 정말 사실인가요? 너무나 오래 전 일이지만 기억하시는 대로 당시 상황을 설명해주세요.

구대성: 우선 그 이야기는 사실이 맞습니다. 대전고등학교 2학년 때 있었던 일로 기억합니다. 상대는 신일고등학교였고 상대투수는 훗날 한양대 후배가 된 장철 선수였을 겁니다. 당시 신일고는 투타 모두 전력이 뛰어났고 선수층이 두꺼워 늘 전국대회 우승후보로 꼽히는 강팀이었습니다. 저는 연습 경기가 있을 때면 시뮬레이션 게임처럼 어떤 상황을 만들어보고 그에 맞춘 피칭으로 스스로를 테스트해보곤 했습니다.

그게 바로 연습 경기의 이점입니다. 실전이라면 실전이라고 할 수 있는 경기지만, 어쨌든 타이틀이 걸린 대회는 아니니 그런 경기를 기회 삼아 여러 가지 위기 상황을 연출해놓고 그것을 어떻게 적절히 극복해낼 수 있을지 저 자신을 시험했던 것 같습니다. 그 중에서도 투수에게 가장 큰 위기라고 할 수 있는 무사만루 상황을 어떻게 대처할 수 있는지 궁금했습니다. 1번, 2번, 3번 타자를 연거푸 볼넷으로 출루시켰습니다. 당황한 감독님이 마운드로 올라오셨고, 저는 제 생각을 말씀드렸습니다. 제가 이런 상황을 어떻게 풀어나갈 수 있는지 직접 맞닥뜨려보고 싶다고요.

물론 당시에는 연습 경기에서도 패하더라도 공식 경기에서 진 것처럼 감독, 코치 선생님들께 혼나고 기합을 받아야 했지만, 제 얘기를 들은 감독님은 한 번 그렇게 해보라면서 저를 믿고 기회를 주셨습니다. 그리고 만루 상황에서 4번, 5번, 6번 타자를 모두 삼진으로 잡아냈습니다. 사실 그때 그 상황은 특별히 제 기억 속에 남아 있는 일이 아니었는데 나중에 동료 선수들, 야구 관계자들, 팬들로부터 전해 들으면서 기억이 되살아났습니다.

그도 그럴 것이 꼭 그 경기뿐만 아니라 연습 경기에서는 스스로 어떤 미션을 만들어 테스트해본 경우가 많아서 저에게는 그리 특별한 상황이 아니었습니다. 대부분은 새로 배우거나 아직 그립이 익숙하지 않은 구종을 시험 삼아 던져보는 것이었고, 일부러 발 빠른 타자를 주자로 내보내 견제로 잡아보는 연습도 했습니다. 어쨌든 그런 일이 있었던 것은 맞지만 공식 대회는 아니었고, 어디까지나 연습 경기에서 있었던 일이라는 것을 말씀 드립니다. 팬들에게는 뭐랄까 좀 만화 같은 상황으로 이야기가 재미있게 전달된 것 같습니다.

편집자: 말로 표현하기 어려울 정도로 훌륭한 커리어를 쌓으셨지만, 선수 생활 내내 선발, 중간, 마무리를 오갔던 터라 지금에 와서 돌이켜보면 커리어 통산 기록이 조금은 아쉽게 보이는 것도 사실입니다. 선발이든 마무리든 한 역할에 전념할 수 있었다면 훨씬 더 좋은 기록과 타이틀을 남겼을 텐데 아쉬움은 없으신가요?

구대성: 기록과 타이틀에 대한 아쉬움은 조금도 없습니다. 다시 그때로 돌아 간다고 해도 똑같을 겁니다. 그저 마운드에 올라가서 던지는 것이 즐거웠습니다. 한 경기라도 더 던지고, 한 이닝이라도 더 던지는 게 좋았기 때문입니다. 제가 좀 단순한 스타일이기도 하고, 많은 것들을 복잡하게 생각하거나 걱정, 고민하지 않는 편이어서 어떤 상황에서든 감독님이나 투수 코치님이 제 이름을 부르면 그저 마운드에 올라 열심히 던졌던 것

같습니다. 지금 생각해보면 좀 미련한 것 같기도 합니다만 그때는 그게 싫지 않았습니다. 그냥 하는 말이 아니라 정말 좋았습니다. 아마도 1994년 강병철 감독님이 부임하신 후 송진우 선배와 제가 선발, 마무리 보직을 맞바꾸게 됐을 때, 딱 한번 그때는 마무리보다 선발로 뛰고 싶다고 말씀 드렸던 적이 있기는 합니다. 하지만 그 후로는 소속팀에서나 내표팀에서나 도저히 이피서 팔이 몸 위로 올라가지 않는 상황을 빼고는 무조건 다 보직에 상관 없이 던졌습니다. 저보다는 팬들이나 언론에서 제 커리어 통산 기록을 좀 아쉽게 생각하시는 것 같은데, 반대로 그렇게 선발, 중간, 마무리를 가리지 않고 던졌기 때문에 한 시즌 투수 4관왕이라는 대기록도 세울 수 있었던 거고, 다승왕과 구원왕을 동시에 차지하는 특별한 경험도 할 수 있었던 거죠.

편집자: 일본프로야구 오릭스 블루웨이브에 입단하게 된 과정이 오늘날 프로스포츠 비즈니스의 기준으로 보면 뭔가 매끄럽지 않고 미숙하게 느껴지기도 합니다. 일본을 거치지 않고, 메이저리그로 직행했다면 어땠을까 아쉬운 마음을 갖는 팬들도 많고요. 4년이라는 시간을 일본에서 보낸 뒤 30대 후반에 접어든 나이에 미국으로 향

했는데, 야구도 인생도 만약은 없지만 조금이라도 일
찍 메이저리그에 갔다면 확실히 더 나았을까요?

구대성: 그 당시 미국에 갔을 때가 30대 후반이었으니 사실 좀
늦은 나이었다고 생각할 수밖에 없지요. 조금이라도
더 일찍 갔다면 훨씬 좋지 않았을까 하는 아쉬움은 있
습니다. 그러나 모든 게 제 마음대로, 생각대로 되지
는 않더라고요. 일본에서 생각보다 오래 뛰게 되었고,
그로 인해 미국으로 좀 늦게 넘어간 것이 MLB에서의
결과에는 좋지 않은 영향을 주었을지 몰라도 그 경험
도 저의 인생과 커리어에서 큰 의미가 있습니다.

물론 NPB 진출 전에도 일본과의 경기에서 크게 어려
움을 겪지는 않았지만, 오릭스에서 뛰며 4년간 일본 야
구를 경험했기에 훗날 WBC에서도 일본 타자들을 상
대로 좋은 결과를 거뒀다고 볼 수도 있고요. 그리고 그
모든 과정에 있어 최종적인 선택은 결국 제가 한 것이
므로 약간의 아쉬움은 남아도 절대 후회하지 않습니다.

편집자: 사람들이 구대성의 커리어를 이야기할 때 빼놓지 않는
한 가지가 바로 혹사 논란입니다. 과거 한 인터뷰에서
지금의 기준으로 보면 혹사라고 할 수도 있겠지만, 예
전에 있었던 모든 일들을 현재의 잣대로 평가할 수는

없고, 본인 스스로도 그런 부분을 의식하면서 선수 생활을 하지 않았다고 답하신 적이 있습니다. 여전히 비슷한 생각을 갖고 계신가요?

구대성: 과거에도 그랬지만, 은퇴를 한지 오랜 시간이 지난 지금에 와서 돌아봐도 선수 시절 제가 혹사를 당했다고 생각해본 적은 단 한 번도 없었던 것 같습니다. 예전에는 저보다 더 많은 이닝을 소화하고, 너 많은 투구수를 던지면서 연투를 밥 먹듯이 몇 경기씩 했던 선배님들도 많았습니다. 아마 제가 정말 혹사 당한 선수였다면 그렇게까지 오래 선수 생활을 지속할 수 없었을 겁니다. 요즘은 선수 보호 차원에서 투구수도 제한을 두는 편이고, 되도록 완투, 연투도 지양하지만 그런 것들이 모두 다 좋다고만 생각하지 않습니다.

훌륭한 투수라면 한 경기를 완전히 책임질 수 있는 실력과 체력이 있어야 하는데 요즘은 선수들의 스태미너가 예전만 못한 것 같아 아쉽기도 합니다. 오늘날의 야구는 거의 모든 면에서 과학, 데이터, 관리를 중요시하는데 그것만이 정답은 아니라고 생각합니다. 저는 30년 넘게 야구를 하면서 아이싱을 해본 적이 거의 없습니다. 늘 경기 전후로 중장거리 달리기를 하면서 하체

힘을 키웠고, 어깨와 팔을 단련했습니다. 관리는 남이 해주는 것이 아니라 스스로 하는 것이고, 체력을 키우는 것도 안배하고 회복하는 것도 결국 다 선수 몫입니다.

편집자: 딱히 흠잡을 만한 사건, 사고가 없는 커리어를 보내셨지만 굳이 한 가지 얘기하자면, 한화 이글스의 벤치 클리어링 상황이나 빈볼 장면에서 구대성이라는 이름이 직간접적으로 언급된 적이 있습니다. 팬들에게 웃음을 준 해프닝도 있었지만, 큰 문제로 비화된 적도 있었어요. 시간이 많이 지난 지금은 과거의 빈볼 시비에 대해 어떻게 생각하시나요?

구대성: 한 가지 확실히 말씀드릴 수 있는 건 절대 개인 대 개인의 사적인 감정으로 그런 행동을 하지 않았고, 특정 부위를 겨냥해서 악의적으로 위협구를 던진 적은 없다는 것입니다. 보기에 따라서 좋은 모습이 아닐 수 있지만, 팀 대 팀의 대결에서 우리 선수가 피해를 입었을 때 그것을 그냥 지나치는 건 야구의 팀 정신을 생각할 때 결코 바람직하지 않은 것이라고 배웠습니다. 빈볼을 야구의 문화라고 말할 수는 없겠지만, 한국뿐만 아니라 미국, 일본에서도 팀 동료가 상대로부터 해를 입었을 때 그런 상황을 그냥 넘기지는 않습니다. 그렇지

만 그와 관련해서 한화 이글스 후배 안영명 선수에게
는 개인적으로 미안한 마음이 있습니다. 2006년 현대
와의 대결 때 사인 훔치기 등 상대의 비신사적인 플레
이에 화가 난 우리는 빈볼을 던졌는데, 제 지시로 김동
수 선배의 등을 맞혔던 안영명 선수가 마운드에서 얼
굴을 가격 당하는 일이 생겼어요.

보통 한두 번 던져서 몸에 맞지 않았을 경우는 그만두
어야 하는데 루키였던 영명이는 그걸 모르고 선배의
말이라면 무조건 따라야 한다고 생각해서였는지 계속
해서 빈볼을 던졌던 것 같아요. 지금 생각해도 미안한
마음입니다. 2007년 두산과의 경기에서도 비슷한 일이
있었습니다. 보통 위협구는 신인이나 막내 선수가 던
지는 경우가 많아서 영명이가 또 짐을 떠안게 됐고 이
종욱 선수에게 빈볼을 던진 것이 화근이 되어 벤치클
리어링이 발생했습니다.

사실 벤치클리어링은 물리적인 충돌까지 가는 경우는
거의 없고 기 싸움에 가깝지만, 당시는 플레이오프 경
기여서 그런 분위기 싸움이 필요하기도 했고, 더 치열
했던 감도 있습니다. 두산 주장 김동주 선수가 화가 많
이 난 것 같아서 "우리 팀 세 명 맞았고, 너희 팀 한 명

맞았는데, 이 정도 하고 들어가서 또 야구해야지 여기서 언제까지 이러고 있을 거야. 그만하고 이따 시합 끝나고 소주 마시면서 풀어"라고 말하면서 손바닥을 들어 보였는데, 팬들이 그 모습을 재밌게 보셨는지 '붕어빵 다섯 개'라는 별명을 붙여줬던 일도 있습니다.

경기를 하다 보면 감정이 상하는 일이 한두 번은 생기기 마련입니다. 긴 시즌을 치르면 그런 감정이 켜켜이 쌓이는 일도 있고요. 대부분은 별 일 아니라는 듯 흘려 넘기지만 팀의 사기를 위해 어떤 액션을 취하는 게 필요할 때도 있습니다. 상대 팀이 신경전을 벌이면 그 싸움에 응해줄 필요도 있는 것이지요. 기 싸움에서 밀리면 승부에서도 밀릴 수밖에 없습니다. 결국 프로야구 선수의 가치는 팀에 얼마나 승리를 가져다 주느냐로 판가름 나는 것이니 웃고 떠들고 재밌게 즐기면서 게임을 할 수만은 없는 거죠.

편집자: 야구팬들이 특히 궁금해 하는 부분인데요, 한화 이글스 혹은 KBO 구단들이 지도자 구대성을 원하지 않는 것인지, 아니면 본인이 한국 야구로의 복귀를 간절히 열망하지 않는 것인지 시선이 엇갈립니다. 팬들의 궁금증에 대해 어떻게 답을 해주시겠어요?

구대성: 이 질문에는 정말 뭐라고 대답하기가 쉽지 않습니다. 원하는 직장을, 원하는 시기에 들어갈 수 있다면 이 세상에 실직자, 실업자가 한 사람도 없겠죠. 어떻게 보면 그동안 한국 프로야구 팀들과 저 구대성이 서로를 원하고 필요하다고 느끼는 시점이 엇갈렸다고 설명할 수 있을 것 같습니다. 한국 야구계를 떠나온 것이 너무 오래 되기도 했고, 제가 친정팀 한화를 포함해 어떤 구단을 원한다거나 어떤 보직을 희망한다고 얘기할 수는 없죠. 하지만 저의 경험과 노하우를 전수, 공유해줄 수 있는 그런 기회가 주어진다면 언제든 바로 그 자리에서부터 다시 시작해보고 싶습니다. 그러나 그런 것들은 결국 구단에서 결정하는 것이지 제가 뭐라고 말씀드리기는 어렵습니다.

편집자: 언젠가 프로 감독, 코치보다는 유소년, 청소년 지도자가 더 잘 맞을 것 같다고 인터뷰하신 것을 본 적이 있습니다. 그렇게 생각하시는 이유나 어떤 특별한 계기가 있으셨나요?

구대성: 글쎄요. 정확히 설명하기는 어려운데, 제가 성인 선수들과 유소년 선수들을 지도해보니 어린 아이들은 뭔가 하나를 가르쳐주면 그걸 그대로 스펀지처럼 잘 흡수

해서 거의 100퍼센트에 가깝게 잘 구현해냅니다. 하루 하루 발전하고 달라지는 모습이 눈에 띄게 잘 드러납니다. 그러다 보니 더 흥미롭고 즐겁게 보람찬 마음으로 지도할 수 있었던 것 같습니다. 그리고 프로 팀에서는 선수들과 훈련을 하더라도 어떤 지시나 조언에 가까운 코칭을 하게 될 때가 많은데 저는 직접 함께 뛰고 움직이면서 같이 몸으로 훈련하며 지도하는 방식을 더 좋아하니 그런 쪽이 더 잘 맞는 것 같다는 생각이 들었습니다. 프로에서도 신인이나 육성군의 어린 선수들을 지도할 때는 그런 면이 적절히 잘 활용될 수도 있을 것 같습니다.

편집자: 마지막 질문입니다. KBO 역사도 이제 거의 40년이 되었고, 한화 이글스(빙그레 이글스)의 역사도 35년 가까이 되었습니다. 한국 프로야구에 수많은 스타 플레이어들이 있었고, 한화 이글스에도 레전드 선수들이 많지만, 구대성 선수에게 특별한 감정을 갖고 있는 팬들이 많습니다. 왜 이글스 팬들이 그토록 구대성이라는 이름을 특별히 여기는 걸까요? 구대성의 무엇이 특별했던 것일까요?

구대성: 그 질문은 왠지 그냥 웃음부터 나네요. 입가에 미소가

번지는데, 저는 그 이유를 모르니 팬 여러분들에게 답을 구하는 게 정확하지 않을까 싶습니다. 그래도 답을 안 할 수는 없고 감히 제가 한두 가지 추측을 해본다면, '대성불패'라는 별명처럼 제가 나가면 팀이 이길 수 있다는 그런 기대감을 드렸기 때문인 것 같습니다. 아슬아슬한 상황이 연출되어도 결국은 구대성이 어떻게든 잘 막아 팀 승리를 지킬 수 있을 거라는 믿음을 가지셨던 것 같아요. 그리고 아무래도 제가 1999년 한화 이글스의 첫 한국시리즈 제패 때 전 경기에 출전해 팀 우승에 기여한 바도 있으니 팬들이 항상 그때를 추억하면서 제 이름도, 모습도 떠올려주시는 게 아닐까 생각합니다. 야구장 안팎에서 저를 뜨겁게 응원해주셨고, 지금도 잊지 않고 기억해주시는 팬들에게 늘 감사할 따름입니다. 감사합니다.

구대성이 뽑은 한국야구 드림팀

투수 선동열

명불허전 국보급 투수. 한국 야구 역사상 최고의 레전드. 제구력과 강속구를 함께 갖췄으며 승부욕, 위기관리 능력, 대담성, 야구에 대한 열정 등 투수에게 요구되는 거의 모든 능력이 완벽에 가까운 선수. 선발투수로도 마무리투수로도 최정상에 오른 에이스 오브 에이스.

포수 강성우

청소년 대표 때부터 배터리로 호흡을 맞췄던 최고의 수비형 포수. 두뇌 회전이 좋고 타자들의 약점을 잘 파악함. 작은 체구임에도 넓은 범위를 커버할 수 있으며, 투수가 던지기 편하도록 안정감 넘치는 자세로 공을 받아줌. 그와 배터리를 이뤄 던졌을 때 실점한 기억이 거의 없음.

1루수 김태균

정확도와 장타력을 둘 다 갖추고 있으며, 무엇보다 타석에서 볼을 보는 눈이 대단히 좋음. 체구에 비해 유연성이 좋으며 뛰어난 선구안을 바탕으로 한 타격과 출루 모두 훌륭함.

2루수 김재걸

발군의 수비력을 가진 2루수. 순발력이 좋으며 작전수행 능력 등 전반적인 야구 센스가 뛰어남. 번트 및 팀배팅에 능해 선행 주자를 진루 시킬 수 있는 능력이 있음. 게임의 흐름을 잘 읽어 팀의 승리에 도움을 주는 선수.

3루수 김동주

삼진을 거의 당하지 않는 선수. 장타율과 출루율이 모두 좋아 클린업트리오 어느 자리를 맡겨도 신뢰가 가는 중장거리 교타자. 순발력, 유연성이 뛰어나 3루수로서의 수비 능력도 훌륭함.

유격수 이종범

1번부터 9번까지 모든 타선을 소화할 수 있는 전천후 타자이며, 야수로서도 다양한 포지션을 소화할 수 있는 멀티 플레이어. 엄청난 주력과 센스의 소유자이며, 강견에서 나오는 빠르고 정확한 송구가 인상적임. 찬스를 만드는 능력, 직접 해결하는 능력 모두를 갖춘 선수.

좌익수 이병규

좋지 않은 볼도 안타를 만들어내는 능력이 있었던 중장거리 교타자. 어깨가 좋고 다리가 빠르며 야구 센스, 판단력이 훌륭함. 공격적인 마인드와 훌륭한 센스가 있었기에 타구 판단과 수비에도 여유가 넘쳤음.

중견수 정수근

수비 능력이 매우 뛰어난 외야수. 타격이 뛰어난 편은 아니나, 볼을 많이 보고 골라내 삼진을 잘 당하지 않음. 파이팅이 넘치며, 발이 빠르고 수비 범위가 매우 넓어 코너 외야수들의 수비 부담을 덜어줌.

우익수 박재홍

언제든 20-20, 30-30을 노려볼 수 있는 호타준족의 장거리 타자. 투수 앞으로 최대한 가까이 붙어 타석에 서는 공격적인 마인드와 폼이 독특하고 인상적임. 청소년 대표 시절부터 국제 대회에서 더 큰 존재감을 드러내며 타선을 이끔.

지명타자 이승엽

결코 수비 실력이 떨어지는 것은 아니지만, 타격에 천부적인 재능을 갖고 있었기에 야수로서는 정당히 평가 받지 못한 부분이 있음. 한국 야구사상 최고의 홈런 타자이며 찬스에 강한 클러치 히터. 홈런 아티스트라고 불릴 만한 아름다운 스윙에서 나오는 파워 넘치는 타구가 인상적임.

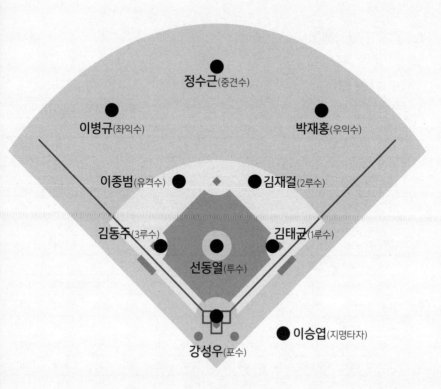

1. 이종범 (유격수)

2. 정수근 (중견수)

3. 김동주 (3루수)

4. 이승엽 (지명타자)

5. 김태균 (1루수)

6. 이병규 (좌익수)

7. 박재홍 (우익수)

8. 강성우 (포수)

9. 김재걸 (2루수)

구대성 연도별 성적 및 통산 기록

연도별 시즌 성적

시즌	리그	팀	경기	이닝	승	패	세이브	홀드	탈삼진	평균자책	WHIP
1993	KBO	빙그레	6	21.1	2	1	0	-	11	2.53	1.41
1994	KBO	한화	34	121	7	8	12	-	128	2.60	1.22
1995	KBO	한화	47	155	4	14	18	-	161	3.54	1.28
1996	KBO	한화	55	139	18	3	24	-	183	1.88	0.76
1997	KBO	한화	47	102.2	8	8	25	-	134	3.16	1.03
1998	KBO	한화	59	123.2	8	7	24	-	129	2.55	1.12
1999	KBO	한화	55	119.1	8	9	26	-	138	3.09	1.20
2000	KBO	한화	48	133.1	6	7	21	-	136	2.77	1.09
2001	NPB	오릭스	51	126.1	7	9	10	-	143	4.06	1.32
2002	NPB	오릭스	22	146.1	5	7	0	-	144	2.52	1.16
2003	NPB	오릭스	19	113.2	6	8	0	-	118	4.99	1.60
2004	NPB	오릭스	18	116.2	6	10	0	-	99	4.32	1.28
2005	MLB	뉴욕 메츠	33	23	0	0	0	6	23	3.91	1.52
2006	KBO	한화	59	69.1	3	4	37	0	76	1.82	1.07
2007	KBO	한화	43	42.1	1	6	26	0	37	3.19	1.25
2008	KBO	한화	38	41.1	2	3	0	9	29	3.48	1.28
2009	KBO	한화	71	55.2	0	0	1	8	56	3.72	1.17
2010	KBO	한화	7	4.2	0	1	0	0	3	9.64	2.14
10-11	ABL	시드니	7	27	2	1	12	0	30	1.00	0.82
11-12	ABL	시드니	7	16	0	3	8	0	19	3.38	1.56
12-13	ABL	시드니	7	18.2	0	2	0	7	14	2.89	1.34
13-14	ABL	시드니	7	26	1	1	11	0	23	2.08	1.19
14-15	ABL	시드니	7	17	0	1	4	2	21	2.12	1.53
18-19	ABL	질롱	1	1	0	0	0	0	0	0.00	2.00

구대성은 지지 않는다

프로 통산 기록

KBO: 569경기 1128.2이닝 67승 71패 214세이브 18홀드 1221탈삼진 평균자책 2.85

NPB: 110경기 503이닝 24승 34패 10세이브 504탈삼진 평균자책 3.88

MLB: 33경기 23이닝 0승 0패 0세이브 6홀드 23탈삼진 평균자책 3.91

ABL: 87경기 105.2이닝 3승 8패 35세이브 9홀드 107탈삼진 평균자책 2.13

커리어 통산: 799경기 1760.1이닝 94승 113패 259세이브 1885탈삼진 평균자책 3.11

주요 수상 및 국가대표 이력

1989 국제야구연맹회장배 야구대회 최우수선수상

1989 백호기 춘계/추계리그 최우수 투수상

1989 체육훈장 기린상

1990 IBA대회 최우수선수

1990 아시아선수권대회 금메달

1991 대학야구 춘계/추계리그 최우수투수상

1991 스페인 대륙간컵 국제야구대회 최우수투수상, 승률상

1992 대통령기 대학야구대회 최우수투수상

1996 KBO 정규리그 최우수선수(MVP)

1996 KBO 투수 부문 4관왕 (평균자책점, 구원, 승률, 다승)

1996 KBO 골든 글러브 투수

1999 KBO 한국시리즈 최우수선수(MVP)

2000 시드니 올림픽 동메달

2000 KBO 평균자책점 1위

2006 월드베이스볼클래식 3위

2010-11 ABL 세이브 1위

2011-12 ABL 세이브 1위

2013-14 ABL 세이브 1위

구대성은 지지 않는다

| 펴낸날 | **초판 1쇄 2021년 1월 5일** |

지은이	**구대성**
펴낸이	**심만수**
펴낸곳	**(주)살림출판사**
출판등록	**1989년 11월 1일 제9-210호**

주소	**경기도 파주시 광인사길 30**
전화	**031-946-1350** 팩스 **031-624-1356**
홈페이지	http://www.sallimbooks.com
이메일	book@sallimbooks.com

| ISBN | 978-89-522-4273-0 03810 |

※ 값은 뒤표지에 있습니다.
※ 잘못 만들어진 책은 구입하신 서점에서 바꾸어 드립니다.

책임편집·교정교열 **김다니엘**